태백 타임캡슐

신장현 소설

1판 1쇄 발행 | 2023. 12. 12

발행처 | **Human & Books**
발행인 | 하응백
출판등록 | 2002년 6월 5일 제2002-113호
서울특별시 종로구 삼일대로 457 1409호(경운동, 수운회관)
전화 | 02-6327-3535~7, 팩스 | 02-6327-5353
이메일 | hbooks@empas.com

ISBN 978-89-6078-775-9 03810

태백 타임캡슐

신장현 소설

차례

*

곧추 하늘을 떠받치던 트윈 빌딩이 한껏 일그러져 휘청거리는 듯했다. 이미 몇 년 전부터 사용되고 있는 이명그룹의 동관과 공정률 70퍼센트를 넘어선 서관이, 이제 더 이상 서로에게 질 수 없다는 듯이 몸부림치는 모습이다. 마치 완성과 미완성이, 과거와 미래가, 투명과 불투명이, 삶의 의지와 죽음의 유혹이 샅바를 걸고 있는 듯한 풍경. 여기저기에 그림자가 부러지거나 구겨져 있다.

한 가닥 바람이 분다. 기분 나쁜 긴장과 진땀을 씻어주는 바람이다. 바람이 불자 80미터 허공 위의 갈고리에 달랑 매달려 있는 검은 갑바의 자루도 흔들렸다. 뭔가 심상치 않은 모양처럼 그것은 네 귀퉁이의 고리로 한데 묶여 불안스럽게 흔들거린다. 살아서 꿈틀거리는 비계 덩어리 같은 것. 그러니 갑바에서 지상으로 떨어지는 건 모래 부스러기가 아니라 비명과 기름 범벅이다.

"꼴 좋구마! 이참에 통구이로 돌려지는 맛 좀 봐야지."

용역업체의 최 반장이 다 타들어간 담배꼬투리를 뱉어내며 쾌재를 내질렀다.

"통구이가 아니라 똥구이여! 똥 냄새가 쿨쿨 나는 게."

"허허, 내 보기엔 염소 불알이 달려 있는 것 같으이."

"아이고 야. 저것이 오줌을 질질 흘리고 있구먼."

바야흐로 일어날 사태에 잔뜩 고개를 치켜 올려 보는 인부들이다. 그들의 거무튀튀한 면상들이 번쩍거렸다. 그것은 곤고한 노동과 맞바꾼 시간의 흔적이며 인간 개미들의 지문이다. 먹잇감이 떨어지기를 기다리며 더듬이로 짧은 신호를 보내며 시시각각 몰려드는 모양. 말하자면 오늘 기대되는 것은 유별난 특식이 아닌가. 교미 상대의 암컷에게 씹히다 버려진 사마귀라든가 날개 빠진 실잠자리 따위 시시한 지스러기가 아니라 용가리 통뼈 같은 것.

이 모든 사태를 굽어보는 존재가 있다. 아니, 장악하고 있다고 해도 지나친 말이 아니다. 이제 레버를 당기면 똥자루는 일거에 지구와 박치기를 하며 무시무시한 악취를 풍길 것이다! 타워크레인의 레버를 움켜쥐고 있는 영석은 한껏 추켜올려져 하늘 천장에 닿은 것 같은 자신의 위치를 자각했고, 그런 만큼 의심했다. 영석은 캐빈에서 만질 듯 보았던 뭉게구름 같은, 저들의 욕망을 충분히 읽고 있었다. 또한 엊저녁에 마신 강술의 숙취마저 슬슬 딴지걸어오는 듯했다.

다시 핸드폰이 울렸다.

"이봐! 내 말 못 듣겠어? 협상을 하려거든 우선 나를 내려놓고 보자고."

갑바 속의 주인공, 이명그룹의 황태자인 장일환 전무였다. 예의 목구멍에 반쯤 거즈를 끼운 듯한 목소리가 영석의 비위를 뒤틀리게 했다. 그는 어쨌든 이 게임에서 이기려고, 그것이 아니라면 최소한 얼굴을 덜 깎이려고 발버둥 칠 것이다. 회사의 중역에게 먼저 연락한다든지 당장 경찰을 부를 리 없다. 우선은 회장에게 누누이 전달받은 술책이 그러할 테니. 그보다 그는 경쟁적인 일이라면 그것이 아무리 사소하더라도 지기 싫어하는 본능을 타고났다. 보기보다 지능적이라든가 교활하다는 비난은 이런 데서 충분히 뒤집어질 수 있는 장점일지 모른다. 갑바의 고리가 점점 옥죄고 있을 텐데 지금 그는 어딘가 숨구멍을 내고 있는 게 틀림없었다.

"……."

"이봐! 당신, 지금 뭔 짓거리 하는 줄 알고 이러는 거야?"

제 딴에는 허풍선 바람이라도 내뿜어야할 판일 터.

"나는 일없으니까 현장하고 통화해 보슈."

"이게 아주! 골목대장처럼 객기 부리는 게……."

"객기, 뭐 객기?"

"아니면 미라 때문이야? 그래, 미라에게 이용당하고 있는지 모르지. 그렇지만 똑똑히 알라고. 그게 알량한 동정에 불과하단 걸. 자네를 어떻게 꼬드겼는지 모르지만 세상 그렇게 간단치 않아. 착각하지 말라고."

"그만 해!"

영석은 레버를 당겼다.

스르르- 쿵!

와이어가 10미터 정도 주르르 흘러내리더니 급작스럽게 섰고, 그 반동으로 크레인 앞쪽 지브가 휘청거렸다. 자루는 흡사 미늘에 걸린 고기처럼 핑그르르 돌며 간당거렸다.

"어어."

"와!"

순간, 지상에서 바글거리던 개미들의 탄성이 먼지처럼 피어올랐다.

눈을 질끈 감았던 진석은 바로 옆에서 워키토키에 대고 외치는 인부의 목소리에 가까스로 정신을 차렸다. 문뱃내와 쿠린내가 확확 풍겼다.

"곽 기사! 감질나게 할 게 아니라 아주 빵빵 돌려서……."

"그렇지 패대기쳐!"

또 다른 패거리가 한목소리로 악다구니 발림을 넣었다.

진석은 재빨리 워키토키를 빼앗아 숨가쁘게 동생을 불렀다. 아무리해도 핸드폰으로는 통할 수 없던 터. 의도적으로 회피를 하고 있는 게 뻔했다.

"야! 곽영석! 너, 왜 이래? 당장 내려와! 내려오리고!"

"어, 형? 연구실에 가만히 있지 까마귀 노는 골에는 뭣하러……?"

영석은 모르는 척 눙쳤다.

"너, 지금 왜 그래? 회사가 발칵 뒤집혔어. 보안 때문에 아직 경찰에 신고를 하지 않고 있는데, 빨리 전무를 내려놔. 캐빈에서 내려오라구, 당장!"

"놔둬! 이번에야말로 끝장을 내고 말 테니. 저게 이러고도 항복하지 않나 보자고."

이빨 사이로 잔모래가 갈리는 소리가 들렸다.

자칫 한 순간에 균형이 깨질지 모르는 역피라미드의 꼭지점에 캐빈이 있다. 진석은 한숨을 삼키고 억양을 낮췄다.

"바보야. 왜 네가 해야 한다고 생각해? 그렇더라도…… 지금 네가 하려는 건 테러고 미친 짓이야. 꼭 할 얘기가 있거든 말로 해야지."

"말? 말이 통하지 않는 사람들에게 말로 하라고? 또 그 소리. 형이야말로 이제 정신 좀 차려. 더는 속지 말라니까. 약속? 저 사람. 약속, 밥 먹듯이 했고 똥 누는 것처럼 깬 작자야. 그만한 대접해줘야지."

말문이 막힌 것은 진석이었다. 틀린 소리가 아니니까. 보통 사람들이 하는 말따구와 방구 꽤나 뀌는 치들이 하는 말의 의미는 역시 다르다. 그들의 말뽄새는 돈을 벌거나 힘을 행사하기 위한 수단이거나 화장의 일종이다. 적어도 장 전무의 화술과 거짓을 생각하면 인정할 수밖에 없다. 더 숨을 고르지 못할 때 워키토키는 배구공처럼 토스되고 있었다.

누군가 진석의 어깨를 툭툭 쳤다.

"이봐요, 우리가 할 테니 가만히 계셔! 당신, 태백 출신 맞잖소?"

잿빛의 쑥대강이 머리털이며 넓은 이마 아래 움푹 패인 눈이 산적 같은 중늙은이다. 그의 잔뜩 굽어진 어깨는 우직하게 세상을 밀고 온 소의 멍에 같이 보였다.

"우린 오래 전부터 결정타를 준비해 온 거외다."

"우리라니요?"

"아직 모르겠소? 우린…… 당신들의 아버지와 같이 탄광의 땅굴에서 살다가 명도 길고 운도 좋아 여기까지 기어든 귀신들이요. 이젠 진짜 막장에 온 거지."

밭은기침에 쇳소리가 새어나왔다. 탄가루가 폐에 쌓여 발병한다는 진폐증 환자가 아닐까. 오래 전 광산 폐광 이후 진폐증 사망자가 수천 명을 넘었던 시절이 있었다. 그때는 그래도 매스컴에서 뉴스로 다뤄 이심전심 공분하며 울화라도 풀곤 했다. 질병의 특성상 몇 십 년 동안 진행돼 온 병인이 늘그막에 나타나는 것이 이상할 일이 아니었다. 그룹에서 피치 못할 사정상 향리 출신을 채용하는 인부들의 경우, 건강검진에서 이런 예후가 감지되면 본인도 모르게 감쪽같이 환자를 솎아내곤 했다. 그것은 탄광업에서 출발한 회사의 오랜 관행이고 불문율이기도 했다. 진석은 용케 위장 취업처럼 잠입했을 중늙은이를 나환자 쳐다보듯이 경계했다.

"그러면 영석이와도……."

"그렇소! 우리는 곽 기사를 믿어요. 아무렴, 믿고 말고."

진석은 움찔했다. 일련의 사태가 너무 확실해서 그 역시 옴쭉 못하는 구석에 몰린 기분이었다. 그때 북어 같이 깡마른 인상의 사내가 소주병으로 나발을 불며 둘 사이를 헤집고 들어와 진석을 꼬아보았다.

"어허, 이 양반이…… 곽 기사 형님 되신다는 곽 박사 아니요. 그래, 이명의 사타구니를 긁어주느냐 얼마나 수고가 많소?"

이때껏 현장에 내려온 적이 없는데 금방 형제에 대한 말이 나돌고, 이쪽을 알아챈 것이다. 그러고 보니 셔츠에 넥타이 차림은 혼자였다. 난데없이 무언가 뒤집어쓰고 지독한 냄새와 따가움으로 낯을 훑어보니 오물인 줄 알게 된 형국이다. 상대는 그저 히죽히죽 웃으며 이쪽의 반응을 살피고 있다. 그러나 진석은 이런 경우, 상대가 원하는 반응을 보이는 것이야말로 가장 유치한 보복이고 스스로의 값을 더욱 떨어뜨리는 일이라는 사실을 잘 알고 있었다. 십자가에 달리던 예수가 말했다지 않은가. 그는 이솝이야기처럼 들었던 성경 구절을 떠올렸다.

'하나님, 저들은 저희들이 무엇을 하고 있는지 모르나이다.'

더없이 한심한 기분과 자괴감이 일었다. 멀리 갈 것 없이 바로 저 위, 크레인에 달려 있는 장 전무가 그에게 지겹도록 일깨워준 학습이기도 했다. 많은 사람들이 먹고 마시고 배설을 한다. 먹고 마시는 것은 알아도 싸는 것은 무엇인지를 모른다. 입을 통해 내 뱉는 욕설도 마찬가지다.

"에이 더러워라. 퉤! 퉤!"

진석은 반쯤 눈꺼풀을 덮은 채 점차 수를 더해 가는 떼거리의 어른거림을 보고 있었다. 필경은 희생양을 만드는 쪽으로 몰아칠 광풍의 송곳니가 그의 발목을 물어뜯는 것이다. 넥타이가 바람에 날려 어깨로 걸쳐졌다. 시원한 이마 아래로 큰 눈이며 주먹코가 갈색의 뿔테 안경과 어우러져, 꼭 그렇게 보이는 넥타이족이자 인심 좋은 형님의 모습이다. 그러나 눈가에 비친 잔주름이 이리저리 삭인 고민의 흔적처럼 선연하다. 진석은 지금 또 차마 눈뜨고 볼 수 없는 지경을 봐야 한다.

저들은 대체로 순응하지만 무서울 정도로 고집을 세울 수 있다. 목숨보다 더 귀한 순수가 있고 무지가 있다. 그들은 그렇게 길들여지거나 훈련됐다.

'그렇다! 나는 방관자였다. 나는 오랜, 비극적인 유산을 물려받기 싫었다. 그렇다면, 무슨 자격으로, 무슨 힘으로 지금 일어나려는 일을 막겠는가.'

가쁜 호흡을 퍼 올리던 횡경막이 찢어진 듯한 통증과 헛헛함이 전신에 퍼졌다. 도저히 바로 서 있을 수가 없었고 눈앞이 가물가물했다. 진석은 작업장에 아무렇게나 널린 널판때기에 주저앉았다. 그러자 저절로 상체가 숙여졌고 팔이 땅속으로 빠져들었고, 몸뚱이가 기우뚱하며 가라앉기 시작했다. 그토록 시달리던 악몽의 늪이 아닌가. 그는 두 팔을 휘저으며 조금씩 앞으로 나아가려 안간힘 썼다.

우와- 와- 쏴아- 솨-.

바람 소리인지 사람들의 아우성인지, 그도 아니면 벌레 울음소리인지 도무지 알 수 없는 괴성이 겹겹이 그를 에워싸며 밀려오고 있었다.

1

예정된 부름

진석이 당초 이명그룹을 찾은 것은 뺑소니 교통사고로 어머니를 여읜 뒤 넉 달여가 지나서였다. 어머니는 춘천에 있던 동생을 면회 갔다가 돌아오는 길에 사고를 당해 얼어붙은 개천에 유기된 상태로 발견됐다. 용의자는 끝내 잡히지 않았다. 폭설은 그 어떤 단서도 남김없이 지워버렸다.

진석은 동생이 벌이는 악마와의 장난이 아직 끝나지 않음을 눈치챘다. 동생은 그때 부대 내 상급자를 사망케 한 사고의 공범으로 재판을 기다리던 중이었다. 결국 죽음이 죽음을 부른 게 아닌가. 진석은 그때 다짐했다. 앞으로 그에게 무슨 일이 있어도 내버려두어야겠다고. 아니, 다시는 못 만난다하더라도 그만이라고. 그만큼 동생에 대한 미움과 저주가 극에 달했다. 그런 반감이 오히려 이명그룹으로 가는 걸음을 쉽게 했는지 모른다.

물론 장 회장의 부름이 없었다면 제발로 먼저 찾아가지 않았을 것이다. 장 회장은 어머니의 소식을 어떻게 알았는지 사람을 보내 조의를 표했었다. 그럴 만한 까닭은 물론 재경 향우회며 이명그룹이 운영하는 문화재단과 관련이 있었다. 진석은 사실 그 재단의 후원장학생으로 미국에서 유학을 마칠 수 있었다. 그런데도 그는 귀국 후에 재단에 한 번도 얼굴을 비치지 않았다. 뭔가 번거로운 일로 코가 꿰일까 신경 쓰였기 때문이었다. 그보다 과거의 어두운 기억에 호출될까 두려웠는지 모른다.

사옥은 막연히 생각했던 것 이상 우람한 외관으로 진석을 압도했다. 한참 주가를 올리는 신생 기업이라지만 그 정도일 줄 몰랐던 탓이다. 60층이 넘는 빌딩의 외벽은 온통 녹색 대리석과 유리창으로 번쩍여 호사스럽기 그지없었고 내부 역시 첨단 인텔리전트 빌딩이라는 명성에 걸맞게 곳곳에 CCTV 장치며 전자 감응 방식의 조명과 방문객 안내 시스템 등으로 마치 몸이 건물 속으로 빨려드는 느낌을 주었다. 그런가 하면 건물 벽면과 모서리 여기저기에 설치된 조각들과 대형 그림들이 눈길을 끌었다. 그러나 강변을 굽어보는 빌딩 동편에 위치한 회장실은 예상 밖으로 소박하고 아늑한 기분까지 느끼게 했다. 비서실의 안내를 받아 회장실에 들어서는 순간 진석은 주춤했다. 아주 강렬하고 뜨거운 빛이 가슴을 철렁이게 했기 때문이다.

"으흡!"

진석은 신음을 흘리며 흙먼지를 뒤집어 쓴 듯이 고개를 털고 눈을 끔벅였다.

태우(泰牛), 바로 그것이 아닌가. 휘돌아 굽어진 회색 뿔을 치켜올리고 부리부리한 눈으로 금방이라도 덤벼 들 듯이 이쪽을 노려보는 태백산의 그 흰 소. 방의 왼쪽 벽, T 자형의 대리석 장식 받침대에 올려진 어린아이 몸뚱이만한 그것이 순은의 무궁한 빛을 내뿜고 있는 것. 그 재료가 백금이었다는 사실을 뒤늦게 비서를 통해 알았대도 놀랄 일은 아니었다. 그래봐야 태백 신령의 터럭이나 드러낼 수 있을까. 갑자기 죽은 어머니의 환영이 떠올라 오한이 일었다. 회장과 마찬가지로 어머니는 태백산의 손꼽히는 신장인 태우를 믿는 무속 신자였다. 세상을 뜨기 며칠 전에도 고향의 당골에 다녀와야겠다고 했던 터. 때론 비몽사몽 찾아온다는 그의 방문으로 쩔

쩔 매지 않았던가.

진석은 절로 오그라들었던 어깨를 펴고 거친 숨을 내뿜었다. 그때에야 실내에 잔잔히 흐르던 음악이 귓속으로 흘러들었다. 흐르는 것이 아니라 솟아오르는 무언가를 가라앉으려는 듯한 힘이 느껴지는 곡. 이내 반원 형태의 회장실 전경이 한치 앞으로 들어오고 중앙에 커다란 회사의 심벌마크가 현실감 있게 드러났다. 암갈색 석재 바탕에 스테인리스강으로 좌우 흰 고리를 엮은 모양의 회사 로고는 단순하면서도 강렬한 인상을 풍겼다. 어지러운 물결이나 전파를 상징한 파문 같지만 안쪽으로 촘촘히 말린 모양이 달팽이라든가 나비의 더듬이 따위를 연상케 했다. 그리고 방 한쪽의 콘솔 위 꽃병에는 주홍의 글라디올러스가 기세 좋게 뻗쳐올라 또 다른 별난 느낌을 만들었다. 향기가 독초의 그것처럼 짙게 감돌았다. 진석은 다시 멍한 상태로 놓여 있었다.

"여어- 이 사람, 누군가!"

회장실의 안쪽에서부터 쉿소리 울림이 넘어왔다. 그룹의 창업자인 장 회장이다. 도저히 70대 중반이라고 여기기 힘든 빵빵한 풍채에 칼칼한 음색이 금방 이쪽을 주눅 들게 할 지경이다. 그는 재계에서 이른바 산업화 시대의 물결을 따라 나름 성공 신화를 써온 인물로 알려져 있었다. 탄광업계에서 살아남아 부동산개발에 손을 댔고 관광레저 분야로, 이윽고 유통업까지 발을 뻗쳐 그룹을 만들기까지 고비 고비마다 매스컴의 조명을 받기도 했다. 최근 이명그룹이 정보통신 분야로 진출하려 어느 벤처기업 M&A를 시도하고 있다는 뉴스도 증권가의 관심거리였다. 물론 지라시 정보로 드러났지만 이명의 기업 이미지에는 오히려 플러스로 작용했다.

그룹총수로서 장 회장은 아직 기세등등하고 확실한 현역이었다. 진석을 맞는 장 회장의 제스처에는 연기보다 더 연출된 티가 묻어났다. 악수를 한 손아귀에서 은근한 힘이 느껴졌다.

"이게, 도대체 몇 년 만인가. 자네가 진석이라니 진짜 몰라보겠는걸."

그 말 역시 억지스러웠다. 진석으로서는 국민학교 4학년 무렵 아버지가 입원한 병원에서 어머니와 함께 만났던 이후 처음이었다. 만났다기보다 그저 보았던 것이다. 장 회장은 그때 아버지가 다니던 광업소의 사장이었다. 진석에게는 그저 이야기로만 듣던 화적 두목처럼 보였던 이가 아니었던가. 당시 아버지는 사고로 부서진 어깨의 접합 수술을 받고 기진맥진한 상태였다. 탄광의 갱 속에서 동바리를 세우기 위한 갱목을 지고 가다가 낙상한 사고였다. 이런 상황에도 아버지는 당신의 몸보다 당장 가족의 생계와 앞날을 걱정했다. 연방 한숨을 내쉬며 다시는 땅굴에 들어갈 수 없을지 모른다는 조바심이었다. 그런데 이날 사장을 맞은 아버지의 말과 표정은 기운 차 보였다. 웬만한 사고에 코빼기도 안 비친다는 사장이 아니라던가. 그가 아버지를 찾아와 등을 두드리며 뭐라 위로의 말을 건넨 탓이다. 아무튼 사장의 말에 어머니까지 눈물을 찍어내던 모습을 진석은 빛바랜 사진처럼 기억하고 있다. 다과가 들어오자 회장은 소파에 둔중한 몸을 부리며 요즘 보기 드문 두꺼운 궐련을 피워 물었다.

"진작에 찾아뵙는다는 것이……."

의례적인 인사에 덧붙일 말이 궁했다. 아무래도 사장과 단 둘이 마주하고 있다는 것이 거북하며 두렵기까지 했다. 무엇보다 이런 경우, 고향이니 옛날이니 해서 들먹여지는 족쇄 아닌 족쇄에 엮이는 게 싫었고 기억의 안쪽을 후벼서 생살을 덧나게 하고 싶지 않았다. 중요한 건 어디까지나 지금이고 조금 더 나아가 내일이 있을 뿐이다. 여태까지 진석을 붙들어준 신념이고 의지가 그랬다. 과거를 말하는 자는 과거의 노예가 된다. '장벌'로 불리기도 한 장 회장에 대해서도 마찬가지다. 과거 땅굴 대장으로 일밖에 모르는 꿀벌들을 태워 죽이며 승승장구했다는 장수말벌의 모습이란 도무지 상상할 수 없었다. 그것은 젊은 시절 탄구덩이에 갇혀 있다가 이제는 카지노의 도박꾼으로 타락한 패배자들이 만든 저주에 불과하지 않을까. 일찍이 고향을 떠나 그것도 유학이라고 원주에서 중·고등학교 학창시절을 보낸 진석에게 도무지 인두겁을 쓴 짐승이란 잘 그려지지 않았다. 그만큼 아둔했다기보다 세상이란 그러려니 하며 애늙은이처럼 너무 앞질렀기 때문일 수 있다. 그러다 점점 이 세계와 저 세계의 구분이 모호해지고 균열된 틈으로 밀랍 같은 시간이 흐르기 시작했다. 선과 악이란 언제부턴가 과거라는 이름으로 뒤엉켜 팽개쳐진 상태. 그 사람이 그 사람이었고 또 다른 그가 바로 옆의 그였다. 그림자놀이에 불과한 과거. 불이 밝아지면 사라지고 말 기억과 기억의 그림자⋯⋯ 진석은 잠깐 그 그림자 판에 불려들어진 듯한 혼란스러움을 느꼈다. 그런 어느 한 순간 그림자가 다시 이쪽의 현실로 건너 뛰어온 것이다.

“참으로 그런 억울한 횡액이 어디 있단 말인가. 아무리 생각해도⋯⋯.”

어머니에 대한 얘기였다.

“다 제 잘못입니다. 어쩌면 미리 막을 수도 있는 사고였거든요.”

“자네가 자책할 일이 아니잖는가.”

“무엇보다 부모님을 모두 사고로 여의었다는 게 고통입니다. 제가 곁에만 있었어도 죄책감이 덜 하겠어요.”

“그래, 그렇게도 생각할 수 있겠구먼. 아무쪼록 기운을 차리고 다시 일어나길 바라네. 혹시 도움이 필요하다면⋯⋯.”

그는 그렇게 사무적으로만 들리지 않는 말끝에 매우 조심스럽고 묘한 표정을 드러냈다. 실내에는 그때 바그너의 탄호이저에 나오는 순례의 합창이 깔렸다. 한편으로는 장중하고 비감한 진혼의 느낌과 또 한편, 자꾸 뒷덜미를 잡아끄는 느낌이 주위를 두리번거리게 했다. 아직 실내에 은빛 잔형을 생선 가시모양으로 흘려놓는 태우 때문이다. 태백의 신령스런 물소리와 바람 소리, 안개 흐르는 소리, 새가 지저귀는 소리, 짐승의 울부짖는 소리, 낮과 밤이 갈마드는 소리를 등 뒤로 하고 우뚝 서 있어야 할 태우에게 저것은 망령의 노래로 들리지 않을까.

"이젠 잊고 싶습니다. 그렇지 않다면 도무지 일이 손에 안 잡혀서……."

"그간 이 사람 원망 많이 했겠지? 아마 들어서 잘 알고 있겠지만."

회장은 뭔가 짚어보려는 기색으로 이쪽을 지그시 응시했다. 미리 연락을 취했음에도 어쩌면 느닷없는 등장을 경계하는 것은 아닐까. 툭 던지는 말투가 꼭 그랬다.

그러나 진석은 그 아버지며, 아버지가 돌아가신 후 어머니에게서도 장회장에 대하여 들은 특별한 이야기가 없었다. 그것은 타지로 보낸 자식에게 오로지 학업에 열중토록 하려는 부모의 속 깊은 마음 때문일 터. 진석은 진석대로 시간의 퇴적과 함께 희미해지는 고향이며 그곳 사람들에 대한 기억을 굳이 잡아끌 이유도 없었고 그러고 싶지도 않았다. 유난히 얼굴이 뽀얗고 암상궂은 도시 아이들에게 둘러싸여 있다 보면 까만 석탄더미로 뒤덮인 그곳을 하필이면 고향이라고 해야 하는지 고개를 잘래잘래 흔들기 일쑤였으니까. 방학이 가까워올 때면 그래서 더욱 마음을 잡지 못하고 골골거리지 않았던가. 어쩔 수 없이 그리운 것과 불안한 것이 엉겨 체증처럼 가슴을 짓눌렀다. 온통 산으로 삥 둘러싸인 항아리 같은 곳에서 겨우 하늘을 올려 보며 새 몇 마리, 당집의 펄럭이는 깃발이며, 밤이면 별 몇 무더기를 보며 그것이 하늘의 전부인 줄 알았는데 기차에 실려 엉덩이를 차일 때 보았던 그 넓고도 한없고 긴긴 하늘, 그 엄청난 충격과 멀미를 다시 되돌려 주어야 하는 일. 어디 그뿐이랴. 손바닥으로 가릴 만큼, 꼭 그만큼 딛고 있는 조붓한 땅이 세상의 전부인 줄 알았는데 그 깊은 곳 어디고 두더지나 개미처럼 속속 들이 파 들어가 먹잇감을 빼오다 무시로 생명을 내던져주는 곳까지, 보이지 않는 발치 아래 깊은 곳으로 한없이 빠지던 불안을 다시 불러들이는 일. 그러니까 어쩌면 자신이 모르는 새 그곳 지하갱도에서 또 다시 엄청난 재앙이 일어나지 않았을까. 그리고 덮어지지 않았을까. 회장은 마치 그런 실제의 사건을 회상하고 진석에게 그 일을 모르냐고 묻는 듯했다.

"정말, 어머니가 그전에 아무런 말도 남기지 않았단 말인가?"

"……."

진석은 그때서야 자신이 함정에 빠졌고, 고문을 당하고 있음을 깨달았다. 자칫 잘못했다가는 그의 어떤 의도에 그대로 말릴 듯했다. 진석은 단호히 고개를 내저었다.

"어머니는 무슨 일이든 혼자 삭이시는 편이였어요."

"으흠, 어머니가 그렇게 돌아가셔…… 자네가 전혀 모른다면……."

장 회장은 심중에 있는 말을 꺼내지 못해 꺼림직해 하는 기색이 역력했다. 그 일그러진 표정은 짐승의 본능이며, 집착이 아닌가. 그는 잠깐 눈을 꾹 감았다가 고개를 들고, 긴 한숨을 내뿜었다. 그가 무슨 말을 할지 진석은 자못 두려웠다. 숯덩이 같은 어두운 기억의 한 묶음을 뭉턱 안길 듯한 눈길이다. 그러나 그가 어떻게 말해도 진석은 도망갈 수밖에 없는 처지였다. …… 아아, 그 아프고, 참담한 자의식을 어찌하랴. 그런데, 그가 무엇을 찾고자 한단 말인가. 장 회장은 그쯤에서 말하고 싶었던 바를 포기한 듯 무겁게 입을 뗐다.

"내 이 자리를 빌려 다시 한번, 자네에게 사과를 함세. 변명을 하자면 자네 어른이나 어머니나 이쪽에서 주려던 어떤 직접적인 호의도 극구 사양

했어. 그것 역시 다 지난날의 내 부덕이겠지만……."
회장은 여전히 감상적으로 과거를 돌아보는 듯했다.
"단지 자식에 대한 생각에서 두 분의 생각이 달랐다고 할까."
진석은 끈끈하게 다가서는 회장의 눈길을 피했다.
"듣자하니 그간 고생이 많았던 모양인데……. 미국에서 물리학을 전공하고, 또 요즘은 아이티 쪽 일을 하고 있다지."
회장은 상대의 거북한 마음을 읽었는지 화제를 돌렸다. 한 옥타브 올라간 어조가 오히려 이쪽을 긴장케 했다. 일순 면접관 앞에 앉은 꼴이랄까.
"어떻게 그런 일을 아시는지……."
"어허. 뭐 뒷조사라도 한 것처럼 들린 모양일세. 그게 아니고 재단에서는 유학을 보낸 학생들에 대해 사후 관리도 하고 있지. 아주 실력 있고 전도양양한 인재들이다 보니 귀에 들어오게 마련이지."
진석은 회장의 말을 액면 그대로 받아들여야 했다.
"양자물리학을 공부했지만 원체 컴퓨터와 소프트웨어 개발 쪽에 흥미가 많아서 중도에서 학업을 포기했습니다."
"것도 대단한 능력이지 뭔가. 특별한 이유가 있었을 텐데."
"그저…… 제 나름대로 꿈꾸는 일을 해보고 싶었습니다. 교육콘텐츠라든가, 건축 디자인, 문화 네트워크 같은……."
"그거 낭만적인 생각이군. 허면 랜 사업을 한 까닭은 뭔가?"
"장작을 패는 일이었죠. 일단 시장에 뭔가를 내다 팔아 종자돈을 만들고…… 그 다음 꿈꾸는 일을 할 수 있겠다는."
회장은 이쪽의 허를 찌르듯 단숨에 밀어 붙었다.
"그렇다면…… 여기서 자네 뜻을 펴보게. 마침 우리 큰애가 정보통신사업에 관심을 갖고 자회사를 만들긴 했지만, 그게 워낙 고급 두뇌를 필요로 하는 일이라서."

아예 이런 날을 기다렸다는 식의 말에 진석은 아연했다. 방금 전의 이쪽을 경계하던 눈빛이 어쩌면 그렇게 표변할 수 있는지. 장 회장은 이런 날이 올 줄 충분히 예상하고 있질 않았던가. 홀연 올가미에 목을 잡아 채인 듯한 통증이 일었다.

"다른 얘기보다, 자네 어머니가 생전에 바랐던 대로 조만간 다시 찾아와 주게. 그간 자네는 충분한 경력을 쌓았고, 우리로서는 자네를 당장 필요로 하는 입장이기도 하니까."

진석은 자신의 귀를 의심했다. 어머니의 바람이라니……. 장 회장은 이제 어떻게 하든 자신을 그룹 안의 수족으로 끌어들이려 할 것이다. 진석은 움직이면 움직일수록 더욱 조여지는 올가미에 걸린 줄 직감하면서 회장실에서 뒷걸음질 쳤다.

미궁 속의 유산

집에 돌아온 진석은 한동안 방바닥에 누워 양손을 깍지 낀 팔베개를 하고 멍한 상태로 천장만 바라보았다. 그때서야 진석은 어머니의 죽음이 아픈 현실로 되새겨지기 시작했다. 당신은 끝내 아무 말 없이 가셨다는…… 갑작스런 사고가 아니더라도 결국 그렇게 살다갔으리라는 암울한 절연감. 과연 누구였던가. 그리고 그들은 또 누구였으며 지금, 나는 누구의 유산이란 말인가.

어두운 과거의 그림자가 아예 샅바를 걸어왔다. 나 몰라라 했고 도망가려 했던 어둠 속 저편. 당장 방 윗목의 어두컴컴한 구석에 처박혀 있던 어머니의 유품이 떠올랐다. 누구도 거들떠보지 않았지만 오롯이 제자리를 차지하고 있던 갑게수리장. 그곳에는 상상키 어려웠던 유산이 잠들어 있었다. 누렇게 바랜 흑백사진들을 모아놓은 사진첩이며, 깨알 같은 글씨로 살림살이를 적어놓던 치부책, 낱낱 종이쪽의 일기라든가 편지 묶음이 오래 전 읽었을 몇 권의 책과 함께 차곡차곡 쌓여 감히 그 속 어딘가를 헤집어 엿보기가 두려울 정도였다.

술 취한 아버지며 이웃 여자들이 고깝게 대하던 대로 어머니는, 그 시절 드물게 대학 문턱에까지 가고도 뭇 남자에게 버림을 받아 사지구덩이라는 탄광촌까지 끌려온 신세가 아니었던가. 시집을 와선 단 한 번도 거들떠보지 않았을 샬럿 브론테의 '제인에어'니 토머스 하디의 '테스'니 헤르만 헤세의 '수레바퀴 아래서' 앙드레지드의 '좁은 문' 따위의 소설집은 그런 증표처럼 보였다. 남의 집에 드난살이하듯 이웃과 좀체 어울리지 못하면서도 그들과 사뭇 다른 생각이라든가, 세상에 대한 느낌이라곤 드러낸 적이 없던 여자의 흔적. 그것은 한 일생이 보여줄 수 있는 가장 명징하고도 이해하기 어려운 모순처럼 비쳐졌다.

언젠가는 이곳을 떠나겠다는 꿈으로 장만했을 미용기구 세트는 더욱 그랬다. 아이롱파마기며 커트용 가위, 브러시, 헤어드라이기, 자루거울, 앞치마 따위들. 살아생전 아버지에게 그것이 어떻게 가장의 체통을 구기는 반란의 도구로만 보였을까. 온 집안이 쑥대밭이 되는 싸움 끝에 결국 읍내에서 미장원을 내겠다는 뜻을 접은 당신은 집 뒤꼍에서 동네 아이들의 머리를 깎아준다든가 말많은 여자의 머리를 다듬어주는 데 만족해야 했다. 그 좌절과 인고의 내력이 담긴 기구들이 이젠 묵언을 거부하는 것이다. 실감이란 세월의 덧칠을 한 채.

장롱 더 깊은 안쪽에는 흰모시 저고리와 조끼가 은은한 발광체처럼 눈에 띄었다. 어머니가 아버지를 위해 애써 장만했다는 그것은 바로 엊그제 입었다가 개어 놓은 양 단아하고 살아 숨 쉬는 듯했다. 피륙보다 촘촘한 기억이 그런지 모른다. 고원의 여름치고 꽤나 덥게 느껴지던 어느 여름날, 어머니는 방안 가득 베와 모시 옷감을 펼쳐놓고 마름질을 하고 있었다. 도무지 어머니에게 그런 솜씨가 있으리라고 상상할 수 없었고, 왜 그런 옷을 만들고 있는지 이해가 가지 않았지만 어머니는 마치 초등학생의 공작 숙제를 하듯이 달뜬 분위기에 휩싸여 가위질이며 재봉을 해나갔다.

재봉틀이야말로 어머니가 이곳에서 정착을 결심하고 장만한 집안의 제일가는 가보라는 데 비춰보면 어머니의 기분을 그래도 넘겨짚을 수 있었다. 미장원의 꿈이 좌절된 후 어쩌면 새로운 궁리를 하며 아버지의 옷을 시험해보려는 것은 아닐까. 진석은 학교에서 돌아오자마자 책가방을 내팽개치고 어머니의 달큼한 살 냄새와 콧김을 쐬며 일을 도와주곤 했다. 그러면 어머니는 재미있는 숙제를 하던 입장에서 선생님처럼 조잘조잘 공부거리를 일러줬다.

"모시에는 초록이라든가 갈색 기운이 살짝 도는 생모시, 그 생모시를 잿물에 마전한 익은모시, 그리고 생모시보다는 부드럽고 익은 모시보다는 조금 빳빳한 반저가 있다. 마전이 뭐냐고? 옷감을 삶거나 빨아 볕에 바래는 거이지. 반저 옷감의 멋은 뭐니 뭐니 해도 마전한 뒤에도 가로, 세로로 듬성듬성 짙게 도드라져 보이는 갈색 올들이야. 이걸로 저고리와 조끼를 해 드릴 건데 얼마나 보기 좋겠냐. 조끼의 목둘레 동정은 아주 하얀 익은모시로 할거고, 모시 조끼 단추는 빨간 금파로 해야겠지. ……금파는 또 뭐냐고? 땅속에 송진이 엉겨서 영근 보석이야. 아직 어려서 노리끼리한 것은 밀화, 조금 더 익으면 금파, 거기서 더 오래돼 조청처럼 투명해지면서 빛깔이 깊어지면 호박이라고 부르는 건데…… 단추는 조금 더 있다가 장만해야겠다. 값이 웬만해야지."

그러나 어머니의 공작은 비용 문제는 그만두고 아버지의 눈 밖에 나며 또 한 차례 수난을 당해야 했다. 근무 시간 중 아픈 몸으로 갑자기 퇴근해 집에 들이닥쳐 사태를 눈치 챈 아버지는 시꺼먼 손과 얼굴 그대로를 옷감에 문지르며 웃음인지 울음인지 모를 괴성을 질러댔다. 아버지의 반감은 미용기구를 장만했을 때보다 더 격해 보였다. 그 비싼 옷감을 어떻게 사서, 무엇 때문에 짓는가 하는 의구심이란 진석에게도 여전했던 터였다. 탄가루가 자분 자분거리는 방바닥에 흰 옷감이 널려 있는 것조차 왠지 가슴을 오그라들게 만들지 않았던가. 어머니는 질겁해 옷감을 치웠고 사정사정을 해 겨우 옷감을 건사할 수 있었다.

그런 며칠 후 모자가 숨을 죽이며 시작한 일은 두루마기 작업이었다. 어머니의 말투는 한결 힘이 빠져 있었다. 아버지에게 동네 웃음거리 될 짓을 하지 않겠다는 다짐을 한 뒤였을 것이다. 그렇게 이웃의 돈을 우려내려면 내 오장을 다 파먹고 하라는 아버지의 말에는 막장에 있어도 어떻게든 가족을 책임지겠다는 신념 아니면 일종의 권위의식이라든가, 동료들에게 어떤 빌미로든 손가락질 당하기 싫어하는 오기가 충분히 감지됐다. 그러나 훨씬 더 시간이 지난 뒤에야 진석은 당신이 차마 얘기 못한 사실이며, 구태여 어머니의 그 일을 막으려 한 까닭을 알 수 있었다.

새 옷을 지어주는 일이란 죽음을 부르는 일일 수 있다. 더구나 베옷이라니! 아버지는 그때 당신의 수의가 만들어지고 있는 듯한, 아주 기분 나쁜 직감에 휩싸였던 것이다. 이런저런 일과 사물을 죽음과 연관시켜 불길하게 생각하는 탄광촌의 생리를 그때 어머니는 모르거나 아무렇지도 않게 여긴 탓이었다. 아버지의 속맘을 아직 모르던 어머니는 여전히 진석에게 당신의 고향인 안동의 물건 자랑을 들려주고 싶어했다.

"……이 안동포란 것은, 안동에서만 하는 생냉이 길쌈으로 짜낸 삼베를 말한다. 삼의 겉껍질을 훑어내고 속껍질만 생으로 길쌈해서 짜냈다고 생냉이지. 얼마나 시원하겠냐. 생냉이도 여러 질이 있어. 베틀에서 짜여진 채 내려 빛깔이 검불그레하고 손맛이 짯짯한 것, 그리고 그것을 잿물에 익혀 붉은 기운이 빠진 천에 다시 치자라든가 쪽, 잇꽃 따위 고운 물을 들인 거. 니 아버지한텐 생안동포가 어울릴 것 같아 내가 직접 안동 장에 가서 장만했구나."

어머니가 난데없이 고향에 다녀온 까닭도 그제야 안 일이었다. 두루마기가 끝날 무렵 삼복더위가 닥쳤다. 그러나 어머니는 옷을 내놓지 않았다. 그렇게 입을 옷이 아니라는 걸, 벌써 알고 지은 옷이 아니었던가. 어머니의 꿈은 더 먼, 아득히 먼 미래에 있었을 테니까.

진석은 하나 하나 어머니의 유품을 정리하다 날카로운 사금파리에 가슴 한쪽을 벤 듯한 통증에 사로잡혔다. 몇 번을 찢어버리려다 구겨진 채 남겨진 편지지에 휘갈겨진 죽음의 흔적. 여자는 그 어떤 배신감에 떨며 자살을 기도했다가 병상에서 눈을 떴으며, 홀연 저만치 새롭게 난 좁은 오솔길을 걷고 있었다. 그가 떠났다고 했다. 아니, 그를 떠난다고 했다. 아무런 설명이 없이, 여자는 그를 용서한다고 했으며 또한 울다 지친 웅크린 자세로 잠들어 있었다.

그는 누구였던가? 그녀에게 어떤 비련의 화살을 날렸을까. 진석은 숨이 막혔다. 아무리 망자의 것이라도 일기장이란 그녀가 저 세상에 가면서 깜박 두고 간 물건이 아닌가. 일기장을 훔쳐보는 자신을 누군가 또 다른 모습으로 엿보는 듯했다. 그리고 한 발 한 발 자신도 지옥으로 밀쳐지고 있었다. 어쩌면 지옥의 문은 미로 찾기의 막다른 골목처럼 입을 벌리고 있는

지 모른다. 그 문은 바로 엊그제 본 바로 그 문이었고, 아직 떠나오지 못한 과거의 굴레였다. 자정을 넘은 시각, 분명 시골집에 있는 줄 알았던 어머니가 방문을 두드렸다.

"힘들지?"

"뭘요. 다른 애들 하는 만큼 하는 건데……."

어머니는 과일을 깎아주며 새삼 그의 해쓱한 얼굴을 안쓰럽게 쳐다보았다.

"서운치 않니? 그저 돈만 대면 그만인 줄 아는 네 아비도 그렇고…… 객지살이 고생인 줄 뻔히 알면서 자주 와보지 못하는 내 신세나."

"……."

진석은 무언가 다른 얘기를 하려는 어머니의 표정을 읽었다.

"그렇지만 너는 태생이 공부를 할 팔자니까…… 대처로 나가길 잘 한 거야, 아무렴. 이 에미는 믿는다. 너야말로 이담에 아주 높은 자리에 올라서 훤히 세상을 내려 봐야지. 그러면 누군가 반드시 알아줄 게다. 그럼, 알아 주고 말고……."

그러나 어머니는 끝내 입안에 구르던 말을 삼키고 말았다. 누군가 반드시 알아줄 것이라는 바람은 기대가 아닌 강한 주문이며 암시처럼 들렸다. 진석은 그런 바람처럼 종종 예사롭지 않게 자신을 쳐다보는 어머니를 느끼곤 했다. 그건 다정함이라든가 따듯한 느낌과는 다른 불안하고 흔들리는 시선이었다. 진석은 동정을 받는 듯 했고, 동정만은 아닌 그 어떤 경계의 대상이 된 불편함도 느꼈다.

"그래, 공부 많이 해서 학자가 되겠다던 꿈은 여전하고?"

"배운 도둑놈은 더 못 쓴다면서요?"

"그거야 네 아버지가 한이 맺혀 하는 푸념이지."

어머니는 대뜸 통박을 줬다.

"전, 아버지의 그런 말씀이 싫어요. 아버지가 어떤 억울한 처지에 있는지 잘 모르지만…… 이겨낼 거예요."

지난번 고향에 내려가서 본 아버지를 두고 하는 다짐이었다. 이번에야말로 죽을 고비를 넘기게 된 세 번 째 사고였다. 얼굴에 피와 탄이 콜타르처럼 엉겨 붙어 누군가 분간이 안 되는 사람이 리어카에서 집안으로 털썩 부려졌다. 유난히 뻣뻣하고 많은 숱의 머리카락, 잔뜩 치켜 올려진 눈두덩뼈, 두두룩한 뺨과 빠른 하관의 턱. 아버지였다. 아니, 그 익숙한 외관이 금방 아버지라는 윤곽으로 잡힌 것이다. 리어카를 끌고 온 작자가 침을 퉤 뱉으며 말했다.

"안 들어가도 되는 막장에 땡삐 눈치 보느라 들어가더니 꼴 좋구나, 개자식 같으니……."

부엌 한쪽에 쪼그려 있던 진석은 그 욕지거리와 분노의 눈총을 그대로 뒤집어써야 했다. 그때 처음 알게 된 게 '땡삐'였고 훨씬 뒤에야 땡삐가 '장벌'이란 존재로 바뀐 줄 알았다. 늘 한 통속으로 잘 지내는 줄 알았던 동료들의 막말이라니. 심장이 콩알만큼 오그라드는 듯했다. 어머니는 거의 석탄더미와 다름없던 아버지를 끌어안고 하염없이 웅얼거리지 않았던가.

"너도 이제 알만하니 말한다만, 아버지는 원래 이런 저런 데 나설 사람이 아니었어. 그래도 심지가 굳고 믿을 만하니 주변에서 일만 있으면 앞장서게 만들더니…… 네가 본 꼴이 그렇지 뭐냐. 아버지가 다 죽어가던 이 명탄광을 일으켜 세웠대도 그게 어디 아버지 거라도 된단 말이냐. 너도 아예 그런 얼토당토않은 일들일랑 잊어버리고 네 할 도리만 하면 그만이야. 차라리 뭔가 일이 안 풀리면 신령 얘기 들어본다 생각하고 그곳 어른을 찾아가 봐라. 절대 아버지를 염두에 두지 말고."

자칫하면 여기서 끝날지 모른다. 진석은 잔뜩 긴장해서 어두운 과거로부터 탈출구를 찾는다. 어머니는 왜, 그곳 어두운 소굴의 두령을 찾아보라고 했던 것일까. 오히려 아버지와 마찬가지로 증오심을 갖고 입에도 올리지 말았어야 할 곳이 아니던가. 마치 무어라도 얻어오라는 뜻으로 읽혔다. 그것도 아직 입시 지옥의 울타리에 갇힌 수험생에 불과한 아들에게. 그때 어머니의 눈은 사교에 빠진 여자의 그것처럼 파란빛을 내뿜었다. 그렇지 않다면 산신의 계책을 숨긴 듯한. 진석은 미궁에서 헤어나기 위해 안간힘을 썼다. 애초에 들어오지 말았어야 할, 그 어떤 유혹이 있어도 빠지지 말았어야 할 함정이었다. 어차피 눈을 감고 지나쳐야 할 일이 아니었던가.

어느새 어머니는 정화수를 길어놓고 박달나무의 태우신 앞에 무릎을 꿇고 있었다. 한참 귀신과 싸우며 머리를 쥐어뜯긴 듯 산발인 머리에 허둥지둥하던 모습이 역력했다. 당신의 잘못으로 어느 아이에겐가 귀신이 붙은 모양이었다. 아이는 발광을 하며 귀신에게 들려졌다 놓였다 하는 것이다. 아주 오래 전부터 귀신에게 농락 당해온 것을 어머니는 그제야 눈치챈 듯 했다. 도대체 무슨 일이 있었단 말인가. 그녀의 기원은 태백산 신령의 재단에 올려진 두 아들을 위한 것이었다. 미농지에 적은 기원문이 눈에 띄었다.

비나이다 비나이다
박복한 팔자, 죄업의 굴레 씌어 이리저리 못하는 몸
때를 벗고 허물 벗고, 사지 놓아 빌고 비나이다
우리 진석이 영석이 형제
태백천신 가호 받고 동해용신 지혜 받고 서태우신 재물 받고
남방호신 용기 받고 북방구신 건강 받아

하는 일마다 형통이고 세상 훨훨 날게 하시며
비나이다 비나이다
육신의 뼈와 살을 받은 아비 에미 잊고
둘이 한 몸 되어 우애 있고, 신의 있고 의지가지 되며
제세지재 만방에 비취게 하소서

아아, 미궁의 출구는 없었다. 진석은 잘못 꼬여진 기억의 한 자락에 칼을 댄다. 순간 하얀 광선이 쏟아진다. 어머니의 침묵은 하얗게 반사된다. 하얀 문신을 새긴 검은 나비들이 파르르 날갯짓을 하며 갑게수리장에서 떼 지어 날아오른다. 그는 분가루를 떨어뜨리며 찢겨진 날개 한 쪽을 집어 들었다. 수국이 탐스럽게 핀 어느 정원의 긴 나무의자에 앉은 연인. 여자는 말쑥한 양복 차림의 청년에게 기대어 가볍게, 쓸쓸하게 웃는다. 그 오랜 세월이 지났어도 생생한, 그러나 금방이라도 지워질 듯한 웃음이다.

그는 더 이상 침묵의 밑바닥을 헤집으려 하지 않았다. 마지막 일기를 덮었을 때 어느새 다가온 어머니가 어깨를 짚었다.

"뭐가 그렇게 알고 싶지?"

진석은 움찔 놀라 뒤를 돌아보았다.

"내가 누구였을까 하는…… 어머니가 남긴 유산 말이에요."

"너는 누구의 자식도 아닌, 언제나 혼자일 뿐이었지."

어두운 창에 어른거리던 빛, 그것은 기억의 미궁이 만들었던 어머니였다.

2

황사

오늘따라 타워크레인의 팔 노릇을 하는 프런트 지브가 힘겹게 움직이는 듯했다. 며칠 째 걷히지 않는 황사 때문일까. 올해는 엘니뇨 영향으로 거대한 황사 층이 형성돼 최악의 상태가 계속된다고 했다. 까치집 같은 캐빈의 라디오에서 듣는 기상정보는 늘 불순했다. 꼭 그런 날만 잡힌다.

"간쑤성과 내몽골 지역은 수년째 가뭄이 계속되고 있으며…… 공업용수 증가로 강물이 바닥을 드러내고 있고……."

기상 캐스터는 가랑잎 부스러지는 소리로 전했다.

"강풍이 몰아닥친 간쑤성 일대에서는 일주일이 넘게 대기 중 뿌연 먼지가 태양을 가리고 있어…… 지역에 따라 홍갈색의 모래먼지가 뒤덮여 한때 5미터 앞도 볼 수 없을 정도라는데…… 오늘 오후부터 내릴 황사 비는 기관지염이나 각막 질환 등 각종 염증을 일으키고, 세균감염의 원인이 될 것으로 우려되니 외출을 가급적 피하시기 바라며……."

그야말로 웬수같은 황사주의보다. 타워크레인의 각 작업 부위를 점검하던 영석은 진저리를 쳤다. 오늘따라 유독 짜증나게 들렸기 때문. 하긴 그 기상 정보란 기껏 작년 이맘때며, 재작년 이맘때며 단골로 등장하던 똑같은 소식이 아니었던가. 늘 황사는 날아왔고 도시를 뒤덮고 사람들의 숨을 틀어막다 사라졌다. 그렇다고 세상이 조금이라도 바뀌길 하나, 겁낼 무엇이 있나. 그는 트롤리를 밀었다가 다시 당겼다.

불순한 일기가 아니라면, 무얼까 마음을 짓누르는 것은…… 그리하여 이 거대한 몸체를 무겁게 하는 현상은. 어제 너무 무리를 했기 때문일까. 과부하가 걸린 14톤짜리 예비 발전기를 도둑질하듯 기어코 들어올렸다. 그렇지만 아무런 이상 징후도 감지되지 않았다. 작업을 끝내고 타워의 턴테이블에도 충분히 기름을 먹였는데…… 영석은 눈을 질끈 감았다 떴다. 눈알이 뻑뻑했다.

이건 충분히 기분 문제일 뿐이야. 어제 작업량이란 늘 있어왔던 그저 그런 정도일 뿐이다. 작업량이며 일과의 무게를 느끼는 것은 기계가 아닌 바로 자신이 아닐까. 요 며칠 자신은 그들의 세계에 너무 다가갔었고 대책없이 흔들리지 않았던가. 어떻게 하든 조용하게 현장을 떠나길 바라던 형의 뜻이며, 애초에 가졌던 스스로의 다짐마저 깨뜨리고…… 추락이 아니라면 자멸의 길로 들어선 것이 아니고 무엇이랴. 그는 무엇인가에 밀리는 자신의 의식을 다잡고 다시 왼쪽으로 스윙 레버를 당겼다. 쭈르르-. 오른쪽으로 돌 때와 마찬가지로 신통치 않았다. 저속에서 중속으로, 그리고 고속 5단까지 올렸다가 내려보지만 아무래도 성에 차지 않았다.

돌릴 수만 있다면……, 그는 또 그 부질없는 상상을 해 보았다. 놀이 공원의 빼빼이 그네를 돌리듯 돌려보고 싶다. 세상을 달아매고! 세상의 무게가 무한의 원심력에 의해 극소의 값으로 작아지고 이윽고 점점이 사라지도록. 아냐, 조심해야겠어. 영석은 역시 자신의 무지근한 의식이 천상과 천하를 재고 있음을 깨달았고 경계했다.

지지지지직.

그때 지상으로부터 무전 연락이 올라오기 시작했다.

"어이, 곽 기사! 뭐 하시는가. 작업 시작 않고."

현장소장의 외침이었다. 어떻게 알았는지 다른 무전기들도 일제히 찍찍거리기 시작했다.

"오늘은 콘크리트 작업 좀 합시다."

"그러죠. 곧바로 갑바부터……."

"곽 기사, 곽 기사, 어제 올리다 만 프레임마저 올려야지."

일단은 그들을 안심시킨다. 어떻게 하든 먼저 허공의 후크를 잡으려하는 데 대한 다분히 형식적인 아침 인사다.

"알았어요. 네, 알았다구요. 조금 있다가 볼 테니."

숨 돌릴 틈 없이 재촉해댄다. 마치 눈뜨자마자 젖 달라고 아우성치는 짐승새끼들 같다. 영석은 실소를 흘린다. 지상의 모든 삶의 방식은 크든 작든 간에 그와 다름없이 단순하지 않은가. 다른 사람에 대한 요구이다. 끊임없는. 그러므로 존재한다. 그리고 또한 세상이 돌아가는 것이다. 파리똥도 똥이라고, 사실 타워크레인 기사는 현장에서도 보이지 않는 위세를 행사하는 편이다. 조금 늦고 빠르면 어때서 서로가 앞다퉈 일을 먼저 하려고 아우성이다. 타워크레인이 얼마나 부지런히 움직이느냐에 따라 작업 공정이 달라지게 마련이다.

영석은 심호흡을 가다듬었다. 순식간에 뒤얽힌 작업 순서를 정리해야 한다. 그때, 꽉 닫혀 있는 듯하던 천공의 창문으로부터 바람이 흘러내렸다. 호이스트 로프에 매달린 후크가 흔들거리며 구조물의 정면을 향했던 지브가 측면으로 스르르 미끄러졌다. 타워헤드의 플레이트에서 가볍게 와이어 풀리는 소리가 들렸다.

'아, 이제야 안심이구나!'

영석은 가벼운 안도감을 느꼈다. 바람만큼 정확한 계측기가 있는가. 언제나 바람이 부는 대로 부드럽게 움직이게 돼 있는 지브였다. 그는 풍압에 밀리는 대로 잠깐 마음을 놓았다. 모든 게 정상이다. 프론트 지브에 설치된 거리 계측 표지를 다시 살폈다.

25 M - 12 TON
36.7 M - 8.1 TON
48 M - 5.9 TON
60 M - 4 TON

부연 대기 속에 지브가 분할된 각각의 위치를 호명했다. 각자 들어올릴 수 있는 최대 중량이다. 마치 비어있는 시소의 모습이다. 매우 불안하게 텅 빈 모양이고, 가벼움이다. 캐빈 뒤쪽, 카운터 지브에 매달린 발라스트 블럭의 묵직함이 균형점에 있는 조정자를 압박한다. 빨리 상대를 태우라는 은근한 위압감이다. 그러나 서두를 게 없다. 캐빈의 주인공은 냉정해야 한다. 오늘의 총 중량을 가늠하고 복잡한 수치가 아닌 감각으로 균형을 유지해야 한다. 지금 눈앞에 보이는 것이 아닌 보이지 않는 하루의 총 중량으로 가늠해야 하는 승부, 그것이 일상이다. 영석은 재빠르게 오늘 작업물들을 떠올렸다. 콘크리트용 자갈 잔여분을 올려야 하고, 파이프 비계, 석재 프레임들하며, 냉각기…… 충분히 가벼운 것들이므로 엘마를 중속 위치에 놓는다. 이윽고 폐부 깊숙이 찬 숨을 내뿜으며 트롤리를 밖으로 내보내고 후크를 내리기 시작했다.

"스라게 스라게, 우스윙, 스라게- "

천천히 천천히 오른쪽으로 돌리라는 뜻이다. 무전기에서 흘러나오는 신호수의 지시에 따라 레버를 이리저리 움직인다. 순전히 감각으로 하는 운전이다. 후크를 땅으로 내려야 하는 이런 경우, 빌딩의 모서리만 보일 뿐 이젠 빌딩 바로 아래쪽의 현장은 전혀 보이질 않는다. 공사가 다 끝나고 있음을, 영석은 빌딩이 만드는 그림자의 크기로도 충분히 알고 있었다. 어느 때는 보이지 않는 물속으로 낚시를 드리운 듯한 암암한 기분이다. 지상으로 내려진 와이어만 흔들거린다.

"곽 기사님, 감 잡아요. 여긴 선진, 감 잡아요."

설비업체인 선진에서 호출이다. 기어코 창틀 새시를 올리려고 안달이다.

"여산 김 반장님, 소장 얘기 못 들었어요. 오늘 오후부터 비가 온다고 시멘트 올리지 말라는 얘기. 아니면 갑바를 올려 씌우든지."

무전기를 통해 협력업체끼리의 교신 상황이 그대로 전해진다. 후크는 순식간에 위아래를 오르내렸다. 워낙 가벼운 구조물들이다. 작업을 하는 인부들의 일손도 더욱 빨라졌다. 길게 담배 연기를 빨아들인 영석은 가벼움이 주는 헛헛함을 느꼈다. 너무 가벼움으로 중심을 잡지 못하는 듯한 체감이다. 거리가 자주 헷갈렸고, 쓸데없이 보조기어인 엘마스위치를 고속에서 중속으로 다시 고속으로 바꾸었다.

"마게, 마게 2미터, 마게…… 헬리포트 쪽에 내려줘요!"

권상 레버를 잡아당긴 영석은 순간 깜짝 놀랐다. 지브가 휘청했다. 트롤리가 지브의 거의 끝 부분인 60미터에 있었고, 고속으로 끌어올려지는 느낌은 전혀 다른 중량이었다. 깜빡 정신을 놓았던 탓이다. 타워크레인 제 스스로를 해체시킬 우인찌였다. 아아, 이제 떠날 때가 된 것이다. 매우 비현실적이며 감당키 어려운 무게가 후크에 매달려 흔들린다. 와이어가 팽팽해지며 캐빈까지 흔들렸다. 아찔한 현기증이 일었다. 구조물 전체가 한꺼번에 곤두박질 칠 듯한 공포감으로 머리끝이 쭈뼛해진다. 영석은 조심스럽게 트롤리를 앞으로 당겼다.

우연과 운명

형은 왜 자신을 이곳으로 끌어들였을까. 그토록 불신하고 원망했을 자신을 끝내 경계하지 않고 오히려 가까이, 그것도 바로 맞은편에 발을 딛게 한 까닭은. 그저 백수건달에게 작대기를 건네 준 정도였을까.

하긴 전과 기록을 감추지 않는 한 자신이 갈 곳이란 아무 데도 없었다. 아무리 막노동판이라 하더라도 세상은 그렇게 호락호락 하지 않았다. 불황의 그림자가 너나 할 것 없이 발톱을 세우게 했다. 제 몸뚱이 하나 건사하기엔 그만인 군대나 교도소에서나 상상할 수 없던 일이다. 때문에 남한산성에서 나와서 근 3년이 넘도록 그는 건설 현장의 밑바닥을 기어 다녀야 했다. 질통, 곰빵, 조적, 미장, 그리고 철골을 잇는 도비공에 이르기까지…… 얼굴이며 다리통에 부기가 주기적으로 올랐다 가라앉았다 했고, 이곳을 떠나리라 몇 번을 다짐하다 되돌아서곤 했다. 더 이상 바닥을 기고 싶지 않았건만 세상은 그의 어깨에서 아무 것도 내려놓지 못하게 했다. 그러나 타워크레인에 오르겠다는 꿈만큼은 포기할 수 없었다. 그렇게 온 세상을 굽어보며 훨훨 날 것이다. 그 꿈만이 그를 위무했다.

그 모진 세월 동안 영석은 한 번도 형을 무심하다고 생각지 않았다. 그 누구를 떠올리는 것조차 힘겨운 나날이었다. 아니, 그는 더욱 더 세상으로부터 떨어져 있고 싶었다. 제가 떨어져 있고 싶은 것이 아니라 그곳은 꽉 막혀 있다. 누구도 자신의 말을 제대로 들어준다거나 이해하려 하지 않았다. 아주 어렸을 적부터 그랬고 아주 먼 훗날까지 그럴 것이다. 형 역시 자신을 그렇게 대해오지 않았던가. 실낱같이 기억이 닿을까 말까한 어두컴컴한 동굴에서 영석은 어린 여동생을 잃고 혼자 살아 나왔다. 그때부터 세상은 나뉘어졌다. 하나가 아니며 둘이고 둘이 아닌 넷이 될 수도, 열이 될 수도 있으며 세상에도 안이 있고 밖이 있다는 사실. 영석은 저 먼 밖에 서 있기 일쑤였다. 그들은 한 번 닫은 문을 열려고 하지 않았다. 군대에서의 사고가 결정적이었다. 헌병대 유치장에 들른 형의 표정은 한없이 쌀쌀하고 메말라 보였다.

너를 믿으마, 하는 형의 말투가 건성으로 들렸다. 오히려 너를 못 믿겠다는 불신의 고리처럼 영석의 의식을 옥죄었다. 그 때문은 아니지만 그런 형에 대한 반감에 기대어 영석은 끝내 변호사 선임을 거부했다. 남의 생명을 앗은 죄 값을 마땅히 받겠다고 지레 큰소리치고 나섰던 것이다. 형은 그런 영석의 오기마저 못마땅하게 여기며 차갑게 웃지 않았던가. 너는 지금 가만히 있어야 한다. 말하지 말고, 꼼짝 말고, 숨 쉬지도 말고…… 형은 자꾸 그의 고삐를 죄려 했다.

춘천 헌병대에서 남한산성으로 이송되고서야 형은 어머니의 죽음을 알려줬다. 영석은 그때에야 분명히 깨달았다. 자신은 남의 운명을 훔치고 훔친 생명으로 연명하고 있음을……. 어렵사리 그곳을 찾았다는 형은 황사와 플라타너스 꽃가루로 고통스러워했다. 계절이 바뀔 때마다 알레르기성 비염으로 고생을 하던 그 모습 그대로였고, 헤어지자고 했던가. 이젠 각자 잊고 제 갈 길로 가자고. 마치 분명하게 잊어버려야 한 걸음이라도 앞으로 나갈 것 같은 처참한 표정이었다. 그러면서 형은 그간 벌였던 일들이 신통치 않아 어디 연구소에라도 들어가야겠다고 말했다. 어쩐지 실패의 그림자를 감추고자 허둥지둥하는 모습이 역력했다. 누구든 쉽게 찾을 수 없는 성으로 자신을 유폐시키려 하는 연막이겠지. 다시는 못 만날 세상의 인연. 아니, 만나서는 안 될 위험한 사이. 영석은 이후로 어떤 일이 있어도 먼저 연락을 하지 않겠다고 다짐했다. 미루나무에 소복이 쌓인 누런 모래가루가 후루루 날려 눈을 아리게 했고 이빨 사이에서 자금자금 씹혔다. 점점 사라지는 형의 쓸쓸한 뒷모습도 모래 그림자처럼 보였다.

'너는 지금 저 소리를 못 듣겠니?' 창밖에는 잿빛 눈발이 지상에서 하늘로 거꾸로 피어오르며 어지럽게 날렸다. 사각거리는 소리가 바람을 가르고 들렸다. 영석은 숨이 막혀 버둥거렸다. 그것은 멀어져 가는 이머니의 한숨과 흐느낌 소리가 아닌가. 형은 그 어머니의 흔적을 좇고 있었던 것이다. '저것 봐! 네가 보낸 귀신이 보이지, 으흐흐. 너 이 자식!' 형의 눈길이 이글거리고 있었다. 헛것의 정체를 밝히라는 분노와 저주의 윽박지름 아닌가. 금방이라도 이쪽을 메다꽂아 패대기칠 기세였다. 영석은 이내 자리를 박차고 길 저편으로 달음질치는 형을 좇기 시작했다. 정강이까지 푹푹 눈이 쌓인 길에 눈보라가 더욱 거세게 몰아쳤다. '어딨어, 어머니. 어디로 가는 거야?' 허우적거리는 길 저편으로 희끗거리는 형상이 떠오르고 있었다. 이 쪽으로 한 걸음 한 걸음 가까워오는 흰 소가 아닌가. 소복이 눈을 뒤집어 쓴 태우, 바로 그 모습이었다. '저리 비켜! 저리 비켜!' 갑자기 형의 외침이 들렸다. '이제 너를 부르러 오는 거야, 자식아!' 영석은 비틀거리며 눈을 치켜 떴다. 우윳빛 얼음장으로 본떠진 어머니 얼굴. 또 그 악몽이다.

그런 형의 연락은 마치 죽은 시간 속에 떠오른 잔형과 같이 음습하고 당황스런 것이었다. 아니면 그 어떤 의도를 감추고 제 스스로 다가 온 것일까. 영석은 가끔 소용돌이치는 의문에 빠져 마주한 빌딩을 내려보곤 했다. 이제 그 의문은 아주 강한 후회와 번민으로, 그리고 또 다른 보이지 않는 적에 대한 들끓는 분노로 하여 꼬리를 바짝 치켜들고 있었다. 자신도 주체하기 어려운 본능이며 터질 듯한 긴장감이다. 적은 금방이라도 이쪽을 집어삼킬 듯 눈을 희번덕거리며 움직이고 있다. 자칫 한 눈을 팔면 금방 재물이 될 형국이다. 적은 자신의 모든 것을 알고 있고 단숨에 목을 조일 수 있는 위치에 있다. 단지, 마지막 남은 시간을 재고 있다. 그런데도 형은 멀

거니 창밖을 내다보고 있다. 구경꾼일 뿐이다. 이번에도 끝까지 방관할 모양으로.

캐빈의 옆 유리창으로 부연 사무실 등 빛이 비춰왔다. 잠깐 눈을 붙였던 모양이다. 줄지어있던 레미콘 차며 빨빨거리던 인부들이 종적 없이 빠져나간 현장. 쌍둥이 빌딩의 동관에서 비춰지는 조명으로 인해 이제 이쪽은 완벽한 공동이 된다. 그들은 이쪽을 어떻게 볼까. 과연 이곳을 저 쌍둥이의 한쪽으로, 제 분신으로 보며 온전히 하나가 되는 날을 꿈꿀까. 아니면 거대한 어둠의 수렁이며 유적지처럼 으스스한 느낌으로 밀치고 있을까.

아무도 알 수 없고, 볼 수 없는 이명그룹의 허상. 영석은 이제 완성을 눈앞에 두고 있는 이쪽 쌍둥이 빌딩에 있다. 그림자에 갇혀 있다. 이제, 누구도 찾지 않는 그림자의 너울 속에. 그는 조갈증을 느끼고 페트병에 남은 마지막 생수 한 모금을 들이켰다. 혼자다. 허상의 구조물 속에 혼자다. 그리고 하늘과 땅 사이에 혼자다. 일찍이 느껴보지 못한 막막함이다. 그 어떤 감옥에 있을 때보다 더 감옥 같은 절연의 상태. 가슴에 내뱉지 못한 이산화탄소가 가득 차오르는 듯했다. 아니, 하루 종일 도시가 뿜어낸 이산화탄소가 불투명 막처럼 덮여 있음이다. 그리하여 잠수함의 토끼처럼 헉헉거리고 있는 것이다. 그는 막막함이니, 허전함이니 따위의 감상보다 더 물리적인 쪽으로 자신의 감정을 희화시켰다. 그렇지 않다면, 도저히 견딜 수 없는 고독이며 절망이다. 잠수함의 토끼처럼, 타워크레인의 캐빈에 갇힌 토끼는 이 도시의 위험을 경고하고 있다.

'형, 난 이렇게 죽어 갈 거야.'

그는 신음처럼 웅얼거렸다. 이쪽에서 서편으로 비스듬히 보이는 연구실 한쪽의 불은 더욱 밝게 빛을 발했다. 형의 호흡 때문일 것이다. 그는 불현듯 형의 자리가 궁금했다. 도대체 밤낮 무슨 연구며, 어떤 환경에서 누구와 일을 하고 있는 것일까. 그는 아무렇게나 뒹굴러 다니던 핸드폰을 잡았다. 저 불 켜진 도시의 세포에 마지막 신호를 보내고 싶다. 그러나, 그는 곧 형의 전화번호를 제대로 챙긴 적이 없었음을 깨달았다. 형에게 자신의 존재가 위험하기만 한 시한폭탄이었다면 그는 무엇이었나. 형은 그저 먼 그림자일 뿐이질 않았던가.

'아냐, 난 살아 남을 것이고, 날아가고 말겠어!'

그는 크게 숨을 내뿜고 기지개를 켰다. 쓸데없는 무른 감상으로 자신과 남을 귀찮게 하지는 않을 것이다. 결국은 내가 움직이고 내가 정지해야 한다. 그는 잡념을 털어냈다. 캐빈의 창을 활짝 열자 금방 바람결이 흘렀고, 한 동안 잊었던 콘크리트 냄새가 지친 삶을 위로해주는 방향제처럼 스쳤다. 어떻게 하든 이 위태위태한 고비를 넘기고, 훌쩍 떠날 것이다. 그것만이 자신을 여기에 부른 형에 대한 도리이고, 또 다른 희망이다. 다시는 방황하지 않으리라는, 먼지처럼 떠돌지 않으리라는 자기 암시며 다짐이기도 했다. 당초에 형은 이곳 쌍둥이 빌딩의 서관 신축 담당 소장에게 자신을 소개하며 말했었다. 이것이 우리들 사이에 있을 수 있는 마지막 거래라고. 웃으며 말했지만 마지막이란, 어쩐지 불순한 의도를 감춘 듯 들리기도 했다.

"왜, 불안한가 보지? 또 사고 칠까 봐."

그때, 영석은 꽤 뒤틀린 심사로 말했다.

"제발, 이번엔 그런 시험에서 빠져나가길 바란다. 그래야……."

제대로 사람 구실을 할 수 있다는 뜻이겠지. 영석은 형의 하소연을 읽었다. 그러나 기껏 인연을 끊자고 단호할 때는 언제고 다시 나를 불러들였냐는 고약한 심사에서 자꾸만 말이 엇나갔다.

"그게 어디 내 맘대로 되는 일인가?"

형은 목구멍에 걸린 가시 같은 말을 뱉어냈다.

"신은 없어. 너를 잡아먹을 귀신도 없고 너를 보호할 수호신도 없어. 넌 단지 네 스스로에게 조종 당해온 거야. 그걸 우연이라 한다면 우연이라 할 수 있겠지만."

"신이 없는 운명? 그렇지 않아. 난……."

영석은 대뜸 고개를 저었다. 형은 일찍이 그 어떤 신의 존재도 부정하고 그런 성상이나 성물 앞에 엎드려 비는 일을 무시하는 편이었다. 고향에서 쉽게 흘려듣는 산신령 따위는 말할 것도 없이 고개 넘어 학교를 가려면 돌 하나쯤 얹어놓고 가야하는 서낭당이며 장승에 대해서도 업신여기기 일쑤였다. 어린것이 그렇게 무서움을 모르고 대견할 수 있을까. 언젠가 자정이 넘은 때 술에 취해 골짜기 어딘가 쓰러져 잠든 아버지를 부축해 온 형을 보고 어른들이 혀를 내두르며 한 칭찬이란 본디 신과 무관한 형의 본성을 모르고 한 소리들이었다. 하물며 귀신이라니! 아이들의 귀신 얘기 속에서 뒤로 물러나 있는 형은 얼음장 속의 돌보다 더 차갑게 보였다.

형에게 신은 아무런 의미가 되지 못했다. 차라리 우연에다 약속을 하고 내기를 한다면, 그쪽에 거는 편이었다. 우연이 바로 운명이라는 확신. 수많은 우연이 아무런 원칙 없이 배열돼 있는 것이 인생이라고 믿는 것이다. 운명이란 의도적으로 우연을 불러들이는 습관, 자기 암시, 강화의 일종이며 사람들은 누구나 어느 한편 그런 공작을 꾸미기 원하고 그러면서 운명을 개척해 나간다고 떠든다는 얘기. 운명이란 절대 거역할 수 없는 힘이라든가 누구라도 감히 바꿀 수 없는 신의 노름이 아니다. 거기까지라면 학창시절 누구나 가졌을 만한 개똥철학이 아닐까. 그러나 그것이 형의 신앙처럼 된 데는 대학에서 전공한 양자물리학이 결정적이라고 했다. 어째서 그런 공부가 신을 더욱 부정하는 쪽으로 작용했는지 영석으로서는 도무지 이해하기 알 수 없는 일이었지만 어느 때부턴가 한층 깊어진 대화의 골만큼은 분명하게 의식됐다.

"신에게 놀림 받는 거야!"

영석은 항변했다.

"아니지, 단지, 우연일 뿐이야. 아주 아주, 드문 경우의 수라는 거."

"말도 안 돼. 이건 도깨비장난이라고."

"바보야. 잠깐 바이러스에 걸려 버벅 거릴 때가 있겠지."

"비유 한 번 그럴 듯하네."

"어쨌든 뒤를 보면서 앞으로 걸을 순 없는 거야."

과연 형의 말대로 자신은 중복된 우연의 피해자일 뿐일까. 그도 아니면 고약한 해커의 공격을 받은 데 불과할까. 어쨌거나 자신은 여동생과 어머니, 그리고 군대 상사를 저승으로 보내고 버젓이 살아 있는 파렴치한이 아닌가. 살아 숨 쉰다는 자체가 누적되는 빚이란 사실을 잘 알고 있었다.

운명보다 더 무서운 일은 그릇된 선택이며 의지일 수 있다. 형은 어리석거나 비굴한 선택을 한 것이다! 그리고 자신은 또 다시 도깨비놀음에 빠졌을 뿐이다. 한번 빠지면 어찌할 수 없는 미궁. 아무리 출구를 찾으려 애써도 같은 곳을 돌고 있을 뿐임을…… 그는 자신을 무너뜨린 위장된 우연의 경험으로 알고 있었다. 그것은 호의나 자선의 형태로 와서 감언이설로 감정을 뿌리 채 흔들고 뿌리 채 어설픈 인간의 꿈을 말라 죽였다. 결코 우연이 아닌 타자에 의한 작용이며 희롱인 것을, 운명이라고 아주 쉽게 말한다. 그러므로 우연은 박사모의 꽃술처럼 강자에게 돌아가는 장식이고, 운명은 약자에게 주어지는 짐일 뿐 아닌가. 영석은 형이 자신에게 또 다른 내기를 걸지 않았던가 의심했다. 참으로 음험한 호의가 아니었을까. 예컨대 정상인으로의 길을 걸어갈 수 있을지 살펴보기 위한 일 따위의. 아니라면 자신의 선택을 합리화시키고 그 선택에 자신을 끌어들이기 위한 나약한 동정심일 뿐인가.

어쨌든 잊어버리고 오지 말았어야 할 곳이었다. 영원히.

그걸 모를 리 없는 형이었다. 실컷 아버지의 육신과 영혼을 희롱하며 배를 불리다가 죽음으로 내몬 악마의 성채. 아버지는 그 자신이 파헤친 악마의 땅 아래 고스란히 묻혀 아직도 눈을 감고 있지 못하고 있을 텐데…… 아무리 그들이 생전 아버지에게 저지른 악행을 모른다 할지라도 어찌 그들의 더러운 뱃구레에 기어들 생각을 할 수 있단 말인가. 아니라면 정말 자신이 모르는 숨은 뜻이 있는 걸까.

그 수수께끼의 한복판에 서 있다. 심판관이며 또한 심판 당하는 입장으로. 한번은 올라봐야 할 미궁의 제단이었다. 아버지와 온 가족을 갈가리 찢어놓은 악마의 정체를 확인하고 싶었던 것이다. 아니라면 형의 부름을 따른 것부터가 잘못 된 일이고, 치욕스러운 위선일 테니까. 형은 늘 현실의 목소리로 불렀을 뿐이다. 아픈 현실로 영석을 배척하고 질시하고 증오했으며, 되돌아서서는 그 아픈 현실로 무엇이든 받아들일 태세를 취했다. 그 위선 된 현실의 부름을 몰랐던가? 영석은 스스로에게 되물었다. 아니, 알면서도 따르고 싶었던 탓일까. 더구나 하늘을 오를 수 있는 일이었다. 그토록 꿈꾸었던 일, 자격증을 따고도 불가능하게만 여겼던 천상의 작업이었기에 두말없이 응낙했던 것이다.

"넌 그 엉뚱한 생각 때문에 사고를 친다니까."

처음 형의 알 수 없는 처신에 항변했을 때, 그는 막무가내로 말을 잘랐다.

"저 사람들은 아버지를 죽게 한 악당들이잖아!"

"악당? 그렇다면 아버지는 기껏 악당에게 당한 패배자란 말이지?"

형은 숫제 비아냥거렸다. 아버지는 당신에게 부여됐던 짐을 걸머졌을 뿐이라는, 아주 비정한 관조자의 입장이기도 했다. 그리고 그 자신 역시 사업에 실패하고 구렁에 빠져 있다가, 이곳에 몸을 빌붙게 된 사정을 숨기지 않았다.

"……."

영석은 참담한 회한으로 더 대꾸를 할 수 없었다.

형은 자신의 빗나간 현실을 증오하듯이 그 이상했던 아버지를 여태 받아들이지 않고 있는 것이다. 지상에서보다 갱 속에서나마 사람답게 살기를 꿈꾸다가 화염 속으로 사라진 아버지. 그는 형에게 아무런 빛을 남기지 않았다. 허상이었을 뿐이리라. 형은 영석을 통해 아버지의 허상을 보고 있는지 모른다. 바로 엊그제 들은 말처럼 형의 얘기가 떠올랐다.

'하늘에 천장이 있다고? 그건 너를 가두려는 아버지의 꿍꿍이속이었을 뿐이야.'

3

천장에 닿아 불탄 새

눈이 내린다. 펄펄 눈이 내린다. 눈이 내리면 새까만 탄광마을도 하얗게 변한다. 펄펄 내리는 눈과 함께 세상은 더욱 환하고 넓게, 마치 닫혀 있던 문을 열어젖힌 듯 바뀐다. 이 세상에 하늘만큼 넓은 게 없다고 하지만 산봉우리 봉우리로 울타리를 두른 하늘은 아무리 둘러봐도 운동장 몇 개를 늘려놓은 넓이밖에 아니다. 코앞에서 재자면 세 뼘, 네 뼘이면 끝에서 끝이다. 그런데 울타리가 사라진 것이다. 하늘이 내려온 걸까. 아니, 땅이 올라간 걸까. 어디 길도 없다. 그냥 걸어가면 길이다.

그렇게 자꾸 걸어, 걸어가면 다른 마을이 나올까. 다른 사람들, 다른 집들이 옹기종기 모여 있는 마을이 나오고 또 마을이 나오고 또 마을이 나오고…… 해서 아주 많은 사람들이 오글오글 모여 산다는 도시가 나오고, 빌딩이 산보다 높고 차가 사람보다 많다는 서울일까. 먹고 싶은 것 마음껏 먹고, 입고 싶은 옷 마음껏 입고, 동물원이란 데를 가면 호랑이, 사자, 코끼리, 원숭이, 곰 따위도 실컷 보고 돈도 많이 벌 수 있다는 서울.

'그럼 니네 아버지는 왜 그 좋은 서울을 떠나 여기 왔대.' 그러면 멍충이는 나도 모른다고, 까만 콩 같은 눈알만 깜박인다. 그러다 거짓말이 들킨 것 같으니까, '우리 아부지가 그러는데', 내년에 서울로 다시 간다고 했단다. '우리 아부지가 그런' 겨울이 다시 돌아와서 눈이 내리고 있는 줄 멍충이는 정말 모르고 있었다. 사실은 공동변소에서 아침마다 만나는 영철이네 아버지도 그랬고 순실네 아버지도 그랬고 봉훈네 아버지도 그런다고 했었다. 강릉에서 내려왔다는 순실네는 작년에 이삿짐까지 꾸렸다가 그냥 있는 거라고 했다. 눈이 내리기 전 떠난다던 겨울이 벌써 세 번, 네 번, 그 다음엔 몇 번인지 모르게 찾아오고 갔다.

엄마는 그래도 그 말을 곧이곧대로 믿어주려는 모양이다. 아버지는 술만 마시고 돌아와서 두만강 푸른 물이니, 백마강 달밤이니, 날이 새면 물새들이, 하며 하도 들어서 자장가처럼 들리는 노래나 흥얼거린다. 그냥 불쑥와서 문지방을 타고 담배만 뻐끔거리는 모습보다야 낫지만 그래도 오늘 낮에 아이들한테 놀림 당한 걸 생각하면 아버지가 얄밉다. 아버지들은 다 뻥쟁이에다 거짓말쟁이다. 그런데 멍충이도 나중에야 알아챘다. 아무리 눈이 내려도 눈 한 송이 아버지가 일하시는 굴 속 깊은 곳까지는 떨어지지 않는다는 걸. 온 천지 눈이 뒤덮여도 땀방울만 흘리며 까만 탄 속에 뒤덮여 있어서 약속한 겨울이 어떻게 지나가는지 고만 잊고 말았으리란 걸.

눈이 내리면[1]

우리 마을 하늘에
눈이 내리면
끝없이 끝없이
눈이 내리면

1 임길택 동시집, '탄광마을 아이들' (실천문학사)에서

까만 길 까만 지붕
눈에 묻히고
아버지 탄 캐는 소리
눈에 묻히고

하얗게 하얗게
눈이 내리면
우리 마을 하늘에
눈이 내리면

이 세상 슬픈 일들
눈에 묻히고
봄소식 씨앗 되어
고이 잠들고

한겨울, 얼어붙은 하얀 하늘에 손거울로 햇빛을 반사시키면 금방이라도 깨질 듯한 날.

"어, 이거 뭐지?"

날개가 불에 그슬린 것 같은 새였다. 아이들은 전쟁놀이를 멈추고 한 곳에 모였다. 다닥다닥 사택이 붙어 있는 마을 뒤쪽 하늘을 이은 바위틈에 둥지를 틀고 사는 독수리보다 큰 새였다. 여태껏 보아온 어느 새보다 우람하고 긴 다리를 가진 새였다. 형의 친구는 새를 주워 올리며 말했다.

"눈이 멀었던 모양이군!"

그는 도톰하게 닫힌 눈두덩을 까뒤집어 보며 말했다. 닫힌 부리를 벌려도 보았다. 누군가 아직 몸뚱이가 따뜻하다고 했다. 목이 부러진 것 같다고도 했다. 그때 형의 또래를 졸졸 따라 다니는 아이가 말했다.

"아냐, 너무 높이, 높이 날아서 타버린 거야."

"바보, 높이 난다고 불에 데냐?"

"우리 아버지가 그러셨는데…… 새들도 다 길을 찾아서 날아다닌대. 너무 낮게 날면 힘이 들어서 금방 지치고, 높게 날다간 숨이 막히고 길을 잃고 천장에 닿으면 타버려서……."

그렇게 말하며 형을 쳐다보았다. 그렇지만 형은 응원하지 않았다.

하늘에 천장이 어디 있냐고, 다들 코웃음을 쳤다. 아이는 지지 않았다.

"난, 천장까지 가 볼 거야."

그때 서울아이가 주머니칼을 꺼냈다. 숫돌에 금방 간 듯 날에 파란빛이 감도는 겁나는 칼이었다. 그 아이는 여기 살다가 서울로 전학 간 후 방학을 해서 내려와 웃말의 사택에서 지낸다고 했다. 형들보다 나이가 적어 보이는데 아이는 씩씩하게 한쪽 날갯죽지를 도려내고 깃털을 좍좍 날렸다. 일부러 아주 용감한 척하는 것 같았다.

"난 날개를 보면 잘라내고 싶어."

형은 주머니에 손을 넣은 채 물끄러미 서울아이가 하는 짓을 쳐다보고 있었다. 누군가 한쪽에 벌써 불을 지폈다. 아이는 침을 삼키며 형의 손을 꼭 잡았다. 어깻죽지가 스멀스멀했다. 저 불쌍한 새를, 형의 무리들은 침을 흘리며 기다리고 있었다. 천장에까지 날아갔다가 죽어 떨어진 새…….

"자, 먹어 봐. 어서. 하늘이 구운 새라니까."

"와 하하하."

영석은 소스라치게 놀랐다. 눈망울에 도깨비불을 달고 볼강스런 얼굴로 이쪽을 쏘아보는 계집애들. 서울아이의 동생과 제 누이동생인 신례였다. 둘은 몇 걸음 뒤에 서서 어깨동무를 한 채 새의 날개가 갈가리 찢기는 모양을 본 것이다. 영석은 잔뜩 어깨를 움츠리고도 서울 계집애에게는 배시시 눈짓을 보냈다. 이제 막 붉은 물이 들어가는 토마토 같은 볼이 조금만 눌러도 터질 듯하다. 정말 아이 같지 않게 조숙하고 예쁘다. 영석이는 자기는 잘못이 없다고 어떻게든 알려주고 싶었다. 웃음소리가 바짝 달은 커피포트의 물처럼 일시에 증발하며, 환영을 만든다. 환영은 가시가 가득 달린 엄나무와 같이 영석을 꼼짝 못하게 에워싼다.

까마귀 잡는 아이들

아무 일도 없던 겨울이 지나고 봄이 가는가 싶더니 또 다른 계절이다. 봄인지 여름인지 모를, 여름인지 가을인지 모를 그런 철이 마디져 있어서 여기서는 일 년 사계절이 아니라 삼 계절로 돌아가는 탓이다. 어깨를 움츠리고 있던 소나무, 참나무, 전나무, 상수리나무, 신갈나무, 굴참나무, 물푸레나무들이 기지개를 활활 켜며 한동안 잊었던 친구들을 불러들인다. 청노루며 고라니, 산토끼, 다람쥐에 청설모, 뻐꾸기, 곤줄박이, 솔부엉이, 풍뎅이, 하늘소, 구렁이까지…… 희뜩희뜩한 햇빛과 숨바꼭질하며 고물거리는 놈들이 멀리서도 보이는 듯하다. 이쪽저쪽 산등성이를 건너지른 고가삭도의 강선에 매달린 탄차는 벌써 꾀가 나는지 기진맥진 탄가루를 폴폴 날린다.

산비탈을 타고 일자로 열 줄 스무 줄 가지런히 병렬한 연립주택들이 어느 때보다 부럽게 보인다. 여기서는 최고로 치는 사택이다. 그 아래쪽에

드문드문 떨어져 있는 단칸 판잣집에 흙벽돌집이며, 거적때기 집에도 사람들이 빨빨 드나든다. 여름 장맛비만 오면 쓸려 내려가곤 하던 집들이다.

"얘, 저기는 뭘 키우는 데니?"

그 서울 계집애가 암상궂게 물었다. 아이는 입천장이 타고 가슴이 할랑거렸지만 고개를 뻣뻣이 들고 대꾸했다. 다행히 아이는 방 두 칸짜리인 집에 살고 있었으니까.

"응, 저긴 돼지우리야."

사실은 움막 같은 집이지만 뭐라 흉볼까봐 둘러댄 것이다. 탄광마을에서는 그런 일쯤이야 아무렇지 않다. 아이는 진짜 그렇다고 생각해버렸다. 계집애와 어떻게든 친하게 사귀고 싶었다. 나뭇가지로 자꾸 땅을 파고 있는데 계집애가 먼저 다가와서 속삭이듯 말했다.

"난, 이 시골에서 아는 애가 신례하고 너밖에 없어."

"응? 뭐라고? 왜?"

아이는 잘못 들은 척했다.

"넌 저 도깨비 오빠들하고 다르잖아. 난 다 봤어. 저 오빠들이 까마귀 날개도 도려내고 토끼 간도 끄집어내고, 뱀 껍질도 벗기고, 개구리도 구워먹는 걸. 넌 그렇지 않지? 그래도 난 네가 있어서 조금 안심이야. 넌 그런 못된 오빠들을 막아야 돼. 그렇지?"

갑자기 쏟아내는 말에 아이는 벙벙했고 조금씩 우쭐해지기 시작했다.

"하하하. 그럼. 난 그런 형들하고 안 놀지. 난 나무나 꽃들이 좋아. 난 진달래나 아카시아 꽃이 좋고 자갈밭이 좋고 뭉게구름이 좋고 눈사람이 좋지. 하하하."

계집애는 당돌하게 아이에게 기대며 손안에 꼭 쥐고 있던 걸 내밀었다. 아주 따듯하고 노란 새알이었다.

"무슨 새알이 이래?"

"낑깡이라는 새알이야."

아이는 탱자 알을 진짜 새알로 알고 새끼를 쳐내려는 듯 주머니에 넣고 자꾸 어루만졌다. 계집애에 대한 알 수 없는 느낌이 새록새록 커져만 갔다. 그래서 틈만 나면 쪽문을 열고 밖을 기웃거려도 바람만 뒤숭숭하게 지나간다.

빨랫줄에 바지랑대가 축 걸쳐져 있다. 마을 한복판으로 난 길에는 똥개 한 쌍이 엉겨붙어 낑낑대고 있다. 텅 비어 있는 것 같지만 을반 근무를 나가야 되는 어른들이 잠들어 있는 시간이다. 일하는 아버지에게는 낮이 밤이다. 햇빛 한 번 제대로 쐬 봤으면 좋겠다면서도 집에만 돌아오면 줄곧 꾀죄죄한 담요만 끌어당기는 아버지가 바보 같다. 잠을 자면서도 굴을 파는지 드르릉드르릉 소리가 그치질 않는다. 아이는 행여 아버지의 잠자리를 밟을까 가만히 부엌으로 연결된 쪽문을 열었다. 반쯤 열린 찬장, 텅 빈 물 초롱, 우묵한 함지박이 뭔가 보채듯 하고 한쪽에 세워놓은 도끼날이 푸르게 빛났다. 부뚜막 위 양은 냄비에는 허연 고기 국물에 제법 많은 돼지고기 살점과 비계 덩이가 둥둥 떠 있다. 그건 아버지에게 약이라고 했다. 일을 하면서 들이킨 탄가루나 가스를 씻어내는 데 엿가락이나 돼지 기름만한 게 없다는 것이다.

요즘 들어 아버지에 대한 엄마의 대접이 아주 좋아졌다. 어쩌면 머지않아 여기를 뜰 수 있을지도 모른다고 했다. 뭐냐면 아버지가 죽어버린 땅 줄기에서 엄청난 탄통을 터트렸다는 것이다. 어른들이 말하길 탄통이란 땅 속 깊이 얼기설기 뻗어나간 탄맥에 달려 있는 노다지란다. 그게 얼마나 크냐면 웬만한 도시 사람들이 모두 한 겨울을 나고도 남을 산더미 같은 양이라고 했다. 더구나 광업소에서 내버린 줄기를 아버지가 우겨서 찾아

낸 것으로 사장이 잔치까지 벌려주고 아버지한테 따로 푸짐한 상까지 줬다니…… 그 국물이 집안에 나도는 모양이다. 아이는 생침만 꿀꺽 삼키고 하던 엊그제 기억으로 몇 점 고기를 한입에 털어 넣었다. 그리고 누가 볼까 얼른 팔뚝으로 주둥이를 훔쳐내고 살금살금 밖으로 나왔다. 일요일인가보다. 달력을 제대로 본 적 없어도 문밖에 아이들이 보이면 그게 일요일이다. 마을 조금 위쪽 개울에는 엄마들이 쏟아져 나와 줄줄이 빨래를 하고 있다. 검은 물에다 어떻게 빨래를 하는지 신기하다. 탄광에 갔다 오면 금방 더러워질 옷을 뭣하러 저렇게 자주 빠는지 알 수 없다.

그렇게 모여서 작년에 식구들 놔두고 도망간 영분이 엄마며, 술집에서 마을 한복판까지 질질 끌려온 늙은이며, 곗돈 떼먹은 점집 여자며, 빌어먹을 광업소장이라든가 항장이란 작자들을 돌려가며 방망이질한다는데 날이면 날마다 빨랫감보다 더 밀리나보다. 아이는 개울 옆 조붓한 길을 아까보다 더 움츠리며 잰걸음으로 걷는다. 엄마의 갈퀴 손이 금방이라도 목덜미를 잡아챌 듯하다. '이담에 니 아버지처럼 고생 않으려면…….' 귀에 못이 박이게 들은 소리다. 언제 눈치 챘는지 길모퉁이에 여동생이 앞질러 나와 방긋이 웃는다.

"와아- 와아- "

그때 어디선가 숨어 있던 적 같은 아이들의 외침이 하늘로 퍼져 올라간다. 올려보니 마을 뒷산 아름드리 굴참나무 숲 위로 까마귀 떼가 줄지어 날고 있다. 까악, 까악 하는 기분 나쁜 울음소리가 메아리쳤다. 아침에 까치가 짖으면 반가운 손님이 오고 언제든 까마귀가 날면 나쁜 일이 일어난다고 했지. 아이는 얼른 땅바닥에서 돌을 집어 들었다.

"저눔 까마귀 새끼들을!"

앞선 선수들의 꽁무니를 따라 아이는 허겁지겁 산 위를 오른다.

"넌 집에 가라니까."

"싫어 싫어!"

"으이그. 이건 꼭!"

아이는 여동생에게 꿀밤을 먹이고 다시 손아귀를 꼭 잡는다. 오빠를 따라 어느새 조막만한 돌을 쥔 여동생의 손에 땀이 배 있다. 까마귀는 굴참나무 숲을 돌아 다시 마을 쪽으로 낮게 들이칠 기세다.

까악- 까아악 까악- 까아악-

"와아- 와아아- "

아이들의 함성이 돌과 함께 일제히 하늘로 오른다. '후드득 후드득-' 숲이 흔들리고 비탈이 기우뚱하며 하늘이 들썩한다. '와아- 와아아-' '우두둑- 우두둑- ' 더 높이 오른 돌들이 이번엔 구름장을 두드린다. '까아아악- ' 우두머리 까마귀가 하늘 높이 솟구치며 귀청을 찢는 듯한 갓난아이의 비명 소리를 낸다.

그때 악마의 떨어지는 깃털을 보았을까. 아이는 키가 한 길도 넘는 가시나무 숲 덩굴을 헤치며 허위허위 산 더 높은 곳으로, 높은 곳으로 올라간다. 선생님이 가르쳐준 금강제비꽃이며 노루귀, 보라색 처녀치마가 반짝반짝 길을 일러준다. 발부리에 자꾸 미끈미끈한 돌이 짚이며 부서져 굴러떨어진다. 땀이 빗물처럼 눈앞을 가린다. 그때까지도 여동생은 꼭 쥔 돌을 놓지 않은 채 뒤돌아보는 오빠의 눈길을 놓치지 않으려 애썼다. 까마귀는 이제 땅 속에서 푸드덕거리면서 우는 듯했다. 아이는 갑자기 움푹 꺼진 발치 아래를 노려보았다.

아이와 소녀를 기다리던 동굴은 그렇게 문을 열었다. 땅거죽으로 터진 폐광의 옆구리였던 것이다.

"오빠! 어딨서? 어디 있어?"

"응. 조금만 더 깊이. 깊이 들어가는 거야. 넌 밖에 있어야 돼."

동굴은 점점 환한 빛으로 어린 손님을 끌어들였다. 한없이 밝고 넓게 펼쳐진 둥그런 원이다. 아버지는 하루 종일 이런 곳으로 들어가 일을 한다고 했다. 아버지가 자꾸 부르는 듯해 아이는 무서운 줄 모르고 자꾸만 동굴 깊은 곳으로 걸음을 옮겼다.

그러다 그만 도깨비가 휘두른 방망이에 뒤통수를 맞고 여동생을 팔아넘겼던가. 그렇지 않고서야 왜 계집애의 시신이 끝내 세상에 드러나지 않았을까. 아이는 그때부터 잔뜩 고개를 구부리고 지렁이처럼 땅속을 헤집기 시작했다.

4

신화를 좇아서

물고기 비늘 같은 눈발이 흩날리다간 그치고, 또 다시 내렸다가 녹으며 이내 꽃을 피우고 바람결에 새를 날리는 신세계 낙원. 햇살과 눈발이 조응하며 만물의 생기와 긴장감을 더 해주는 새로운 약속의 땅, 그곳에 고풍스런 목조주택이 보인다. 마당 저쪽으로는 붉은 종들을 가득 매달고 달랑이는 능소화가 아름답다. 꽃받침의 연둣빛 종소리, 꽃송이에 부딪치는 주홍빛 종소리가 어우러진 은은한 소리의 향기…… 소리와 빛깔이 파스텔 톤으로 전해진다.

집 앞의 연못에 석양빛이 잠긴다. 놀라서 흩어지며 물방울을 퉁기는 열대어들. 산들산들 바람이 분다. 양철로 만든 새가 이리저리 부리를 돌린다. 그 뾰족한 첨탑 위에 막 날개를 접는 새가 수수께끼의 답을 암시하는 듯하다. 이곳은 생명과 상상의 피안. 늘 보아왔지만, 낯선, 참으로 낯선 류희의 집.

진석은 마치 먼 길을 떠나기 전, 눈에 담아가고 싶은 풍경을 담으려는 듯 그녀의 집을 둘러보았다. 저녁이었다. 류희는 전에 없이 낯설고 어두운 표정으로 꽃 한 송이를 입에 물고 있었다. 무엇을 안다는 뜻일까. 눈치 채고 있는 것일까.

다시 바람 한줄기가 불며 그녀의 긴 머리칼을 날렸다. 파란 콘택트렌즈를 거쳐 전해지는 눈빛이 예사롭지 않다. 무언가 말하고 싶지만 꾹 참고 있음이 분명하다. 그 말없음과 쓸쓸한 표정이 더욱 고혹적이다. 살짝 젖혀진 갈색의 벨벳 원피스에 달린 쟁기 날 모양의 흰 칼라가 여태까지와는 사뭇 다른 분위기를 연출한다. 그녀는 목을 두르는 레이스 컬러의 멋을 알고, 그것으로 자신의 마음을 드러내곤 했다. 끝단이 둥근 모양으로는 깜찍하면서도 깨끗한 소녀의 마음을, 조금 더 성숙한 분위기를 원할 때는 직선적인 느낌을 주는 것으로…… 그리고 지금, 다소 심상한 모습으로 보인다.

진석은 그녀에게 다가갔다.

"떨고 있구나?"

진석은 그녀의 어깨를 가볍게 감싸고, 볼에 입김을 흘리듯 키스를 했다.

보통 할 수 있던 애정이며 친밀감의 표시였다. 류희는 그럴 때마다 간지러운 듯 고개를 움츠리거나 살짝 돌아서서 눈웃음쳤다. 그런데 이상한 일이었다. 갑자기 어깨를 감쌌던 그의 팔을 잡아끄는 게 아닌가. 그리곤 단숨에 그의 품에 파고들었다.

벨벳의 곱고 함함한 느낌이 가슴 밑바닥으로부터 잔물결을 일으켰고, 그 물결은 더 아래쪽으로부터 용솟음친 또 다른 느낌으로 증폭됐다. 진석은 혼곤함으로 무너질 듯했다. 그러나 이내 팡팡한 그녀의 가슴이 그를 압박하며 받쳤다. 명백한 현실이며 피할 수 없는 막다른 곳이다. 전혀 뜻밖에 다가온 이성의 느낌이었고 더구나, 몽클한 육감이다. 그는 길게 늘어진 그녀의 머리칼을 다시 쥐어틀고 귀밑으로 입술을 가져갔다. 그리고 잘 익은 과일을 베어 물 듯 귓불을 깨물었고…… 한동안 입 속에서 굴렸다.

"외로웠지? 이젠, 널 혼자 두지 않을게."

진정 가슴 아린 다짐이었다. 그는 이때껏 그녀에게 사랑한다는 단 한마디 건네지 못했음을 알았다. 어떻게 그럴 수 있었을까. 불현듯 연민의 정이 일었고, 사실은 아무런 능력도 없이 그녀를 붙들어 온 데 대한 자괴감까지 들었다. 하루에도 수십 번씩 그녀를 생각하고 그녀에 대한 열망으로 잠자리를 설쳤으면서, 정작 사랑을 몰랐다니. 그렇게 무신경할 수 있었을까. 그건, 명백한 위선이 아닌가.

진석은 전혀 다른 표정과 분위기로 바뀐 여자가 이끄는 대로 움직였다.

주렁주렁 매달린 종들이 머리에 받치며 요란한 소리를 냈다. 그의 몸뚱이는 으슥한 숲 속으로 빨려들며 점점 뜨거워졌다. 잠깐 몸을 숨긴다 싶었던 여자가 나뭇잎이 소복이 쌓인 곳에 뇌쇄적인 포즈로 누워 그를 유혹했다. 진석은 거친 숨을 몰아쉬며 여자의 열려진 가슴속으로 손을 집어넣는다. 한참 몽글몽글 익어가는 열대 과일의 느낌. 향긋하면서도 배릿한 살냄새가 진동하고 어느새 여자는 몸을 뒤틀며 거추장스런 속옷을 벗는다. 진석의 혀는 기다렸다는 듯이 손목에서 팔목, 겨드랑이를 거쳐 유선을 따라 부드럽게 미끄러진다. 입 안 가득 밀려든 과육을 혀끝으로 헤집을 때 여자의 손이 그의 손을 감싸며 불두덩 아래로 이끈다. 신음이 짐승의 울부짖음처럼 커진다. 제 스스로 격정을 가누지 못하고 꿈틀거리던 몸이 어느덧 남자의 위로 올라간 상태다.

여자는 두 손으로 남자의 어깨를 짚은 기마 자세로 고삐를 그러쥔다. 치렁치렁 흔들거리는 머리카락이 탱탱하게 불은 유방을 간질인다. 여자는 고삐를 죄었다 풀었다 하며 연신 비명을 내지른다. 천천히, 하, 천천히, 하, 빠르게, 빠르게…… 꽃망울에 이슬이 튄다. 불꽃이 어른거린다. 꽃술 같은 불꽃이다. 양철로 만든 새가 날갯짓을 한다. 어디선가 트럼펫 소리가 들린다. 여울져 흐르는 진홍빛 소리다. 시계추가 바람에 흔들거린다. 이제 여자의 몸은 고삐 풀린 말의 미끈거리는 등에 얹힌 채 비몽사몽을 헤맨다.

아아! 낭떠러지다. 천길, 만길 낭떠러지. 달리던 말이 몸체를 부르르 떨며 소리를 내지른다.

"히히히 힝- 히히히 힝-"

한숨과 함께 물건을 쥐어짠 그의 손이 어느 결엔가 절로 내려졌다. 밤꽃 냄새가 확 진동했고, 뭔가의 종언을 알리듯 괘종시계가 몇 번인가 울리며 멈췄다. 그는 책상서랍 안의 화장지를 꺼내 사타구니를 닦았다. 전혀 준비 없이 빠져든 몽상이었고, 그러므로 뒤처리가 더욱 귀찮았다. 정액은 바지 앞자락까지 축축한 흔적을 남겼다. 갑자기 조급해졌다. 어디서 어디까지였지. 진석은 다시 마우스를 움직이며 작업 공간을 찾았다. 아니, 이제까지 일껏 헤쳐 놓았으나 덮어야 할 지형을 가늠하는 일이다. 뒤늦게 허탈한 자기모멸의 기분이 일었다. 여태 자신이 해온 일련의 작업이 결국 값싼 자위 따위가 아니었던가. 아니라면 지금 그렇게 끝나가고 있다는 열패감이었다.

아예 류희에게 풍만한 육질을 입혔으면 어땠을까. 욕망의 노리개로 만들어버리는 쪽으로, 차라리 그 편이 나았을지 모른다. 인터페이스는 은은한 조명을 받은 침실 커튼처럼 열렸다 닫혔다 한다. 마음만 먹으면 안락한 패드가 깔린 방으로 들어서서 그녀를 간단히 눕힐 수 있다. 진석은 실제 사람의 동작을 센서가 읽어들여 사이버 주인공의 동작에 적용하는 모션 캡쳐 기술을 떠올렸다. 체위를 바꿔가며 동작을 만들어가는 것이다. 그러나 그건 숫제 포르노 비디오 촬영과 다름없겠다 생각하니 정나미가 똑 떨어졌다.

조금 더 충격적인 방법을 상상한다. 엽기적인 모습의 미라, 류희. 그녀가 온다. 고깃덩어리를 발라내 덜렁거리는 해골…… 현세의 사랑을 나누고 싶어 5만 년이 넘는 저 세상에서 건너온 주인공. 모션 캡쳐 시스템으로는 몸 전체 동작을 추적하는 몸동작 센서, 손동작을 추적하는 데이터 글러브, 그리고 입 모양을 실연하는 디바이스를 사용한다. 전신 골격의 움직임이 한층 유연하고 장난스럽다. 그녀는 사막의 뜨거운 열기를 받으며 나타난다. 저 멀리 사막을 가로지른 호수 위로 낙타를 탄 대상의 행렬이 보인다. 이제 막 잠에서 깬 푸른 신기루다. 미라 류희는 마치 신기루에서 걸어나온 여자처럼 푸른빛을 내뿜으며, 우뚝 선다.

그러나 진석은 뒷걸음질 치다 얼른 고개를 돌린다. 절대, 여기서 깜빡 정신을 놓아서는 안 된다. 먹구름이 씌워진 것 같은 이 바닥에서 송곳 같은 아이디어를 빼내야 한다. 단 한 번에 번개같이 하늘을 찢어놓을 수 있는! 진석은 회전의자를 빙글 왼쪽으로 돌려 C탑 모니터 속으로 들어갔다. 그곳에는 '캐릭터스튜디오(CHARACTER STUDIO)'가 운영되고 있었다. 캐릭터스튜디오는 미국에 출장 갔던 연구원이 아마 국내에서는 거의 처음으로 도입했을 거라던 프로그램으로, 인간은 물론 어떤 동물이나 외계인까지 모든 종류의 캐릭터를 3차원으로 만들고 움직이는 것을 도와주는 MAX용 Plug-In으로 B(Biped)와 P(Physique)라는 2개의 소프트웨어로 구성돼 이제는 일반화 된 제품 중 하나였다.

어디에 쓰는 물건이든 간명하고 확실한 것은 감탄을 자아내기 마련이다. B는 발자국을 찍어서 기본적인 움직임을 구현하고 이를 이어 키프레임을 조정해 애니메이션을 제어하는 꼴의 유니크한 '발자국 운영 방식'을 사용한다. 중간 프레임은 물리학에 기초한 이족 캐릭터 역학과 중력의 법칙을 사용해 정교하게 만들어진다. 한편 P는 B 골격과 연결된 몸체와 표정을 만들어주는 소프트웨어. 이것은 피부를 골격에 붙여주면 골격의 움직임에 따라 피부의 변화까지 보여줄 뿐 아니라, 힘줄이나 근육의 부풀기까지 강력한 기능을 제공한다. 진석은 P의 체크리스트를 살폈다.

- 피부(Skin)와 피부에 붙일 골격(Skeleton)을 만든다.
- B를 골격으로 사용한다든가 피부에 맞게 골격을 조정한다.
- P Modifier를 피부가 될 개체에 적용.
- 피부를 골격에 붙인다.
- P에 의해 지정된 기본적인 정점 지정을 확인하고 조정한다.
- 피부의 동작을 프리뷰한다.
- 골격이 애니메이션 될 때 피부의 움직임을 정밀하게 다듬어준다.

시험으로 가동하는 캐릭터 스튜디오에서 류희는 지금 혈색이 도는 뽀얀 피부 이식을 받고 있다. 피부로 사용되는 것은 Mesh, Patch, Shape와 같은 정점을 기반으로 하는 물체. P는 어떤 정점이 무엇과 연결되는지 단면이나 힘줄에 대한 정보라든가 개체와 골격 구조와의 전체적인 관계 등에 대한 내용을 용이하게 활용토록 한다. 아주 편리하고 그럴듯한 프로그램이다. 사이소프트가 그토록 심혈을 기울여 독창적으로 개발하여 탄생시킨 류희가 이곳에서는 더욱 손쉽게 단 며칠에도 만들어져 나올 터. 어디 이 프로그램뿐이랴. 종래 수작업에 의한 애니메이션이 거의 컴퓨터화 되면서 이제 캐릭터 분만실은 봇물을 이루고 있다. 이제 조금만 관심 있다면 누구나 손쉽게 사이버 공간의 새로운 생명체를 만들 수 있지 않은가.

사이버캐릭터 시장

왜, 여기까지 쫓기게 된 것일까. 진석은 칙칙한 상상으로부터 내몰려 문득 주변을 돌아보았다. 그리고 류희의 오늘과 앞날을 생각했다. 과연 여태까지 작업이 무위로 끝나고 말 것인가. 잘못 뭉쳐진 디지털 영상 덩어리로 폐기처분될까. 아니면 한갓 축복 받지 못한 사생아로 어디론가 유기될 운명인가. 아니, 그것은 전적으로 류희의 권한인 양 사정이 뒤바뀌어 있었다.

진석은 얼마 전 이곳에 들렀던 사이소프트(CYSOFT) 장일환 전무의 희색을 떠올렸다. 그때 류희는 여러 응용 프로그램 속에서 변종된 모습으로 재주를 부리고 있었다.

"류희…… 그래, 바로 그거야! 정말 훌륭해!"

장 전무는 이곳 이명그룹 회장의 장남으로 구조조정본부의 본부장을 맡으면서 보이지 않는 실세로 떠오르고 있었다. 그룹의 신규사업 진출을 위한 기업 인수·합병을 이끌고 벤처 열풍 속에 그룹의 자회사로 급조한 사이소프트까지 거머쥐고 있다. 그는 장 회장의 인상과 체구를 빼다 박아 리틀 장이라고도 불렸다. 허지만 그 외양보다 불같은 기질이 아버지를 능가하고도 남는다고 소문이 자자했다. 좋은 말로 담대함이지 그것은 왕왕 무모한 치기로 드러났고 풍부한 감정은 자기 현시의 방편으로 쉽게 색깔을 바꿨다. 눈자위를 밀고 튀어나온 진갈색 눈알은 상대에게 끊임없는 주문을 하면서도 위협적으로만 보였다. 사주관상에서 그런 인상을 '간이 배 밖에 나온 사람'이라고 하던가.

진석은 자신보다 몇 살 아래인 장 전무를 바로 보아야 하는 입장이었다. 그런데 바로 보기가 꺼려지기 일쑤다. 튀어나온 눈알이 어쩐지 두꺼비나 뱀 눈 같기도 하고 우스꽝스럽게도 보였으니까. 그가 류희를 얼마나 학수

고대해 왔을까 뻔했다. 비단 류희라고 특정할 상황도 아니었다. 당초 영상 관련 사업을 모색하던 그룹 종합조정실의 대외사업팀은 실상 케이블시장 사업 진출에 총력을 기울이던 터였다. 때문에 그것을 모태로 한 사이소프트는 프로그램 개발자들과 두어 명의 관리직을 두고 겨우 숨만 쉬는 식물체 기관과 다름없었다. 거기 총괄실장을 맡아 사이버캐릭터팀을 필두로 인원을 보강하고 게임개발팀, 인터넷사업팀으로 조직을 재편해 활기를 불어넣어 사이소프트를 단기간에 업계선두로 끌어올린 게 진석이었다. 단지 연구실과 사무 공간, 인력이 이명그룹 빌딩에 있을 뿐 사이소프트는 별도의 대표자를 둔 엄연한 벤처기업이었다.

"이제 류희가 시장에서 어떻게 평가받느냐에 따라 우리 사이소프트의 미래가, 아니 존폐가 달렸다고 해도 과언이 아닙니다. 사이버소프트 시장의 기린아로 떠오른 우리 사이소프트를 시장은 아주 냉정히 주목하고 있어요. 나는 류희를 21세기 새로운 영상지능 사회를 이끌어갈 아이콘으로 내세울 것입니다."

전무는 기회를 움켜잡은 양 단호히 말했다.

"아직…… 그 정도로 말하긴 어려운……."

진석이 그의 말을 자르고 나섰다.

"어렵긴 뭘 그렇게!"

벌컥 어조를 높인 전무의 표정이 심상치 않았다. 눈에서 마치 용접 불꽃이 튀어나오는 듯했다. 어쩐지 처음부터 그가 너무 감동을 했나 싶었다. 그간의 류희에 대한 현황 보고를 개발팀장에게 맡긴 것이 잘못이었을까. 개발실에 별로 들르지도 않던 그에게 뭔가 과장된 정보가 들어갔나 걱정이 될 정도였다. 일찍이 허술한 기업사냥을 하며 익힌 찬란한 상징어와 화술로 인해 사이버인간 류희가 졸지에 사기판에 동원되는 게 아닌가. 진석은 움찔했다.

“할 얘기가 있으면 나중에 따로 하자고.”

전무는 아예 이쪽의 얘기를 피했다.

사이버지능 캐릭터를 만들자는 아이디어를 먼저 낸 쪽은 진석이었다. 그런데 청사진도 없이 전무는 그걸 대뜸 사업적인 모양으로 바꿨다. 상품적 가치로서 진석의 구상이란 사실 수많은 사이버매니아들의 꿈에 불과했다. 미래 가치에 대한 안목만큼 투자가 절대 중요한 관건. 그보다 더 중요한 것은 속도라 해도 과언이 아니다. 꿈꾸는 것을 누가 먼저 만들고 활용하느냐는 문제. 사이버 세계에서의 진정한 승자란 속도일 뿐이다. 밤낮을 가리지 않고 지난 2년 동안 연구원과 스텝 모두 고군분투했지만 류희는 사이버 무대의 선취권을 빼앗긴 상태였다.

이미 일본에서 선풍적인 인기를 얻었던 사이버 스타 ‘다테 교코’며, 마릴린몬로의 자태를 능가한다는 할리우드의 디지털 여배우 ‘저스틴’이며 영국의 ‘툼레이더’라는 게임기의 캐릭터인 ‘라라 크로포드’는 옆 동네의 이야기처럼 전해졌다. 몸에 착 달라붙는 초미니 반바지 차림의 미녀,‘라라 크로포드’의 추종자가 수 천만 명을 넘어선 상황이 아닌가. 172cm의 훤칠한 키에 허리까지 땋아 내린 갈색 머리칼, 암갈색으로 빛나는 눈이며 도톰한 입술의 표정, 잘록한 개미허리에 풍만한 가슴. 혜성 같이 등장한 이들의 모습은 그렇게 아주 구체적이다. 줄거리도 없고 이야기를 전하는 데 기술이나 시간도 필요 없는 사이버 신인류. 이야기는 이제부터 만들어질 것이다.

진석은 일찍이 사이버 시대의 테이프를 끊은 ‘아담’의 신화를 다시 살폈다. 초코속 가상현실로 접어든 이 시대에서 이미 전설이 된 인물이다. 나이 20세, 178cm의 키에 68kg의 체중, 고향은 가상공간과 현실의 경계지

촌락. 반인반마의 켄타우루스의 상징을 이어받은 아담은 한 인간을 사랑하여 정녕 인간이 되고 싶어한다. 인간을 사랑해서는 안 되는 사이버스페이스의 금기를 저지르고 형장의 이슬로 사라지려 할 때, 네트워크가 열린다. 천우신조로 아담은 현실로 빠져 나온다. 스스로 인간이 아니라는 사실을 아는 아담은, 사랑하는 여인을 만날 수도 느낄 수도 없다. 그저 꿈꾸듯 노래를 부른다. 그는 보통의 모델과 다름없이 열광하는 팬으로부터 온갖 사연이 담긴 팬레터를 받으며, 광고모델로 나서 상당한 수입을 올리고 있다고 했다.

그리고 새싹이란 뜻의 '류시아'도 무대 저편에서 어른거렸다. 어떤 사이버 가수는 엔터테인먼트 캐스팅 박람회의 공개 오디션에 지원해 화제를 뿌리기도 했다. 21세기 새로운 시대가 그들을 부르는 것이다. 잠들어 있던 빛을 툴툴 털고 하나 둘 신인류가 고개를 들고 있다. 한순간에 류희의 운명은 수포로 돌아가는 듯 보였다. 그러나 한 템포 늦었으면 어떠랴. 전혀 다른 사이버 생명을 탄생시키면 된다. 진석을 중심으로 이미 새 프로젝트에 흠씬 빠진 연구원들은 쉽게 의기투합했다. 다른 대안도 없었지만 그 목표야말로 진석이 꿈꾸던 바로 그것, 공간과 시간을 초월한 비상이었다. 이름 하여 이모셔널(emotional) 사이버캐릭터! 진석은 머리 중심으로 솟구치는 바늘 같은 영감을 느꼈다. 그것은, 만약 있다손 치면 바로 우주의 정수리라도 찌를 듯한 힘이었다. 연구원들은 그녀를 어느 곳에서나 밝은 빛으로 산화하는 초신성 같은 캐릭터로 만들자고 했다. 가장 나중에 진화한 별로 태양보다 수 억, 수백 억 배 밝다는 별. 류희의 혼과 육은 1993년 큰곰자리 M81에 나타난 -17.5등급의 초신성에서 받은 것이었다. 그러므로 그녀의 등장은 태양의 폭발보다 더 엄청나고 위대한 것이어야 했다. 그저 또 다른 캐릭터를 등장시키는 일이라면 게임이 안 된다. 역할을 바꾼다든가 움직임이며 기술을 바꾸는 정도라면 실패가 뻔했다. 표절이며 모방으로 짜깁기 한 아류, 사이비로 취급받을 것이다. 잠시 시장을 속일 수는 있어도 캐릭터의 한계를 속일 수 있겠는가. 전혀 다른 차원의 창조가 필요한 것이다. 진석은 이제 막 사이버스페이스에서 뛰어나온 전령처럼 서 있음을 자각했다.

"그래, 어째서 류희를 바꿔야 한다는 건가?"

전무는 다리를 꼰 채 회전의자를 좌우로 까닥였다.

"류희가 당초 계획대로 첫 탄생이라면 지금이라도 좋습니다."

"그런데……."

"우리가 가장 먼저 아이디어를 가졌다고 생각했는데…… 안타깝게도 다른데서 먼저 나왔습니다. 그저 상품이라 하더라도."

"어차피 별스럽잖은 가수가 아닌가. 류희와는 아예 상대도 안 되는……."

"벌써 서너 스타가 나와서 각축을 하고 있죠."

전무는 그것이 선취 자리를 놓친 의미를 전혀 알지 못한다. 또한 전혀 미련이 없는 듯 말했다. 그때 진석은 눈치 챘다. 그는 애초에 류희의 탄생이며 그녀의 실체에 관심이 없는 것이다. 단지 방송 사업권을 따내기 위한 이벤트가 필요했을지 모른다. 아니라면 이제 영상 사업에서 손을 떼려는 구실을 찾고 있지 않을까. 기업사냥꾼이라고 소문난 대로 그의 머릿속에서는 모든 게 다 표적으로 보일지 모를 일이다.

"그러면 다 늦게 류희를 어떻게 해야한다는 건가?"

"인공 지능 뿐 아니라 감성까지 갖춘 휴먼 캐릭터로 사이버사피언스 2세대를 표방하는 겁니다."

"거 참, 말은 그럴 듯하네. 아무리 빠르고 달라도 문제는 수익모델이 뭐냐는 거야."

어느새 온라인 주식시장으로 빠져든 전무가 심드렁하게 대꾸했다. 진석은 이미 게임이 끝났음을 알아챘다.

"그리고, 자네 말 잘했네. 가장 먼저 아이디어를 내놓고도 시장에서 물건을 도둑질 당했다. 그렇다면…… 그거야말로 큰 문제 아닌가."

그쪽은 투자나 개발 인력이나…… 하려다 진석은 입을 다물었다. 그것이 이명을 이끌어온 경영논리 아니던가. 군대와 같이 밀어붙이고, 되면 좋고 안 되도 그만인. 참고 참았던 속에서 경련이 일었다.

"여태 자네를 이곳에 두었던 건 순전히 회장님의 뜻이었지만, 이젠…… 자네 스스로의 처신이 더 중요할 듯 싶어."

책임지라는 엄포이거나 모종의 암시일 터였다. 진석은 잡아당기는 고삐로 말미암아 고개가 쳐들림을 느꼈다. 충분히 예견했지만 이렇게 빠를 줄이야. 부당하게 낙인이 찍힌 기분이었다. 진석은 혼란스러운 분노로 전무를 빤히 쳐다보았다.

"내 얘긴…… 기업에는 기업의 논리가 있다는 것이야. 그만하면 류희를 시장에 내놓을 수 있단 말이지. 하니 직원들 입조심이나 시키게."

지상의 사업

따지고 보면 이곳에 제 발로 기어 들어온 셈이니 그 이상 부끄러울 게 뭘까. 잊으마하고 잊으려했던 과거와 고향에 대한 생각이 새삼 뜨거운 수치심을 불러일으켰다. 장 회장이 선뜻 자신을 이곳에 끌어들인 이유가 아직 눈을 벌겋게 뜨고 있을 고향 사람들에 대한 눈치 때문일 수 있으리라 여겨지니 더욱 그러했다. 이 자리가 결국 까마득히 잊힌 아버지의 희생에 대한 대가라니! 너무 때늦고 황망한 깨달음이었다. 그것도 영석의 비아냥거림을 통해 끄집어낸 실마리가 아니었던가.

도대체 이 지경 밖에 더 갈 데가 없는 것일까. 위선적이고 용렬하게 끝없이 나를 변명하며. 진석은 그토록 무시했던 아버지의 망령에 붙들려 꼼짝없이 뒤돌아서 있었다. 눈자위에 자꾸 거무스름한 석탄 가루가 날려와 쓸리는 듯했다.

돌아보면 아무래도 신기루 같은 사업이었다. 어머니에게서 빌린다고 빌린 쌈짓돈과 몇 푼 안 되는 현금서비스를 받아 용산의 허름한 건물에 월세로 들어갔던 때부터, 그야말로 맨땅에 헤딩하듯 시작한 일이었으니까. 그때만 해도 근거리통신에 대한 이해도 없던 시절이었다. 그는 도시 곳곳을 찾아다니며 망을 깔았다. 정보의 숲 속에 웅크리고 있는 작은 벙커와 벙커를 연결시켜주는 작업. 그리하여 첨단의 정보 도시를 더욱 든든한 요새로 만들어주는 일. 적의 어떤 움직임도 감시하며 그 어떤 침공으로부터도 안전하도록 진지의 두뇌와 신경을 연결시켜주는 최첨단 공사다. 과연 모험은 적중했다. 마치 금방 외계인의 침공에라도 대비해야 하는 양 전국에서 주문이 쇄도했다. 집에 들어가는 날이 한 달에 한두 번에 불과했지만 진석은 의기양양했다. 어쩌면 그때만큼 혈육을 필요로 했던 때가 있었던가. 사무실에 아버지를 불러들이고 영석에겐 영업을 맡기고 만약 여동생이 커 있다면 사무나 경리를 보게 하고…… 얼마나 좋을까. 하지만 가슴시린 바람이었다. 세상을 떠난 후 그들은 그렇게 헛된 상상과 허위의식을 채워주는 대상으로 어른거리다가 사라지곤 했다. 그리고 햇볕이 쨍한 날은 짧았다. 대만으로부터 사채를 끌어들여 대량 수입했던 교환기에 문제가 발생했고 코끼리 같은 대기업이 네트워크 시장에 뛰어들면서 개미들을 몰아내기 시작했다. 계열사 네트워크를 총괄하던 업체의 부도는 결정타였다. 진석은 허둥지둥 어음을 돌리고 돈을 빼려했지만 시장의 거간꾼들은 자취를 감춘 뒤였다.

하이에나처럼 달려드는 빚쟁이들에 의해 집안은 순식간에 쑥대밭이 되고 말았다. 무엇보다 어머니가 남겨두었던 연립주택마저 고스란히 빼앗기며 진석은 죄책감에 사로잡히지 않을 수 없었다. 그 집이야말로 아버지의 피와 땀, 그리고 생명을 바꿔 이룩한 것이며 장차는 영석에게 넘겨져야 할 재산이었기 때문이다.

그 부채의식이 다시 그의 꿈에 불을 당겼다. 유학을 마치고 돌아와 세 번 째 여름이 시작되던 때였다. 이번엔 IP 사업이었다. PC 통신망을 통해 원천 정보를 만들어 주거나 별스럽지 않은 자료를 수집하고 정리하고 가공해 새로운 정보를 만들어 파는 일. 흔하게는 일기예보를 가공하는 일부터 수험정보니, 취업정보니, 재테크와 창업 정보, 그리고 호기심을 자극하는 성인 정보며 사주팔자까지 정보는 바로 금맥이었다. 빚쟁이들의 감시와 추적을 따돌리기에 그만인 지하실에서 진석은 마지막 탈주를 꿈꾸었다. 펜티엄 기종의 컴퓨터 두 대와 스캐너, 프린터면 그만이다. 이번엔 해체를 해서 날리는 것이다. 온 몸을 잘라서, 썰어서, 요리를 해서 도마 위에 올려놓기로 한다. 머리며 눈, 귀, 입술, 목, 겨드랑이, 어깻죽지, 팔, 손, 손톱, 가슴, 유방, 젖꼭지, 볼록한 엉덩이, 미끈한 다리, 사타구니 깊숙한 살까지. 아주 그럴싸하고 피가 도는 상상이다. 그리고 돈이 되는 덩어리들이다. 부분모델 정보 제안서는 쉽게 통신회사로부터 채택됐다. 걱정했던 윤리위원회 심의도 마쳤고 이용요금과 수익률에 관한 협약까지 일사천리로 진행됐다. 당연한 결과였다. 척수에 남은 자신의 마지막 신경 줄을 뽑아내

작업을 했으며, 그것은 검객의 마지막 표창과 같은 무기였으니까.

예상대로 IP를 개설하자마자 조회가 쇄도하기 시작했다. 일단은 좋은 출발이었다. 모델 전문지와 소개업소가 정보원으로 참여했고 정보 이용자들의 접속 시간도 기하급수적으로 증가했다. 산란기에 접어든 연어 떼처럼 자료들이 화면에 버둥거리며 튀어 올랐다. 자신의 몸을 떼 내 시장에 내놓으려는 공급자며 실제 고기를 사려는 수요자도 늘었다. 물건을 꼭 쥐게 만들고 싶은 손가락이며, 짧은 미니스커트 아래의 미끈한 다리, 가지런한 치아, 빨아들일 듯 반짝이는 눈, 목욕용품, 화장품, 의약품을 위해 썰어놓은 희고 깨끗한 살. 물론 호기심으로 군침을 흘리며 도마 위를 살펴보는 사람이 대부분이었지만 보는 시간만큼 돈을 내야 한다. 이불 속에 잠들었어도 통장에 황금 빛 나뭇잎 떨어지는 그림이 어른거렸다.

그러나 도박은 역시 오래 갈 수 없었다. 어느 날부터인가 이상한 물건이 뜨기 시작했다. 길쭉한 만두의 터지고 갈라진 모습…… 곱슬곱슬한 털이 박힌 덩어리였다. 고문하는 듯 느리게 뜬 그 물건은 흐물거리며 벌어졌고 누런 진물을 뱉어냈다. 시큰한 짠 냄새가 진동했다. 악! 이건- 해커의 침입이었다. 털을 단 만두들이 계속 떠내려 왔고 화면을 어지럽혔다. 제법 비싼 가격도 매겨져 있었다. 삽시간에 구경꾼들이 몰렸다. 진석은 통신업체에 연락을 시도했다. 마치 슬롯머신에서 돈이 터진 듯 계속 동전 쏟아지고 있었다. 진석은 눈이 벌겋도록 프로그램 속을 기어 다니며 버그를 찾았다. 그러나 해커의 무자비한 공격으로 시스템은 초토화됐고 업소는 곧 폐쇄당했다. 허가받지 않은 인육을 팔았다는 것이다. 진석은 형사범으로 기소됐다. 죄목은 음란물 제작·유포 혐의였고, 저작권 침해가 덧붙여졌다.

진석은 기진맥진해서 사이버 공간으로부터 빠져 나왔다. 눈알이 녹아버린 듯 아물아물 했고 신경이 빠진 골은 빈 깡통처럼 소리가 났다. 아니,

마치 텅 빈 쓰레기통처럼 버려지고 던져지는 모든 것을 받아들였다. 과연 쏟아져 들어오는 것이 현실인지 알 수 없는. 정체불명의 그림들, 어두운 그림자, 잘려진 텍스트, 데이터파일, 비디오클립…… 갈가리 해지고 악취를 풍기는 쓰레기들이 채워졌다가 비워졌고 또 채워졌다가 비워지기를 반복했다. 휘청거리는 거리를 걷던 그는 누군가 자신의 배를 걷어찼다는 희미한 기억 속으로 추락했다. 일그러진 아내와 아이들의 얼굴이 어른거렸다. 그 역시 비현실적인 파편들이었다. 잘못 잘려지고 떠내려 온 환영. 진석은 애써 웃음 지며 아이들의 얼굴을 어루만졌다. 언제 자신에게 이런 큰아들이며 딸이 있었던가. 어지러운 환영을 떨어버리고 그들을 받아들였다. 지상의 아들이며 딸, 아내를. 그리고 꿈꾸는 것만으로는 살아갈 수 없는 세상을 인정했다.

진석이 배회한 곳은 그러니까 컴퓨터 소프트웨어와 통신 기술이 결합되며 신기루를 보여주던 인터넷 개명기의 최전선이었다. 너무 빨리, 어설프게 신기루를 잡으려 한 게 탈이라면 탈일까. 그리고 갑자기 조직화되는 전장에서 홀로 어정거린 게 또한 잘못이었다. 진석이 뒤늦게 자신의 머리를 팔고 싶다는 생각을 한 데는 눈앞을 어른거리다 목젖을 낚아채는 미늘 같은 기억 때문이기도 했다. 삼킬 수도 없고 뱉을 수도 없이 그저 몸 전체를 내 맡겨야 하는 상황. 학창시절 유학이란 바로 그런 문제가 아니었나. 더 이상 의지를 작동시킬 수 없는 것이다. 그와 동시에 동생 영석이 입꼬리를 비스듬히 올리고 웃고 있었다. 영원히 잊어버리겠노라고 낭떠러지에 밀어 떨어뜨린 검은 그림자.

진석은 다시 청주로 이감된 영석을 찾았다. 오랫동안 별 얘기를 나누지도 못 했고 절절한 마음으로 받아들인 적이 없던 아우. 영석은 사뭇 가라앉은 태연한 표정으로 그를 맞았다.

"형은 그런 심판을 받아들일 수 있어? 불도저로 한 사람을 깔아뭉개는 데 세 사람이나 필요하다니! 처음엔 나도 내가 공범이라는 사실을 도저히 인정하지 못했어. 나는 오로지 동기생의 살의를 막기 위해 불도저에 올라탔고 레버를 당기지 못하도록 막았거든. 그런데 공범이라고……."

뒤늦게 영석은 사고의 전말을 얘기했다. 내무반장인 고참 하사가 영석의 동기생을 불도저 밑으로 몰아붙였다고 했다. 언제나 그랬듯 부대원을 엎드려뻗치게 하고는 불도저의 시동을 걸어 마치 깔아뭉갤 듯하던 기합이라든가. 사고 당일 하사는 술에 취해 오히려 스스로 무한궤도 아래 누워 객기를 부렸다. '깡생깡사' 오직 깡다구 있는 놈만이 살아남을 수 있다고 씨부리던 대로 부하들에게 불도저에 올라가 자신을 깔아뭉개보라 한 것. 불도저 운전석에 포개 앉은 동기생들은 태연히 장난을 받아들이는 듯했다. 그들의 웃음소리가 예사롭지 않게 커졌고 차체가 뒤로 후진하는가 했더니 하사의 몸을 겨냥해 움직이기 시작했다. 영석은 사태를 막아보려고 급히 바퀴를 딛고 차체에 올라탔다. 그러나 이미 하사의 몸은 무한궤도에 깔리기 시작한 후였고 그의 손은 그들과 한 덩어리로 잡혀진 상태였다.

"공범이 맞아. 물론 처음엔 나도 국선변호인의 주장대로 반대 입장이었지. 그렇지만 어느 순간 나는 공동정범이 맞다는 생각으로 바뀌었어. 사람을 죽이고자 했던 그, 지극한 의지의 마지막까지 갔다는 쾌감이 나를 휩쓸었다는 걸…… 인정해야 했던 거야."

동생은 하얀 담배 연기를 뿜어내며 말했다. 마치 극지에 갔다가 되돌아온 사자의 얼굴이 그러할까. 언젠가 면회를 갔을 때 주먹으로 벽을 치며 자해를 하고 울부짖었던 그의 모습은 한갓 연극이었던가. 아니면 뒤늦게 공범의식을 만들고 있단 말인가. 진석은 끝내 그의 태도에 동의를 할 수 없었다. 그렇다고 그가 말짱 무죄로 감옥에서 풀려나리라 예상하지도, 희망하지도 않았다. 다만 덫을 잘못 밟았다고 자인해주면 그만일 걸. 바람에 날린 누런 모래가루가 미루나무에 스치며 후루루 날렸다. 진석은 자신의 얘기를 길게 할 수 없었다. 단지 사업이 좋지 않으며 그래서, 어머니의 유산을 처분했는데……, 차마 그 다음은 말이 안 나왔다. 그건 자신의 권리가 아닌 분명 동생의 유예된 몫이다. 얼굴이 뜨거웠다. 그러나 동생은 고개를 흔들었다. 그리고 쏘아보았다.

"형. 쓸데없는 생각하는 거 아니겠지?"

귀기 어린 눈빛이었다.

"……자랑할 만한 일은 아니다만 일이야 또 해야지."

진석은 말을 돌렸고 실소를 흘렸다.

"형수 사랑해야 돼. 애들하고. 내가 하지 못하는 구실까지 대신해서."

영석은 힘겹게 말하며 창가로 고개를 돌렸다. 금방 눈에 가시라도 찔린 듯한 일그러진 옆모습이 창가에 얼비쳤다. 사랑해야 돼. 내 것까지…… 다시 뇌리를 치고 굴절돼오는 말이었다. 형수라는 단어조차 생소했고 사랑, 이란 더구나 꼬마전구의 희미한 빛처럼 전해졌다. 솔직히 진석은 동생을 가족이란 동류 속에 깊이 끌어들인 적이 없었다. 어린 시절 고향에서 가족이란 울타리를 그렇게 생생하게 느꼈던 경험도 없었고 무의식적으로 회피를 했을 수도 있다. 언제 무너질지 모를 곳에서 생각할 수 있는 모든 것은 불안하고 불연속적인 단편이고 궁극에 가서는 나뿐이라는 의식에 지배당하지 않았던가. 그러나 진석은 태연해야 했다. 동생은 결코 채워질 수 없는, 결핍된 것으로 고통을 받고 있다.

"네가 걱정하는 것보다 형수는 너를 더 딱하게 생각하고 있어."

물론 거짓이었다. 그녀는 오랫동안 동생과 거의 떨어져 지내왔고 그것은 사뭇 의도적인 거리라는 사실을 진석은 잘 알고 있었다. 거짓 위무라도 전하지 않으면 당장 쓰린 속과 죄책감을 떨굴 수 없었다. 더구나 어머니를 보내고 난 후, 형수에게라도 기대고픈 마음이 아닌가. 어두운 기억 속으로 들어간 아이의 배냇짓처럼 비치기도 했다.

"서윤이, 태림이도 많이 컸겠지? 걔들한테도 내가 못한 대신 말야."

형제의 만남은 그것으로 끝이었다. 그 어떤 앞날이며 진정 희망의 말을 건넬 수 없었다. 그들에게 세상은 짓누르는 황사 같은 감옥일 뿐이었다. 탈출구 없는 감옥. 미세먼지보다 더 굵은 모래 알갱이들이 머릿속과 체내에 떠돌며 생명을 무력화시키는 듯했다. 그래도 진석은 동생에게까지 나약한 모습을 보인 것이 못내 마음에 걸렸다. 그를 생각해서라기보다 결국 그에게 허점을 드러낸 때문일지 몰랐다. 누구보다 더 일에 대한 의욕과 자신감을 가졌던 자신이었다. 무엇이든 가능한 세상에서 온몸이 부서지도록 일했고 끝까지 홀로 서고자 애썼으며, 그 오기 같은 자부심만이 자신을 버텨주는 힘이었다. 이 세상 아무도 자신의 편이 돼 줄 이가 없으며 응원하지 않으리라는 암울한 전망. 아버지와 동생은 누구보다 먼저 이러한 사실을 일깨워주었고 딛고 일어서야 할 대상이었다. 오히려 그들은 한통속의 훼방꾼이 아니었던가. 어떻게 하든 그들로부터 멀리 도망가야 했다. 도저히 따라오지 못하고 인정할 수밖에 없는 반열로. 그런데 그들이 아닌, 고작 추레한 삶으로부터 도피를 획책하지 않는가. 끝내 동생에게 꼬리가 잡힌 채 어깨를 늘어뜨리고…… 그 아버지의 똑같은 두 아들이 되고 만 것이다.

아니! 진석은 진저리를 치며 동류항에 묶이길 거부했다. 그들은 지상에서 날고자 했지만 자신은 달랐다. 고작 새까만 광산 위에서 퍼덕이며 좁은 하늘을 향해 날아오르려는 인종과 어떻게 같을까. 진석은 지상이 아닌, 창공에 보금자리를 틀고 그곳에서 날기를 꿈꿨다. 그 어떤 추락도 날갯짓이며 비상일 수 있는. 실리콘의 꿈, 환상의 네트워크, 디지털 세례, 창망한 인터넷의 우주……

그러나 불붙는 전선에서 패배자로 돌아왔을 때 아내는 싸늘하게 물었다. 이명그룹에 가기를 주저할 때였다.

"당신, 이제 속이 시원해요?"

이제야 후련하냐고. 마치 일껏 조립했던 장난감을 부숴버린 아이를 내려 보는 눈빛이다. 그녀는 늘 몇 걸음 물러난 곳에서 그를 조심스레 살펴왔던 편이다.

"미안해. 이건 단지 시험에 불과하니까."

짓무른 말투였다. 아이들이 뭐라고 한마디씩 물었을 때도 그는 늘 하던 얘기를 했다. 높은 나무둥지에서 떨어져 보지 못한 놈은 날 수 없다는. 그리고 창밖으로 고개를 돌렸다. 여름나기에 지친 초목이 축축 늘어져 땀을 흘리는 듯 보였다.

"그렇게 회피하려고만 하지 말아요."

아내는 내처 속을 발라내려 했다. 그녀가 보일 수 있는 인내를 넘어선 듯 목소리는 갈렸다.

"당신은 누군가를 이기려 하고 있을 뿐이에요. 아주 독선적이고 이기적인 방법으로 허깨비와 싸우는……."

바로 아버지의 망령이며 귀신 붙은 동생과 싸우고 있지 않느냐는 투.

"그렇지 않아, 절대!"

"아녜요? 아냐? 아니면, 왜 그 뭐라는 장 회장님한테 가보지 못해. 그 집안을 불같이 일으켜 놓은 게 아버님이라고, 그런 아버지 덕을 입어 당신도 크게 되라고 날이면 날마다 신령님께 빌며 하신 어머니 얘기가 있다는데……."

아내는 어쨌든 이 집안의 어두운 내력일망정 그것으로 불을 지피려는 기대를 내비쳤다. 지우려 해도 지울 수 없는 유산, 바로 그것이 아니었나. 희미하게 자신의 눈앞에 어른거리다 한순간에 튀어오른 기억의 또 다른 형태. 배고픈 물고기에게 떡밥이든 지렁이든 똑같은 미끼로 보일 것이다. 그와 같이 절망과 희망이 갈마드는 어렵고 곤고한 현실이다. 진석은 눈알의 가장자리로부터 백태가 두꺼워지고 있음을 느꼈다. 아가미를 닫은 채 몸을 뒤틀지 말고 가만있어야 한다. 수면 위로 끌려지고 있는 것이다. 진석은 아내와 동생의 일그러진 얼굴을 보며 부르짖었다.

당신들은 몰라! 나는 당신들과 다르게 세상을 훨훨 날고싶다는 걸.

5

컨트롤룸 설계(안)

별똥 같은 빛 한 점이 휘익, 사선을 긋더니 맞은 편 빌딩의 유리벽으로 떨어져 부서졌다. 부서졌다기보다 그 거대한 브라운관 속으로 순식간에 빨려들어 녹아버린 듯했다. 증권사 빌딩 옥상에 설치된 광고 전광판에서 뿜어내는 현란한 빛이 만들어내는 반사광으로 해서 맞은편 빌딩의 외벽은 일테면 대형 멀티큐브 화면과 다름없었다. 네모 반듯반듯한 격자들의 대형 외곽은 흩어진 빛의 잔해로 희부옇게 떠 보였다. 낮이면 하나같이 지층에 깊은 뿌리를 박고 얼마든 하늘을 찌를 듯한 기세며, 최첨단의 빼어난 몸체를 자랑하지만…… 밤이 주는 풍경은 무엇인가. 언제 꺼질지 모르는 희불그레한 광채 속에 돌아선 거인들의 초상. 하루 종일 사람들의 복작거림으로 긴장하고 시달렸던 어깨를 축 늘어뜨리고 서로를 등을 기대고 있는 모습이다. 명색이 정보통신 밸리라는 곳임에도 너무 어둡다. 더구나 이쪽 이명그룹 동관의 짝이 될 신축 빌딩 쪽은 가설물에 띄엄띄엄 매단 희미한 보안등으로 가동이 멈춘 공장처럼 보였다. 그 역시 한참 활기가 넘치던 낮에 보았을 때와는 딴 판이었다. 어두워서만도 아니다. 낮에 보면 분명 이쪽과 똑같은 대칭을 이루는 데 밤이 되면 연필심의 반을 자른 모양의 반 육각이 틀어져 어깃장을 놓듯 보이는 것이다.

장 회장은 또 다시 들러붙는 그 수수께끼에 고개를 절레절레 흔들었다. 올해는 어떤 일이 있어도 서쪽으로 머리를 두지 말라는, 태산도사의 당부가 혹시 이 빌딩을 짓는 일과 관련된 경계는 아닐까. 점을 볼 때는 워낙 오랜 각고의 계획이라 신축 빌딩이 바로 그 방향에 해당한다는 생각을 미처 못했는데 반 육각의 정면이 바로 서쪽이었던 것이다. 신수점이나 풍수를 잘못 본 게 아닐까. 장 회장은 의심쩍게 자문하고 이내 부정했다. 태우 신을 모독할 수는 없는 노릇이다. 그곳 신당에도 태백산에서 내려온 태우가 정중히 모셔져 있던 터였다. 잘못이라면 회사의 자문 역술인을 놔두고 당골에 간 것이 잘못이었다. 모처럼 태백에 내려간 김에 들렀을 뿐이지. 장 회장은 그렇게 자위했다. 오히려 그곳에 짓기로 한 콘도미니엄 사업을 위해 잘 한 일일지 모른다. 올해의 길운 방위가 동쪽이라는 사실 그대로. 장 회장은 께름칙하게 들러붙는 생각의 안쪽을 살폈다. 그리고 언제나 그렇듯 수정이 필요한 현실에 나름의 해석을 끌어들였다. 아직 한참 공사 중이니 형세가 잡히지 않은 탓이겠지. 그리고 이 공사로 말하면 작년 초에서 시작한 것으로 올해 문제가 될 방위와는 상관이 없는 것이고.

장 회장은 오늘 따라 정신 사납게 보이는 야광의 빛 번짐을 눈꺼풀에서 툴툴 털어 내려고 애쓰다 블라인드 조정 스위치를 눌렀다. 스르르, 바깥쪽의 알루미늄 차광막이 벽의 좌우에서 중앙으로 미끄러지자 그린 컬러의 실크 막이 주름을 펴며 내려졌다. 고층의 근육과 일거리로 늘 긴장된 집무실이 금방 아늑하고 편안한 분위기의 내방으로 바뀌는 것이다. 백금의 태우도 그때서야 신비하고 영험 있는 성물로 빛을 뿜어냈다. 장 회장은 검토 중이던 쌍둥이 빌딩의 설계 변경안을 집어들었다. 그것은 순전 전무의 아이디어라고 했다. 양쪽 빌딩의 연결 브리지를 단순한 이동 통로로 만들 게 아니라 인텔리전트 빌딩이란 구색에 맞게 바꿔보자는 것이 변경안의 요

체였다. 당초의 일자 통로를 ∧ 형으로 바꾸고 상단에 컨트롤룸을 만들어 빌딩의 각종 제어시스템을 탑재시키자는 구상. 장 회장은 두툼한 보고서를 떠들쳐 보고 다시 브리핑용 개요를 일견했다.

이명 트윈빌딩 브리지 및 컨트롤룸 설계(안)

본 변경안은 이명 트윈빌딩의 동관과 서관을 상층부에서 연결하는 브리지의 기존 설계를 바꿔 브리지의 외관과 기능을 향상시킴과 아울러 이곳에 인텔리전트 빌딩의 제어를 총괄할 컨트롤룸을 설치하며 그룹의 상징성을 높이는 데 주목적이 있다. 본 건 자료는 브리지와 브리지 내 컨트롤룸의 설계, 시공, 감리 개요를 포괄하며 실내 마감과 소프트웨어적인 장치에 대해서는 추후 보고토록 한다.

1. 목적
   - 새로운 세기 비약하는 회사의 이미지를 부각시킬 수 있는 핵심 공간 조성
   - 건물 고층부 동선 연결과 인텔리전트 빌딩으로서의 기능 첨단화
   - 사옥의 일부가 된 영구적인 CI(기업이미지 홍보) 효과
   - 관광 명소화하여 부대 효과 획득

2. 기본 구상
   - 로얄 펜트하우스 하부에 위치
   - 별도로 구획된 방문자 동선과 직원 동선 마련
   - 사옥 전체 규모에 맞게 약 3개 층 높이로 구성
   - ∧자 형 브리지 외관 디자인

* 참고: 미국 AT&T 빌딩과 말레이시아 콸라룸푸르 트윈빌딩의 스카이 브리지

3. 기술적 검토 사항

- 두 건물의 신경망을 구성하는 브리지 중간의 컨트롤룸 하중 최소화
- 진도 6 규모 이하의 지진, 50 주기 예상 돌풍, 건물의 진동 주기 편차
- 건물을 연결하는 교량으로서 예상되는 모든 하중 상황
- 다양한 거동에 대응할 수 있는 유연하고 충분한 응력을 갖는 접합부
- 길이 60미터 폭 7미터 무게 약 4500톤의 교량접합 및 하중 피로

4. 기술적 대안

- 두 건물의 진동 주기 및 편차를 최소화하는 웨이트 밸런스 시스템
- 세라믹, 두랄루민 등 고강도 초경량 소재의 응용
- 풍하중을 최소화하는 에어로 다이내믹 디자인
- 집중 닥트 및 설비스페이스 집적화로 하중 발생 공간 구조 최소화

5. 별첨 시방서 및 도면

- 브리지와 컨트롤룸 시방서 1063/2856C
- 선행 엔지니어링과 관련 시방서 50-00-1063/1997.01.
- 브리지 및 컨트롤룸 입면도, 평면도

장 회장은 눈을 지그시 하고 고개를 끄덕였다. 도무지 문외한의 생각이라고 치부하기 어려운 데다 기술적인 상세가 믿음을 줬다. 사실은 이미 마음이 기울어 반승낙한 상태로 조감도에다 몇 번씩 살을 붙여보곤 했던 터였다. 이제 동과 서의 육각은 완벽한 하나로 탄생할 것이다. 그와 함께 이

명은 21세기 새로운 신화를 만들어가는 것이다. 그 앞에 자신의 분신과도 같은 장일환 전무가 있다는 사실이 그렇게 든든할 수 없다. 장 전무는 국내서 행정학을 전공하고 미국으로 건너가 경제학 박사를 수료한 뒤 정보통신사업에 관심을 가져 일부러 미국계 회사에 들어가 말단 직원으로 일한 경력도 있었다. 귀국해서는 그룹 내 각 기업을 돌며 경험을 쌓고 각별한 능력을 발휘해 일단의 관문을 통과한 셈이었다. 오지 탄광촌살이에서부터 아이의 교육문제로 애면글면 속을 태운 거야 제 에미만한 사람이 없을 것이다. 그러나 그를 오늘의 재목으로 만든 데는 그룹의 전문경영인으로 대외적인 신망을 받고 있는 성 부회장의 공이 컸다. 성 부회장은 그룹 창업자인 장 회장의 비서실장 시절부터 그들 자녀의 학교를 따라다니며 아버지 노릇을 대신했고 가족행사는 물론 아이들의 스승까지 자처하며 이명의 앞날을 개척해온 숨은 공로자였다. 그리고 그 수고를 뒤의 아이들에게까지 아끼지 않고 있었다. 영국에서 유학을 하고 싱가포르 현지 법인에 진출해 있는 둘째와 이명문화재단의 사무국장을 맡고 있는 딸까지 어떻게든 그룹 경영의 일선에 끌어들인다면 더 이상 바랄 바가 있을까. 장 회장은 새삼 자식들이 펼쳐갈 미래에 대한 기대와 살가운 정으로 가슴이 뿌듯해옴을 느꼈다.

"아니야!"

장 회장은 브리핑 자료를 내려놓고 궐련을 지그시 물었다. 아직은 더 두고 봐야할 일이 많아. 고개를 쳐드는 일말의 의심이 마치 자신을 거울로 끌어들이는 듯했다. 문제는 녀석이 너무 많이, 한꺼번에, 게임을 하듯 급하게 이루려 하는 게야. 복잡한 인간과 사회 현실 속에 숨겨진 방정식을 요량하기엔 아직 햇병아리와 다름없다. 하긴 제가 받은 기질이야 숨길 재간이 없을 테고 그 나이라면 의당 그럴 수도 있겠지. 내가 여기저기 쌀장

사에 밀조까지 하며 광산을 넘겨받았던 때가 그랬으니…… 하다가도 요즘 들어 부쩍 인터넷뉴스며 온라인의 가십성 기사에 오르내리는 그의 처신에 신경이 쓰였다. 자신의 전공분야라고는 하지만 M&A 작업으로 사업가로서의 긍정적인 면보다는 기업사냥꾼이라는 그릇된 평판을 얻는 게 아닌가 하는 우려였다. 그는 재계가 IMF의 충격에서 겨우 빠져 나올 때를 기점으로 불과 2년 반 동안 5개 회사를 인수해 그 회사들을 이명그룹에 편입시키며 그들 회사의 자본금을 7천억 원대로 부풀려 놓은 상태였다. 개인 소유의 주식을 따져도 3천억 원을 넘었으니 증권가에서 그를 곱게 볼 리도 없었다. 주가 조작 따위의 장난을 쳤느니, 뒷돈을 대주는 정치인 혹은 조직폭력배를 업고 있다느니 별별 해괴한 루머가 바짝 그의 뒤를 따르고 있었다. 때문에 증권가의 주목을 받는 회사의 2대 주주가 되고도 경영권을 접수 않은 채 시간을 끌고 있는 정도였다.

장 회장은 그런 아들의 동물적인 사업 감각과 재주에 혀를 내두르면서도 내심 불안을 떨칠 수 없었다. 그가 인수한 기업은 주식시장에서 곧장 수직 상승하며 상한가 행진을 계속하곤 했다. 그렇게 올라갔던 그래프들이 한꺼번에 벼락같이 곤두박질칠까 걱정이기도 하지만 그런 일이 벌어졌을 때 의당 드러나기 마련인 의문의 실체를 미연에 살펴봐야 하는 일, 그런 막연한 불안이 더 고역이었다. 어쩌면 자신이 아들에게 한 변칙이 거꾸로 그에게서 되돌려지고 있는 건 아닐까. 근년에 그에게 베푼 증여가 기실 성급했던 것처럼 켕겼다. 따지고 보면 녀석이 그렇게 나서지 않아도 될 정도로 지금 이명그룹은 반석에 올라 있는 상태다. 오히려 경영의 내실을 다지며 조용히 후계구도를 만들어가야 할 때. 때문에 이명그룹 내 종합관광레저 업체인 이명개발을 통해 상당 지분의 전환사채를 발행해주었고 상장 예정인 회사의 주식을 헐값에 매도하는 형식으로 엄청난 시세 차를 남게 하며, 각 사의 지배지분을 취득토록 가능한 모든 방법을 동원했던 것이다. 이명문화재단도 일찌감치 그의 명의로 등록돼 있는 상태였다. 물론 그러한 일련의 작전이란 거액의 증여나 상속세를 피하기 위한 편법이기도 했지만 대부분 그룹에서 경영권을 2세에게 대물림하는 관행이기도 했다. 그 과정에서 그래도 바깥으로 소리가 적게 난 데는 성 부회장의 후덕에 힘입은 바가 컸다. 이제 그룹 내 황태자는 많은 경제 뉴스가 심심파적으로 다루는 대로 등극의 절차만 남겨놓은 셈이었다.

그런데 왜 쓸데없는 모험을 자초한단 말인가. 이제 공룡 같은 재벌의 시대는 끝난 것이다. IMF 사태는 패퇴를 알린 조종이었다. 그럼에도 녀석의 의도란 마치 그것을 다시 불러들이려는 모양으로 비쳤다. 장 회장은 그쯤에서 뒷면으로 있던 거울을 자신에게로 돌렸다. 혹시 내 노욕 때문이 아닐까. 굳이 내 젊음을 다 바친 그곳에 돌아가 얼굴을 세우려는…….

장막 속에서

인기척을 느끼고서야 장 회장은 가까스로 눈을 떴다. 주례보고를 하기로 한 전무가 결재 파일을 들고 반듯하게 서 있었다. 옅은 블루 컬러의 셔츠에 줄무늬가 있는 타이를 맨 남색 정장이 금방 바다에서 튀어나온 듯한 생동감을 풍겼다.

"그 작품 잘 봤는데 말이다……."

장 회장은 먼저 운을 뗐다.

"그렇게 하자면 대 공사가 되지 않겠어? 이쪽 동관 빌딩도 완전히 뜯어

고쳐야겠던데, 그만한 하중을 견뎌낼지.”

“감리단에 의뢰해 구조역학 계산을 해봤습니다. 전혀 문제 될 게 없더라고요. 지렛대 모양의 구조가 오히려 힘을 분산시키는 효과가 있고 소재도 첨단으로 쓰니까.”

“그리고 컨트롤룸이 제 기능을 하자면…….”

“기왕의 동관 소프트웨어를 전면 교체해야 합니다. 좋은 기회죠.”

회장은 전무가 이쪽이 염려한 문제를 이미 파악하고 있는데 적이 안심했다. 그제야 그를 가까이 불러 앉혔다. 매양 노크를 하도록 하는 식이었다. 만약 이런 데 아귀가 맞지 않으면 전무 역시 금방 뒷걸음질하고 말았다. 어쨌든 시험을 통과해 자리에 앉았대도 안심할 상황은 아니었다. 무엇보다 주위의 시선을 의식하지 않을 수 없기 때문이다.

“그래, 오늘은 무슨 메뉴인가?”

“사이소프트를 코스닥에 올리려고 합니다.”

사뭇 작정한 어조였다.

“그건…… 안 된다고…… 아니, 이르다고 했잖아?”

“그렇지 않습니다.”

“주변의 반응은 들어봤냐? 미라가 원체 이 사업에 대해 반대하고 있는 것도.”

장 전무의 누이동생인 미라는 그룹이 사업을 확장하는 데 사뭇 반대하는 입장이었다. 그것은 재벌가의 딸답지 않게 자신의 처지를 드러내지 않고 한때 경제 문제와 관련한 NGO활동을 벌이며 재벌의 선단경영을 비판해온 그녀의 어중된 정체성에 기인한다고 장 전무는 치부했다.

“자칫 시기를 놓치면 오히려 낭패예요. 그리고, 미라 걔가 뭘 안다고 나선답니까. 더구나 문화재단 일과 전혀 상관도 없는 일에!”

"너 그렇게만 볼 일이 아니다. 그 사업 역시 이익을 내는 것보다 더 우리 이명그룹의 이미지를 높이는 진짜 문화적인 사업이 아니고 뭐냐. 그것도 미라가 지적을 하고 나서야 나도 귀가 번쩍 뜨였던 소리다."

"아버진 그렇게 미라의 얘기라면 무조건 두둔하셔서 문제예요. 걔 전적이 어땠어요? 학생 때부터 노동운동을 한 것도 모자라 시민단체 일이나 거들고 문화재단 일을 한다며 쓸개 빠진 애들 뒷바라지를 하거나 유학비나 대주고……."

장 전무는 금방 조급증을 드러냈다.

"이러니저러니 해도 장차 재단 일은 전적으로 미라에게 맡길 셈이다. 아무튼 여러 보고를 보아 그 일은 여기서 멈추는 게 낫겠다는 게 내 생각이다."

"보고가 잘못 된 겁니다."

"당장 그렇지 않냐? 주력 상품으로 개발해온 사이버캐릭터도 선취권을 놓치고."

"곽 실장 얘기죠? 내 이래서……."

"문제는 이쪽 사정이 좋지 않다는 거야. 더구나 네가 끌어온 회사들이 여전히 소문의 꼬리를 놓지 않고 있어. 당분간은 몸조심하는 게 낫겠다 싶은 게지."

장 회장은 내심 짚이는 생각을 툭 질러서 물었다.

"너…… 어렸을 적 진석이를 잘 알고 있지 않았더냐?"

장 전무는 갑작스런 질문에 고개를 갸웃했다.

"아주 어렸을 때 본 그 아이가 그 아인가 모르겠지만 그게 무슨 상관있어요?"

"내가 알고 싶은 건 같은 또래인 너희들이…… "

장 회장은 아차, 하는 표정으로 끄집어 낸 말을 되 담으려 했다.

"사업을 하는 데는 물론이고 사람 살아가는 데는 공사 구분이 분명해야 한다는 뜻이다. 괜히 사적인 감정이나 편견으로 상대를 대하면 탈이 나게 마련인 게야."

"물론 저도 충분히 생각하고 있어요. 당장 물건만 갖고 분명히 얘기하자면 곽 실장이 헛짚고 있는 거예요. 윤 부장은 아예 생각이 달라요. 충분히 승산이 있다는 얘깁니다."

장 회장은 다시 열에 받쳐 있는 전무를 똑바로 보았다.

"그 사람은 또 누구냐? 난 곽 실장이 개발을 주도하는 줄 알았는데……"

"주도는 하지만 그밖에 필요한 일도 있고 해서 비선으로 둔 관리 책임잡니다."

"너와 미국에서 같이 일한 적이 있다는 그 여자 말이냐?"

"윤영신이라고, 일전에 인사드렸죠."

"그러고 보니 기억이 난다만…… 아주 반반하더구나."

"챙겨 봐 주십시오. 집안 배경이야 말할 것도 없지만 업무에서도 빈틈없고 특히 기획이나 섭외력은 발군입니다."

"그래도 내가 생각하기엔 아마 수준이 다를 게다."

"무슨 말씀이세요?"

전무는 회장의 완곡한 제지에 감정이 오른 상태였다.

"나도 안다. 진석이가 사뭇 욕심도 크고 꽤나 완벽주의랄까."

"그 친구, 한 가지만 알고 두 가지는 모르는 꽉 막힌 종류더라고요. 기술도 기술이지만 지금은 시장이라고요. 얼마만큼 잘 알려서 소비자 기호에 부합하느냐, 또 어떤 차별성을 갖고 어느 쪽으로 파고 드냐도 중요하고……."

"글쎄…… 그게 어디 쉬운 얘기더냐."

"류희에 대해선 벌써 몇몇 대형 광고기획사며 프로덕션, 영화사하고 라이선스 계약을 추진하고 있어요. 방송국에는 전속 모델로 무료 임대해주기로 섭외도 하고 있고. 일단 이번 기회에 홍보만 잘 된다면……."

"아무래도 진석이가 걸리는구나. 그 친구 얘기를 자세히 들어봐야."

"내 참…… 아버지!"

아주 돌발적인 상황이었다. 정통으로 급소를 맞은 표정이 그럴까. 전무가 자연인으로서 아버지를 부르고 발끈하고 일어선 서슬에 회장도 덩달아 일어났다.

"도대체 왜 그렇게 그 친구를 감싸시는 거예요, 사사건건?"

"감싸다니! 난 그런 적 없다."

"지금까지 이 년을 넘게 시간을 줬어요. 충분하게. 뭘 더 해줘야합니까?"

"그만한 능력이 있으니까 일을 하고 있는 게지."

"그깟 동정 때문은 아니고요?"

전무는 감정의 고삐를 완전히 놓은 상태였다.

"네가 뭘 알겠냐, 그 어려웠던 때를!"

"나도 다 알아요, 다! 그 친구 아버지가 폭군 같은 아버지 밑에서 노예처럼 일하다……"

"뭐, 뭐라고? 네가 감히, 별 얘길!"

장 회장은 가슴께로 종주먹을 질러대고 부르르 떨었다. 그 때를 안다니, 폭군 같은 제 애비를 안다니, 그게 가당키나 한 말인가. 평소에 어떤 일이든 말대꾸를 하지 않던 녀석의 태도에 울컥 화가 치밀었다. 가슴 한 켠이 우르르 무너지는 듯했고 명치끝이 저릿했다. 장 회장은 아무 말 없이 돌아서서 블라인드 조정 스위치를 눌렀다. 아까와는 정 반대로 그린 컬러가 천장으로 빨려들며 바깥쪽의 닫혀 있던 알루미늄 차광막이 중앙에서 벽의 좌우로 비켜섰다. 그와 동시에 기다렸다는 듯이 검붉은 빛의 잔해가 쏟아져 들어왔다. 바람이 부는 것일까. 공중으로 튀어 오른 빛은 불티처럼 날리며 희뿌연 꼬리를 남겼다. 뭔가 모를 연기까지 휩쓸려 들어오는 모양이다.

6

광산촌 쥐불놀이

다시 캄캄한 어둠 속에서 희우듬한 빛이 솟아올랐다. 쭈욱- 올라갔다가 포물선을 그리며 떨어지는 불빛이다. 산 아래 쪽박 마을에서 올린 불덩이 같았다. 달은 어느 봉우리가 집어먹었는지 알 수 없고 그래도 천지는 산등성이를 경계로 명도를 달리해 위 아래로 갈라져 있었다. 골짜기 골짜기 흘러내리는 탄가루처럼 어둠도 그렇게 사정없이 흘러내려 쪽박 같은 마을의 밤은 더없이 깜깜하고 산비탈을 내려가다 보면 그야말로 내딛을 곳을 찾기 어려운 지경이다. 굽이굽이 덜컹거리며 내려가는 지프의 헤드라이트 불빛도 아래로 삐치면 금방 맥없이 흐려졌다.

"저게 무슨 불이지?"

장 사장은 옆자리에 앉은 노광렬 부장에게 물었다. 노 부장은 이명탄광의 수갱 375M 레벨 항장으로 노동조합의 지부장을 맡고 있었다. 말이 지부장이지 실은 전 지부장의 유고로 인한 지부장직무대리로 스스로 어정쩡하게 행세하는 처지였다. 전 지부장은 구판장 운영과 관련해 물품공급업자로부터 거액의 뇌물을 받아 중징계를 받은 후 불신임 당해 자리에서 물러난 지 오래였다. 이런 경우라면 으레 노사간의 신경전이 펼쳐지게 마련인데 사안이 워낙 위중해 그냥 넘길 수 없었던 것.

장 사장으로서는 땅굴에서 고개만 날름날름 내밀던 두억시니 같은 놈을 대번에 쑥 뽑아버린 그 일로 해서 이른바 '암행독찰대'라고 다소는 꺼림칙하게 여기던 그 기구를 인정해야 했다. 노무과장의 측근으로 구성된 이들은 24시간 돌아가며 갱 속이고 광장은 물론 사택까지 순찰을 돌며 노동자들의 근무상태를 점검하고 위법행위를 적발하는 게 임무였다. 해서 갱내에서 버려진 갱목이며 판자 쪽을 갖다가 집수리를 한 경우, 회사기물 절도로 몰아 감봉처분을 하는 일은 다반사고 심지어 갱내에서 시국비판을 하다 걸려 코가 꿴 이도 있었다. 장 사장은 고약하게 마음먹지 않았어도 고약하게 돌아가는 세상의 이치를 인정하는 편이었다. 그러니 지부장이란 작자가 깨끗하든 않든, 원칙적이든 않든 그렇게 중요하지 않았다. 그저 행세하는 척만 해주며 좋은 게 노동조합이요 지부장이란 자주 갈릴수록 좋다는 게 그런 이치였다. 장 사장이 어벌쩡하고 조금은 의뭉스럽기까지 한 노 부장에게 힘을 실어주는 이유 또한 그랬다. 언제든지 미끼를 물 수 있는 유형이었다. 노광렬은 밤늦게까지 광장을 둘러본 장 사장을 정도 이상 깎듯이 수발한 터였다.

"대보름을 앞두고 애들이 쥐불놀이를 하는 모양입니다. 깡통에 석탄 덩어리들을 담으면 벌건 불이 아주 보기 좋죠."

"벌써 그렇게 됐나. 대보름인지 개보름인지, 정말 걱정이야. 젠장 맞을 겨울이라고 어디 겨울 같았어야지. 눈 한번을 내렸나, 개울에 얼음 한번 제대로 얼었나."

"그러게 말입니다. 동치미만 썩어 문드러지는 줄 알았더니 산더미처럼 쌓인 탄에서도 군둥내가 나는 것 같아요."

"자네, 말 한 번 잘했네. 그러니 내 속은 어떻겠어. 썩고 터지고 문드러지고…… 이렇게 낮이고 밤이고 헐떡거리는데 뭐? 임금을 뭔 퍼센트로 올려? 지에미붙을 놈들 같으니라고!"

"저야 우리 조합원들의 생각을……."

"시끄러워! 지부장이 대체 뭐하는 거야? 미리미리 쓸데없는 소리 나오지 않게 분위기를 잡아야지. 지금 시국이 어느 때냐고. 정부에선 석탄 수급을 조절한다며 임시조치법까지 만들고 값은 쥐어틀고 하는데…… 국가적으로나 상황적으로나 정히 뭣하면 제 신상을 생각해서라도 자제할 건 자제해야지. 내 말 틀린가?"

노광렬은 장 사장이 자신에게 동의를 구하는 게 아니라는 사실을 알고 있었다. 장사를 하는 사람이 언제 밑지지 않는다고 하고, 처녀가 언제 시집간다고 하던가. 오히려 두어 달 후 개최될 노조 총회에 대해 미리 쐐기를 박아두며 자신을 붙들어두려는 속셈일 것이다. 노광렬은 대꾸하지 않았다.

"내가 저 석탄 더미만 보면 그저 확, 불을 싸지르든가 당장이라도 훌훌 내던지고 여길 뜨고 싶은 마음이 굴뚝같은데……."

끼익- 그때 갑자기 차체가 휘청거리듯 하다가 덜컹 내려앉았다. 자칫하면 천길 언덕배기 아래로 곤두박질 칠 뻔한 사태였다. '너, 사람 죽이려고 환장했어?' 장 사장이 냅다 외마디를 내지른 순간 차창으로 뭔가 불쑥 튀어 올라왔다. 이곳에서라면 뻔한 광부였다. 그런데 안전모를 쓰고 어깨에 톱과 도끼를 둘러맨 껑충한 모습이 가슴을 철렁이게 했다. 마치 이 세상 사람이 아닌 듯. 정작 그는 낭떠러지 쪽에서 한 발을 빼고 잔 소나무를 붙들고 위태롭게 서 있었다. 이쪽에서 누구냐고 묻기도 전에 그는 가볍게 목례를 하고 차체의 뒤쪽으로 얼른 걸음을 옮겼다. 매우 단호하고 날랜 몸놀림이었다.

"건방진 놈 같으니! 저, 누구야? 병반이라면 아직 이른 시간인데……."

하루 여덟 시간씩 3교대하는 근무조에서 병반은 밤 12시부터 이튿날 8시까지를 말했다. 그렇게 돌아 한 달 꼬박 28일을 일하고 잘해야 보름에 한번 쉬는 게 보통이었다.

"곽인중이라고, 못 들었습니까?

"곽인중? 지난겨울에 마구잡이로 경력직 들일 때 쓸려온 친구 아냐?"

"두고 보시면 알 겁니다. 이 바닥에선 아주 소문난 선수예요. 열 여덟 때 막장에 들어와 몇 해 전 탄값 인하 반대운동 벌였다가 국보법으로 끌려들어 갔었고……."

"골치 아픈 친구구먼. 그런데 어떻게 걸리지 않고 여길 다시 들어왔어?"

"일 하나는 맵게 한다고 호가 났고…… 동료들한테야 인심 잃은 것도 없으니까요."

"상판때기 보니 아니던데. 이 동넨 원래 어떻게 기어 들어왔대?"

장 사장은 스멀스멀 파고드는 기분 나쁜 호기심을 떨굴 수가 없었다.

"이 바닥 얘기야 뻔하잖습니까. 술자리에서 들으니 약 먹고 다 죽어가던 여잘 묻어준다며 들쳐 업고 들어왔다가 제가 사지구덩이에 갇힌 꼴이 된 모양이더라고요. 그 집 큰애가 아마 딸려 들어온 애라든가……."

"애가 몇이고?"

"그 아래 서너 살 터울의 사내가 있고…… 또 그 아래는 계집앤데 일찌감치 함백산에 묻었다대요"

"묻다니? 왜?"

"폐광에 빠져 실종된 모양이대요. 그 얘기만 나오면 냅다 술만 퍼마시는 게."

푸륵푸륵- 몇 번씩 헛방질을 하고야 지프는 다시 언덕 아래로 구르기 시작했다. 쪽박 마을에서 펴 올리는 쥐불은 이제 맷돌호박만큼 커져 있었다.

"그 친구, 지금 하고 있는 일은 뭔가?"

"선산부로 가리는 일 없이 하고, 발파 실력도 그만입니다."

흔히 사키야마라고 더 익숙하게 들어온 탓에 장 사장은 자칫 무슨 일이냐고 되물을 뻔했다. 사키야마 뒤를 따르는 광부가 아다무끼라 불리는 후산부였다. 바깥세상에서야 광부라고 하면 통짜로 하나인 줄 알지만 그게 아니다. 막상 그 바닥에 들어가면 무슨 일이 그렇게 갈래갈래 다를까 싶을 정도로 바깥과는 또 다른 세상이 펼쳐지게 마련이다. 말하자면 광산에서 같이 일하더라도 일단은 직접 탄을 캐는 데 나서는 직접부와 갱 안팎에서 그 일을 뒷받침하는 전기공, 배관공, 축전차 운전공, 안전공, 선탄공 따위의 간접부가 구분돼 보통 광부라 하면 직접부를 일컫는다. 그리고 직접부의 일도 탄맥에 이르기까지 땅과 암석을 파 들어가는 굴진부와 직접 탄을 캐내는 채탄부, 기왕의 갱도에서 노후한 곳을 점검하고 보수하는 보갱부로 갈리는데 특히 나무뿌리 같이 갈라진 갱도의 하나 하나 끝 막장에서 앞서 일하는 쪽을 선산부, 그 뒤에서 선산부 일을 보조하는 쪽을 후산부라 하는 것이다. 당연히 선산부는 경험이 많아 일의 숙련도가 높고 위험이 커 임금이 후산부보다 낫고 그것도 무슨 대단한 일이라고 내세워질 때도 있었다. 섭씨 30도가 넘는 칠흑 같은 어둠 속, 석탄과 돌 분진이며 매캐한 가스로 눈을 뜨기도 어렵고 허리를 펼 수도 없는 좁은 공간의 지하 수백 미터 막장에서 죽도록 곡괭이질이며 삽질을 해서 탄을 캐낸 뒤 언제 천장이 무너질지 모르는 위험을 무릅쓰고 꼬박 굴속에 동발을 세우고…… 퇴근 때면 땀과 탄으로 곤죽이 된 얼굴을 하고도 언제 그랬냐는 식으로 어김없이 등에 도끼와 톱을 둘러매고 가는 선산부의 모습에선 노동의 고단함보다 일말 자부심이며 누군가 져야 하는 세상의 일을 대신하고 있다는 오기까지 비쳐졌다. 3교대로 돌아가는 퇴근 시간대에 따라 아침이면 금빛 햇살을, 오후면 은회색 구름을, 자정이면 부서지는 별빛을 산 아래로 짊어 내리는 광부의 존재를 아는가. 그를 어찌 산업역군이니 산업전사니 하는 입바른 칭송이며 자부심이란 이름으로 바꿀 수 있을까. 장 사장 역시 그런 광부의 마음을 어느 정도 읽고 있었다.

언젠가 청량리역에서 출발한 통일호 열차가 오른쪽에 강을 굽어보며 양평을 지날 즈음이었다. 장 사장은 그때 승용차가 고장나 열차를 이용하게 된 처지로 하필이면 만원 상태의 주말 승객들 틈바구니에 끼어 버둥거리고 있었다. 그나마 맞은 편에 앉은 아낙과 아이들의 모습이 지루함을 덜어줬을까. 아낙의 동그랗고 또렷한 이목구비의 얼굴은 짙은 분 냄새 때문인지 금방 화장대의 거울 속에서 튀어나온 듯했다. 그리고 국민학교 3학년쯤 된 남자아이와 아직 학교에 들어가지 않아 보이는 또 다른 남자아이, 그 아래 훨씬 아래 여아까지 삼 남매가 복도 쪽에 앉은 어머니를 두고 어쩌면 그렇게 정겹게 노닥거리는지 볼때기에 절로 손이 갈 지경이었다. 특히 둘째는 향토예비군복을 잘라 만든 재미난 옷으로 입석 승객의 눈길까지 한몸에 모았다. 그런 눈길과 체온을 주체 못한 아낙은 아이의 머리를 쓰다듬으면서 말했다.

"너도 이담에 커서 아비만큼만 되거라, 아나?"

"안다카이."

아마 원주에 근무하는 장교쯤 되고, 그를 면회 가는 길일까. 그 아버지가 어떤 대단한 사람이기에, 하는 궁금증은 장 사장 옆에서 금세 처리해줬다.

"니 아버지 뭐하나?"

"광산에서 사카마 하니더."

"사카마?"

모두 눈이 휘둥그레져서 아이의 다음 말을 주목하는 모습이다. 그때 아낙이 자신 있게 주석을 붙였다.

"선산부라고예. 광산서 아주 알아주는 특급 기술잡니더."

그 말을 듣는 순간 장 사장은 왜 그렇게 얼굴이 뜨거워졌는지 모른다. 그렇게 내세우고 싶어하는 광부와 자신이 하나가 된 듯했고 그런 지아비를 무시해온 자신의 의식이 바늘에 찔린 듯했다. 장 사장은 그때 순박한 여자와 아이들이 떠올라 슬며시 웃었다. 그 누구보다 자랑스런 선산부. 노광렬에게 들은 한 가장의 모습이 거기 중첩됐다. 그게 곽의 아이들은 아니었을까.

노광렬이 혼자서 실쭉거리는 장 사장에게 물었다.

"무슨 생각을 하시기에 그렇게 우습습니까."

"아냐, 아무 것도. 그나저나 자네 정신 똑바로 차려야겠어. 이번만큼은 기필코 직무대리 꼬리를 떼든가, 아예 코를 빼든가……."

잘못 엮어진 고리

대의원 투표 결과는 의외로 11대 6이라는 압도적인 표 차로 싱겁게 끝나고 말았다. 결과가 그렇다는 뜻이지 실제 내용은 사측에서 예상한 바와 영 딴판이었다. 굴러온 돌이 박힌 돌 뺀다고, 난데없이 150M 레벨 선산부 곽인중이 지부장에 뽑혔던 것이다. 결과를 보고받은 장 사장은 한꺼번에 지독한 가스를 뒤집어쓴 듯 뒤집어졌고 간부들은 간부들대로 무슨 불똥이 튈까 전전긍긍했다. 사태가 그렇게 될 수밖에 없던 것은 죽어서 숨만 쉬고 있는 줄 알았던 전 지부장이 제 주제를 모르고 다시 출마를 하려고

한 탓. 몇몇을 구워삶으려 하자 그걸 경계한 대부분 대의원이 똘똘 뭉쳤기 때문이라 했다. 그 과정에서 노광렬이 후보를 사퇴했다는 것이 장 사장으로서는 더욱 속을 끓이게 하는 대목이다. 제 놈한테 얼마나 잘해줬는데, 바로 엊그제만 해도 질펀하게…… 하는 배신감이 그랬다. 그 놈 표도 틀림없이 전 지부장에게 갔을 것 같은 낌새가 머리털을 쭈뼛하게 했다. 그래 전 지부장이 6표까지 얻었을 테니 그가 얼마나 집요하게 재기를 노렸는지 충분히 짐작이 갈 일이었다.

"진작에 놈을 내쫓았어야 하는 건데……."

장 사장은 혀를 연방 내두르며 밖을 내다보았다. 우르르 몰려나온 대의원과 일반 조합원들이 신임 지부장을 헹가래 치고 징이며 꽹과리를 쳐대고 난리였다. 속이 뒤틀려 도무지 인정하고 싶지 않은 풍경이었다. 그때 노광렬이 술김을 쐰 불콰한 얼굴로 들어섰다.

"잘 된 일이죠? 아주 잘 된 일입니다!"

"자네 꼬락서니를 보니 꼭 그렇게 생각되는구먼."

장 사장은 잘 몰아넣은 눈먼 고기 한 마리를 바로 코앞에서 놓쳤다는 분통과 아쉬움을 그대로 드러냈다.

"앞으로 이명탄광은 확 뒤바뀔 거예요 확! 대박을 터트리고."

"뒤바뀌는 게 아니라 왜, 거꾸로 박히지."

노광렬이 제 얄팍한 속을 감추려고 하는 엉너리다. 장 사장은 아닌 게 아니라 여기 막장의 광부들 못지않게 뭔가, 확 뒤바뀌었으면 하는 충동에 사로잡히곤 하던 터였다. 요즘 들어서는 부쩍 더 그랬다. 이상 난동으로 탄은 썩어 가는데 정부는 탄값을 내리니 마니 탄을 증산하라니 감산하라니 마구잡이고 노조를 등에 업은 무지렁이들은 걸핏하면 임금을 올려달라, 도급제를 폐지하라, 복지시설을 해달라 엉터리없는 요구다. 언제부턴가는 전국광산노조라는 것까지 나서서 제 집안 단속하듯 오지 탄광 일에 콩 놔라 팥 나라 하는 게 또한 가관 덩어리다. 그러나 그것은 별스런 고민이 아니었다. 이제는 이곳을 떠나야겠다는 생각이 굴뚝같기 때문. 해서 서울에 상당한 부동산을 마련하고 건설업 면허도 내 적잖은 자금을 대온 터. 관에서 나온 사촌을 바지사장으로 앉히니 못할 일도 아니다. 그래봐야 역시 뚜렷한 전망이 있는 것도 아니고 도무지 신명나질 않는다. 그저 한 해 두 해 기약 없이 질금질금 흘리는 인생이 못내 아까워지기 시작한 것이다. 아내를 비롯한 주위의 오랜 권유와, 무엇보다 커 가는 아이들 교육문제를 걱정해 몇 해 전 온 가족을 서울로 이주시키고는 더욱 몸과 마음이 떠 있는 상태였다. 그래도 탄만 제대로 쏟아진다면야 이때껏 수십 명 목숨을 생짜로 바꿔먹은 명줄대로 몇 해쯤 더 못 참을까. 지하 갱은 달이면 달마다 깊어져 해발 6백 미터에서 파 내려가기 시작한 수갱이 해면 높이까지 바짝 닿고 탄맥은 신통치 않은데다 기껏 무더기로 찾아내는 탄통이라야 산등성이 자갈밭에서 자란 고구마처럼 별 게 아니다. 그만큼 너나 할 것 없이 죽자 사자 파고드는 통에 갱내 안전사고는 더욱 늘어가고 있질 않은가. 높아가는 채탄비용을 감당하기도 힘들고 이대로 가다간 언제 폭삭 주저앉을지 알 수 없는 일이다. 장 사장이 한시 바삐 이곳을 떠나려는 이유는 그 밖에도 대추나무에 연 걸리듯 늘어났다.

한 해 풍성한 수확과 안녕을 기원하는 정월 대보름 고사는 그래서 사측이나 노동자나 할 것 없이 우선시 하는 행사로 이때만큼은 모두 한자리에 모여 밝은 얼굴로 덕담을 나누곤 했다. 올해 공교롭게도 노조 지부장 선출이 대보름 고사와 겹쳐진 것은 대의원의 투표방식에 대해 전 지부장이 꼬투리를 잡는 바람에 이틀 미뤄진 탓이었다.

벌써 해가 중천을 지나 맞은 편 골짜기마다 깊은 음영을 만들고 있었다.

광업소 한편에서 선거를 마친 대의원들과 미리 대기하고 있던 각 갱의 항장들을 위시한 반장들, 사장과 회사측 간부들이 고사 상이 마련된 갱 입구로 우르르 몰려들었다. 제단의 양쪽에는 온갖 기원을 담은 청 홍 깃발이 펄럭이고 상 위 한복판에는 커다란 돼지머리, 그 아래로 시루떡에 육적, 계적, 전이며 육탕, 소탕, 각종 나물과, 대추, 밤, 감, 배, 조과, 등속이 정성스레 진설돼 있다. 커다란 백자사발에는 막걸리가 그득 부어져 벌써 목젖을 알싸하게 만든다. 이명탄광의 수호신은 태백 영봉의 한 신장이라는 태우신이었다. 실제 이 고장에 전해 내려오는 전설에 따르면 태백산 꼭대기에는 천왕당이라는 산사가 있어 이곳에다 불모인 마야부인과 제석천황 따위 신을 모셔 인근 마을 사람들은 물론 멀리 강원도 각지와 경상도 사람들까지 봄가을로 제사를 지냈단다. 그때 소를 몰고 가서는 신좌 앞에 메어두고 갑자기 뒤를 돌아보지 않고 산 아래로 도망을 치는 게 아주 중요한 의식의 하나였다고. 만약에 돌아 볼 것 같으면 불공한 대가로 신에게 벌을 받는다는 것. 그리고 사흘이 지나 관에서 그 소를 거두어 이용하는데 이를 퇴우(退牛)라고 일컬었다는 사실이 동국여지승람에도 비쳐지고 있다. 일설에는 그것이 우매한 백성을 수탈하는 관의 노름이었다고도 하지만 사람의 믿음이란 또한 산 위에 더 큰 산을 쌓는 법이다. 조선 중기 어느 해인가 가뭄이 심하던 때, 바쳐진 소를 끌어오려 가 본 관리들은 기겁을 하고 나자빠지고 말았다. 부슬부슬 비가 내리기 시작하는데 분명 누렇던 소가 흰 소가 돼 산 위로 점점 사라지고 있으니…… 태백산의 흰 소는 그렇게 장구한 시간과 수많은 사람의 기원을 빌어 다시 갱 입구에 와 있는 것이다. 특히 장 사장의 태우신에 대한 숭배란 누구나 나름나름 간직하는 믿음 이상 각별한 것으로 호가 나 있었다. 고사를 주관하는 태산도사가 제주격인 장 사장과 이제 막 선출된 곽 지부장을 신주 앞에 세웠다.

어허 굽어살피소서~ 어허 굽어살피소서~
태백천신 동태용신 서태우신 남방호신 북방구신
비나이다 비나이다
이명 탄광 장흥수 사장, 노동조합 곽인중 지부장이
술잔 받들어 올리니
태우신령 간 데마다 석탄 백탄 은탄 금탄 쏟아지고
태우신령 간 데마다 악귀 사귀 마귀 잡귀 사라지고
어서오소 이 사람아 어서 오소 우리 신령
이명탄광 사람마다 단명자는 수명장수하고
박복자는 부귀공명, 무자자는 자손창성하게
잔 받으소 잔 받으소

새 집행부와 그해 4월 벌인 첫 임금협상은 다소간 신경전이 있었으나 전국광산노조가 제시한 수준을 충족시키는 선에서 마무리 됐다. 그때서야 장 사장은 가슴을 쓸어 내렸다. 노광렬이 된 것에 비하면 뭣하지만 만약 전 지부장이 다시 지부장 자리에 올랐다면 또 온갖 으름장이며 난장판을 벌였을 것이니까. 아직 새 집행부가 띄엄띄엄 하고 있을 때 고삐를 죄어야지. 장 사장의 속내는 에누리 없이 작전 계획에 반영된다. 당연히 노무부장을 통한 작업도 앞당겨 본격적으로 시작될 터. 덕대권이며 자재납품권, 구내식당 경영권 등…… 지부장에겐 이권의 딱지를 디밀어 보고 노조간부들에게는 원주로 강릉으로 되는 대로 단합대회를 보내 분 냄새도 맡게 하고 돈 봉투도 찔러주는 따위가 보통의 경우였다. 그런 비용이야 고스란히 다른 무지렁이들의 임금에서 빠지니 사측으로 보자면 손해날 일도 아니었다. 노조 대의원이며 간부들만 주물러놓으면 나머지 광부들의 목이란 회사에 저당 잡혀있는 것과 다름없었다. 월 임금이 하루 채탄 얼마, 동발 몇 개, 굴진 몇 미터 따위의 작업량에 따른 등급별 차등의 도급제인데다 한달 꼬박 28일을 기준으로 하기 때문이다. 노조가 나서서 임금을 좀 올려봤대야 작업등급을 낮추면 인상 임금이란 물거품처럼 꺼지게 돼 있었다. 막장에서 탄차에 가득 실렸던 탄이 수 백 수 천 미터의 레일을 따라 출갱되는 과정에서 바싹 졸아들어 검수원에 의해 한참 적게 평가되는 이치도 그러했다. 상황이 이러니 노동자 개인 입장에서는 어용노조라 할지라도 일단 거기 발을 담그고 있는 게 득일 경우가 많았다.

"나한테 막장일은 계속 하게 해주십시오."

회사의 선무공작에 대해 새 지부장에게 돌아온 반응은, 그런데 그게 전부였다. 지부장이라면 당연히 전임으로 막장에서 빠져 노동자들을 대표한다는 구실 하에 얼마든 일신의 편안과 영달을 꾀할 수 있고 정치꾼으로 나설 수 있었다. 그저 오만잡탕 전국에서 모인 무식쟁이들이 하지 못하는 말을 틈틈이 대신해주고 일 년에 한두 차례 사업주를 밀어붙여도 제 값을 하는 셈이니 그렇게 되는 게 순서라고 대부분 노동자가 당연하게 인정하는 터였다. 그런데 막장에 들어가겠다니 제 정신인가. 장 사장은 직접 곽을 힐문했다. 정월 대보름 고사 때와 임금 협상이 타결된 후 형식적으로 대했던 때의 기분과는 사뭇 다른 감정에서였다.

"무슨 억하심정이야, 당신?"

"어깃장이 아닙니다. 나는 지부장을 임기만 하고 그만 둘 작정입니다. 그렇다고 노조 일을 소홀히 하겠다는 것도 아니지만…… 잠깐이라도 일을 손에서 놓으면 다시는 막장으로 돌아갈 수 없다는……."

"허- 그 사람. 막장에 다시 돌아가지 말아야지. 남들은 빠져나오지 못해 안달인데 무슨 귀신 씨나락 까먹는 소리야 그게. 나중에 정 뭣하면 회사에서 그만한 보장도 해줄 텐데.”

“나는 죽어도 막장에서 죽을랍니다. 그러니…….”

장 사장은 그가 그냥 해보는 소리가 아님을, 그것도 아주 비장한 어투로 말하는 데 정나미가 떨어지고 말았다. 다 죽은 여잘 묻어주려 들어왔다가 제가 사지구덩이에 갇힌 놈이라고, 노광렬이 일전에 귀띔했던 얘기가 섬뜩하게 되새겨졌다.

“다시 생각해봐. 그 사람 괜한 고집하곤…….”

사지구덩이 밖의 인질

광산에서의 하루는 불안에서 시작해서 불안으로 끝난다. 아니, 불안이 생활 그 자체이므로 그 말은 맞는 표현이 아니다. 실낱같은 희망에서 시작해서 또한 실낱같은 평화나 안심으로 끝난다. 오늘 하루는 훨씬 기분이 상쾌한데,하는 자기 최면이라도 걸어놓아야 그 하루가 무사할 것이며 집에 돌아와서는 내일도 별일 없으리라는 거짓 기대에 단잠을 이루니 그렇기도 하다. 그 자신은 물론이려니와 집안 사람 누구도 공연히 불안의 기색을 내는 게 금기라 차라리 희망만으로 산다는 편이 맞다. 봉당에 신발이 아무렇게나 널려 있는 것 같지만 가장의 신발은 코가 항상 방 안쪽을 향하도록 놓아야 한다. 그런 기다림만이 살길이니까.

불안은 가장 확실한 믿음과 연결돼 있다. 이런 일화가 있다. 갱내에는 도무지 살기 힘들 것 같은 쥐가 적잖이 산다. 어떤 광부인가 점심을 먹을 때면 나타나는 쥐에게 한 젓가락씩 밥을 떼 주곤 했다. '네 팔자도 참 기구하구나. 먹을 것 많은 세상을 두고 이 깊은 곳까지 와서 배를 주리니…….' 하며 마치 적선을 하듯. 어느덧 쥐도 밥 때만 되면 나타나곤 했는데 어느 날인가는 점심때도 되기 전 도시락을 다 헤쳐놨다. 그 광부는 화가 나서 쥐를 쫓기 시작했다. 쥐는 잡힐 듯 잡힐 듯하다 도망을 갔고, 갱내수가 흐르는 펌프장 앞의 물속에 주인을 빠뜨리고 말았다. 그 순간 가스 폭발 사고가 일어났다. 이때 갱 안에 대부분 사람이 죽었는데 이 광부만은 목숨을 건졌단다. 그래 광산에서는 쥐를 잡지 않는다는 미신 아닌 미신이, 이와 유사한 전설 아닌 전설이 무수히 나돈다.

예컨대 광산촌에서는 어디서든 휘파람을 불지 못하게 한다. 휘파람 소리는 귀신을 부르는 소리라는 것이다. 그 소리는 갱도가 무너질 때 나는 소리와도 같다. 출근할 때 여자가 앞을 가로질러 가면 아예 출근을 하지 않는다. 그래서 출근 시간을 전후한 한 시간 가량은 아낙들이 감히 밖으로 나올 수가 없는 곳이 광산촌이다. 그리고 까마귀가 지나가거나 우는 것을 아주 꺼린다. 산에 와서 울면 누가 죽는다는 흉조로 생각하는 것이다. 호랑이 이야기도 절대 금물이다. 호랑이가 지나다녔다고 생각되는 날이면 고사를 지내 액땜을 해야 한다.

너무나 많은 사고가 일어나고 너무나 많은 목숨이 며칠 밤 있는 듯 없는 듯 있다 뜬다. 바람에 흔들리다 진 달맞이꽃처럼, 고갯마루의 설핏한 아침 안개처럼, 점심시간 팔베개를 하고 잠깐 눈을 붙였다 잘못 꾼 흉몽처럼 바로 옆에서 사라져갔다. 그렇지 않더라도 치명상을 입고 더 할 것 없는 알거지가 돼 떠난 이들. 갱도를 버티는 동발이 지압을 버티지 못해 일어나는 붕락이나 경석이 떨어져 일어나는 낙반 사고, 광차나 인차가 만들어내는 사고는 일상이고, 담뱃불이나 누전으로 인한 화재, 가연성 가스 폭발

사고, 갱도에 물이 넘쳐 일어나는 출수 사고, 지하수맥을 잘못 건드려 일어나는 돌발사고, 화약폭발 등등…… 마치 산은 제 내장을 도려내려는 인간에 대해 곳곳에 죽음의 덫을 놓고 펄펄 뛰는 듯했다. 왜 안 그렇겠는가. 수 억 년 전 석탄기에서 페름기라고 일컬어지는 고생대 말기에 소화된 내용물이라는 석탄. 그것을 불과 수십 년만에 무자비한 약탈자에 의해 다 빼앗기고 있는데. 그런 고급한 설명이란 대학물을 먹고 어쩌다 이곳에 숨어온 치들이 하는 얘기였다. 아닌 게 아니라 그 깊은 속 내장은 난도질당하고 실핏줄과 신경줄은 마디마디 끊겨 마지막 거친 숨을 몰아쉬며 피를 토하는 검은 산의 모습이란 처연하고 무섭기 이를 데 없는 것이다.

그런 귀신 굴이니 곽인중이 당한 사고가 대수랴. 곽을 죽음의 벼랑 끝으로 몰고 갔던 것은 미끄러운 사갱에서 내리꽂힌 동발이었다. 재해 자체야 가벼운 게 아니었다. 곽은 도립병원에 후송된 후 복부파열과 갈비뼈가 세 대나 나갔다는 진단으로 수술을 받아야 했다.

일본식으로 곧잘 항이라 불리는 갱과, 갱목! 막장 인생에서 그만큼 친숙하고 그만큼 뼛속까지 사무쳐오는 게 또 있을까. 대부분 광산에서 갱은 지하 깊은 곳까지 수직으로 내려진 수갱과, 그로부터 일정 위치까지 도달하기 위한 수평갱, 그리고 굴진을 하고 탄을 캐내는 막장까지 나무 뿌리처럼 좁아지며 구배가 진 사갱으로 나눠지는데 실제 거의 모든 작업이 물이며 탄이 아래로 빠지도록 하는 구조의 비탈진 사갱에서 이뤄지게 마련이다. 그 어둡고 비좁고 뜨겁고 질펀하고 매캐한 굴속을 두더지처럼 기어 들어가며 눈물을 흘리고서야 시작인 것이다. 지상에서 포기한 새로운 삶이. 결코 버림받을 수 없는 삶의 의미가. 아니, 그 어떤 의미도 실은 의미일 수 없는 연장된 의미가.

그렇게 간다. 등에는 동바리에 쓸, 제 키보다 크고 보통 30 킬로그램이 넘는 소나무 갱목을 짊어지고. 원래 갱목을 짊어지는 일은 후산부의 몫이다. 그런데 일머리가 서툴고 약골인 후산부의 빠지는 몫은 그대로 선산부에게 돌아갈 수밖에 없다. 선산부와 후산부가 한 조가 돼 한 번 입갱해 세 틀을 하려면 하리(가로목), 아시(세로목), 기리바리(연결목)를 수도 없이 짊어 날라야 한다. 머리에는 램프가 달린 철제 안전모를 쓰고 얼굴에는 방진마스크를 쓰고 허리에는 램프와 연결된 배터리와 도시락 곽을 매달고 등에는 척추보호대를 두르고 온몸이 족쇄에 묶인 듯한 상태에 더해 웬만한 집의 대들보 같은 갱목을 지고, 한 걸음 한 걸음 발을 옮긴다. 오로지 움직이고자 하는 의식. 이제 갱의 마지막 줄기로 오르는 길이다. 이곳은 워낙 갱이 좁고 구배가 가파른데다 위쪽의 수맥에서 흘러내리는 물로 보통 미끄러운 게 아니다. 마치 개구멍을 빠져나가듯이 배를 땅에 대고 버둥거리며 기게 마련이다. 쿵-, 등에 짊어진 갱목 끝이 위에 닿으며 어깨가 끊어질 듯하다. 그는 힘겹게 한쪽 손으로 땅바닥을 짚고 숨을 고르며 앞을 살폈다. 그때 일부러 앞세웠던 신출내기 후산부가 미끄러지며 신음을 내질렀다. 그와 동시에 뭔가 그대로 갱도로 미끄러진다 싶은 게 한 순간. 가슴이 터지며 우지끈 소리가 났다. 아악 - 그는 동발과 함께 그대로 굴러 떨어지며 의식을 잃고 말았다.

어쨌거나 그건 갱내에서 안전수칙을 지키지 않은 그의 잘못이었다. 그런데도 장 사장은 뒷골이 댕겼다. 그를 탄광에 다시 들여보내도록 만든 게 회사측이라는 억지가 나돌았기 때문이었다. 특히 선거에서 떨어진 전 지부장의 사주를 받은 노광렬 따위는 곽을 위해주는 척, 노골적으로 항의를 하고 나서는 기세였다. 굳이 장 사장이 곽이 수술을 하고 입원을 해 있는 도립병원을 찾은 이유는 그를 문병하자는 뜻보다 실은 해명서라도 받아야겠다는 속셈에서였다.

"거 뭐랬어? 당신 혼자 몸이라면 거기 들어가서 몇 날 몇 달 잠을 자든 갱목 메고 봉 체조를 하든 내 상관할 바 아니지만…… 그것도 감투라고 남들 이목이 있잖나."

"뭐, 별 일 아닌데요."

곽인중은 애써 태연한 척하며 담배까지 피워 물었다.

"허면 저 악다구니들 떠드는 소리, 자네가 책임지겠어?"

"나도 압니다. 사장님한테만 그런 게 아니라 나도 그런 소릴 들어요. 회사 눈치 보느라고 막장에 들락거린다고. 그게 아니란 건 삼척동자도 잘 알 겁니다. 이 곽인중인 그런 시시껄렁한 모리배들하고 다르다고요."

"아무튼 몸조리나 잘하고 이번에 나오면 손 씻을 생각하라고."

"사장님!"

"뭔가?"

"내 아무 문제없을 거니 다시……."

그때 병실 문을 열고 상고머리에 멜빵을 맨 감청색 바지 차림의 아이가 주춤했다. 어린 눈에도 아버지가 광산에서 제일 높다는 사람에게 무언가 사정하는 줄로 보인 모양이다. 아이는 누런 비닐 봉다리에서 소주병과 군오징어를 꺼내 침상에 슬며시 올려놓았다. 장 사장은 녀석이 그의 큰아들이라는 걸 눈치챘다. 외양이 닮아 보이진 않았지만 그 나이 또래 답지 않게 조신한 느낌을 풍겼기 때문이다.

"네가 학교에서 제일 공부를 잘 한다는 진석이구나?"

"아니요. 우리 반에서 조금……."

"너, 일환이도 알겠지?"

"일환이요?"

아이는 고개를 갸우뚱하다가 아, 알겠다 하며 말했다.

"뚝배기 말예요?"

"된장…… 뚝배기라, 별명이냐?"

"우리 반에서 제일 잘 사는 앤데."

장 사장은 빙긋이 웃었다. 그러고 생각하니 자신의 늦둥이 자식은 이미 서울아이가 된 지 오래였질 않나. 어쩌다 방학 때 데려와도 거무튀튀한 땅강아지 같은 아이들과 어울리기 싫다고 금방 올라가기 일쑤였으니까.

"야, 얼른 엄마한테 나가봐!"

아버지가 소주병을 까고 침상에 걸터앉으며 아이의 등을 떼밀었다. 사장의 자분거리는 모습이 언짢은 모양이었다. 장 사장 역시 미간을 찌푸리며 얼결에 건네지는 술잔을 받았다. 아직 정신이 멀쩡한지 의료진의 눈을 피해 술병을 달고 있는 듯했다. 그 지긋지긋한 탄가루를 씻어낸 행색임에도 그의 얼굴이 더없이 까칠해 보였다.

돌아오는 차안에서 장 사장은 노무반장으로부터 보고를 받았다. 그 어머니 역시 간절히 바라던 터라, 아이를 원주로 유학 보내며 그 일체 학비를 대주기로 했다고. 대신 누구에게도 그런 사실을 말해서는 안 된다는 약조를 받았다는 것까지. 당초에는 장학금으로 할 수 없느냐고 했다가 이쪽의 설득으로 뜻을 굽혔다는 얘기였다.

장 사장은 가타부타 말하지 않았다. 차는 고한을 지나 싸릿재를 넘어서고 있었다. 왼편으로 함백산이, 오른편 저쪽으로 백두대간의 머리가 시원스럽게 보였다. 초하의 신록을 입은 문수봉 부쇠봉 장군봉이 바람에 들썩이며 그 웅혼한 기운을 드러내는 듯했다.

그런데 떨궈내지 못한 머리카락 같은 수삽한 생각 한 올이 장 사장의 입을 떼게 했다.

"그 에미는 꽤나 교양이 있는 여자라던데……."

"뭐 안동사범이라든가, 거길 다니다 말았다대요. 그 전에 무슨 사연이 있는 모양입니다만…… 좌우지간 애 교육문제만큼은 무슨 수를 써서라도 해결할 요량으로 미장원을 내려다 그만두고 소문나기로는, 뭐 수의까지 만들어 팔려다 망신을 당했다는데…… 이 참에 잘됐지 뭡니까."

노무반장은 콧노래라도 부르는 듯했다.

7

기억의 반란

언제부터인가 영석의 좁고 어둠침침한 방은 누구도 쉽게 드나들 수 없는 금지구역이 돼 갔다. 창문에다는 얼기설기 송판때기를 대고 시멘트 포대 종이를 잔뜩 처발라 안을 들여다 볼 수 없게 했다. 누구나 앓는다는 사춘기 병보다 더 지독한 증세로 보였다. 얼굴엔 덕지덕지 여드름 밭이 생겼고 뭔가 공포에 질린 듯한 퀭한 눈과 퉁퉁한 볼퉁이는 심지만 뽑히지 않은 폭약 같았다. 그 심지가 누구에 의해 뽑혀 어떻게 터질지 알 수 없는 판이다.

영석은 오래 전 서울 계집애가 전해준 편지를 불태웠다. 방학 때면 가끔 내려오던 계집애가 어쩌다 함께 구문소 냇가로 놀러 갔던 일로 전해준 편지와 서너 번 보냈던 답장이었다. 철암역 근처의 나팔고개 산비탈과 장성의 직운산, 그리고 구문소 냇가는 삼엽충 화석지대로 유명한 곳이다. 그 냇가가 5억 년 전 지구상에 처음 출현한 바다 생물인 삼엽충의 왕국이었다니. 그렇다면 바닷속을 걸어 다니는 게 아닌가. 그날 밤 영석은 파도를 이불 삼아 잠들었고 스멀거리는 삼엽충으로 자주 뒤척거려야 했다. 계집애도 그런 충격으로 꽤나 감상적이 되었던가보다. 편지에서 계집애는 자기보다 성숙한 누나처럼 굴었다. 그때는 왜 고것이 자기에게 구태여 오빠라고 부르고 싶어했는지, 자기가 어떻게 반응해야하는지 전혀 알 수 없던 일이었다.

기차에서 달과의 대화
7.29 금. 몹시 더운날 밤

이 편지가 만약 낮에 도착이 됐으면 다시 접어 두었다가 밤에 달을 보며 읽어 주길.

나는 지금 서울로 돌아오고 있어. 창밖에는 별도 하나 없고 달만 떠있네. 그것은 본래의 제 모습으로 돌아가려는 동그스름한 거야.

그런 달이 나하고 얘기하고 싶다고 말을 건네네. 그래, 잘 됐어. 나도 심심했는데…

아까는 밝은 해 뒤에 몸을 숨기고 오빠하고 재미있게 얘기하는 모습을 엿보았는데 이제 잘 되었다나. 우린 뜻이 맞고 마음이 하나가 되어 아주 열심히 재잘댄다. 까만 산, 까만 밤이 병풍처럼 둘러쳐진 곳에서 우리만의 대화를. 따라오며, 또 쫓아가면서. 우린 잠시 이야기를 멈추고 그냥 서로를 한참 바라보기도 했지.

그는 아주 높은 산을 넘을 때 단숨에 넘지 못하고 쉬어 올라오기 때문에 천천히 온다.

걱정이 돼 보이지도 않는 그를 찾아 어두운 곳을 계속 쳐다보고 있노라면 그는 슬며시 나타나 웃는다. 그럴 땐 박력 있고 멋있는 남자 친구가 된다.

그런데 그는 강만 만나면 너무 좋아한다. 마치 국민학교 아이들이 새옷을 입고 자랑할 때처럼. 까만 강도 좋아서 금물결 출렁거리는 옷을 입는다. 그는 강 한가운데 오면 더욱 신나 노래를 부르며 빙빙 돌며 춤도 추고, 그림도 그리며 웃는 모습이 천진난만하다.

그러면서도 무언가 골똘히 생각하는 모양이면 희미해지는 낯빛이다.

내 마음 깊숙한 곳에 자리 잡은 그가 언제고 다시 나타나 주리라는 마음으로 나는 조용히 눈을 감는다.

여기까지는 오늘 일기 내용 중 일부였어.

나, 부탁할게 많거든. 그러니까 꼭 들어줘야 돼.

첫째는 아주 제일 중요한 거야. 그날 그날을 충실히 보내면서 자기 전 내 생각 딱 한 번만 해줘.

둘째는 이제부터는 먼 곳으로 떠난 신례의 오빠가 아닌 나의 오빠도 되어 줘. 난 진짜 오빠를 만나고 싶어.

셋째는 편지하면 꼭 답장해주는 거. 오빠답게 이 편지 받으면 자주 편지 보내 줘.

나는 위의 세 가지 사항을 성실히 이행하고자 노력하겠습니다, 예쁜 여동생 앞에.

아주 쉬운 거지. 이 편지 읽고 웃거나 그러면 나 다음부터 편지 안 할 거야. 지금 밤이 깊었어. 뭔가 더 할 말이 많지만 연필심을 꾹꾹 누르며 참을래. 안녕.

오빠가 제일 사랑한 신례의 친구가.

오빠에게

마치 내가 딴 세계에 살다 온 사람처럼

편지 쓰는 것조차 이상하게 느껴지네. 학교의 룸비니학생회 수련회 때문에 그곳 태백산에 올라갔다가 들르지 못하고 돌아오며 내내 오빠만 생각했어. 달 속에 오빠가 환히 웃다가 찡그렸다가 해서 다시 돌아가고 싶었어. 20일쯤에 편지하려고 했는데…

혹시 하며 우체통을 뒤지곤 했지만 소식이 없네. 무슨 일일까. 처음엔 내 말을 잘 듣고 착한 오빠가 될 것처럼 하더니.

오빠 나하고 신례는 진짜 하나가 될 수 없겠지?

나를 동생으로 생각하기 싫으면 그만 둬도 돼.

나는 신례가 딴 세상으로 간 뒤 친구도 없고 아무도 없어.

그렇지만 참고 지낼 수 있어. 그러니 동생이 안 되도 그만이야.

정말 미안하고, 실망시켜 미안해.

내가 먼저 정해놓고 내가 취소하고 정말 제멋대로.

그러나 오빠가 아니라도 만날 수 있겠지. 내가 사계절 중에 어느 계절 좋아하는지 아마 잘 알거야. 까만 세상이 하얗게 변하는 때.

지금은 솔직히 만나고 싶지 않아.

아마 가을이라서 그런가봐.

그럼 모든 일에 충실하길 바라며.

p.s 먼저 연락하지 마.   9.7.

두 장의 편지만이 따옴표의 처음과 끝처럼 남아있다. 그리고 깜깜하고 답답했던 그간의 사정이 밝혀졌다. 자기가 밤을 새워가며 보냈던 편지는 그녀의 오빠란 작자와 식구들에 의해 곧장 쓰레기통에 들어가곤 했던 것이다. 대가리가 커져 고향을 찾은 오빠란 작자가 친구들에게 소문을 내며 놀려주어 알았던 사실이다. 그리고 자기가 여태 동생인 신례의 존재에 대해 거의 무관심한 채 살아왔다는 사실도 깨달았다. 영석은 누가 뭐래도 대꾸를 하지 않고 울안에 갇힌 짐승처럼 씩씩 거친 숨만 내 쉬었다.

벌써 오래 전부터 어머니는 아들이 망측스럽게 수음을 즐겨하고 못된 망아지 새끼처럼 계집애들과 어울려 술을 마시고 담배를 피운다는 걸 눈치채고 있었다.

"다른 건 다 몰라도 네가 학교를 그만 둔다는 건 용서할 수 없다!"

아들의 마음을 붙들려는 어머니의 노력은 필사적이었다. 때론 하소연으로, 때론 전혀 어울리지 않는 가벼운 윽박지름으로…… 결국 발을 동동 구르다시피 하며 매달렸다. 아들은 벌써 며칠 째 골방에 처박혀 꼼짝 않고 있었다. 담임으로부터는 계속 연락이 왔다. 이번에도 무단 결석이 계속되면 퇴학을 시킬 수밖에 없다는 얘기였다.

"난, 공부가 싫어. 제발, 날 내버려둬요!"

"그래, 너도 아버지처럼 저 모양 저 꼴로 죽어가련?"

그 말에 아들은 웅크렸던 몸을 터뜨리듯 어머니에게 대들었다.

"씨발, 아버지가 어때서! 나도 그렇게 살 거야. 굴속에 들어가서 콱 죽어버릴 거라고!"

눈가에는 퍼런 눈물이 그렁그렁 달려 있었다. 어머니는 식은땀을 흘리며 까무러쳤다. 아버지와 그 어린 아들은 벌써 오래 전에 한통아리로 자신을 저주하고 있는 게 아닌가. 세상 끝, 아무도 모르고 아무도 찾지 않을, 이곳에 생사람을 끌어들이고 차마 죽지 못해 또 다른 불행을 낳고, 또 다른 불행에 매달려 곡을 하는. 저 멀리 꽃무더기가 일렁인다. 잃어버린 그 꽃

사슴 새끼인가. 하늘 나라로 간 줄 알았던 그게, 아직도 숲 속에 살아있나. 검은 안개가 턱턱 숨을 막는 계곡을 여자는 할딱거리며 내닫고 있었다.

눈뜬 비밀

방학 때 집에 들른 진석은 도무지 집안의 공기를 참을 수가 없었다. 신례의 영혼이 아직도 떠돌고 있기 때문일까. 새벽에 잠깨어 설핏 본 아버지와 어머니의 포개진 그림자를 못 본 건 이미 너무 오래였다. 아버지와 어머니는 생전의 신례가 방글방글 웃을 때 가장 행복했을 터다. 진석은 너무나 분명하게 그때 일들을 기억하고 있었다. 깎아지른 절벽 바위에 붙어 다복히 피어나는 난쟁이바위솔처럼, 그래도 자잘한 삶을 피워내야겠다는 희망이었을까. 그 시절은 밥풀때기 같은 그 하얀 꽃들의 나날이었다.

아니, 그것도 모르게 대번에 꽃은 지고 꽃잎에 영롱하던 이슬은 날아간 것이다. 아주 영원히. 잊어버려야지, 지하 깊이 아주 깊이, 더욱 더 깊이…… 하며 잊었던 과거 아닌가. 더구나 진석은 그때 대처로 나가 있던 터였다. 그런데 가족에게 안겨진 상처는 더욱 더 깊은 데서 덧나고 있었던 모양이다. 볼 때마다 두꺼비처럼 달라지는 동생이 너무 낯설게만 보였고 어머니는 어머니대로 뭔가를 숨기는 듯 전전긍긍이었다. 아버지는 더욱 말이 없어지셨다. 한 번쯤 밖에 나간 자신이 어떻게 공부하고 있나 관심을 가질 법했지만 오히려 모른 척 하는 양 보였다. 찢어지게 가난한 살림에 아이를 어떻게 도시로 유학 보내고 있냐는 주위의 곱지 않은 시선 때문이었을까. 진석의 어렴풋한 짐작이었다. 그때마다 어머니는 아무 생각

말고 공부나 열심히 하라고 다독거려주었다. 진석은 그런 어머니 마음이 안쓰러워서도 이를 악물고 공부를 해야 했다. 하긴 아버지에게 단 한 번이나 그 어떤 칭찬을 들어본 적이 있던가. 아버지에게 자랑하고 싶었던 상은 책상 서랍에 차곡차곡 쌓였다가 몽땅 아궁이 속으로 들어갔다. 어머니 역시 대놓고 자신을 칭찬한 적이 없었다. 당연히 해야 될 공부며 잘 해나가리라는 믿음만은 아니다. 그보다는 동생 때문일 수도 있다. 공부라면 고개를 잘래잘래 흔들고 오로지 아이들과 산으로 개울로 들쑤시고 다니며 사고만 치던 녀석을 어떻게든 끌어당기려는 일념으로. 아무튼 기다리고 기다리던 여름은 어디에도 없었다. 더 이상 방학을 생각할 수 없을 정도로 집안은 가라앉아 있었다.

그 무렵에야 진석은 아버지와 자기가 조금도 닮지 않았다는 사실을 점점 깨닫기 시작했다. 무엇보다 시장에서나 이발소에서나 혹은 음식점에서나 흔히 듣는 소리가 그랬다. 그러나 사실이 어떠하든 깊이 생각하기가 싫었다. 본능적으로 아버지를 경원하지만 아버지를 아버지라 부르지 못할 이유도 없었다. 자칫하면 모두가 나락으로 굴러 떨어질 뿐인 탄광촌에서 아버지만이 가장 큰 실재였으니까.

영석의 기타는 더욱 광포하고 처절한 음률을 담고 있었다. 아버지가 자식들을 위해 무언가 직접 사준 물건이 있다면 유일하다할 게 바로 그 악기였다. 기타는 동생이 겉보기보다 훨씬 올되고 어른들의 세상에 바싹 다가가 있음을, 그리고 병들어 있음을 들려줬다. 어디서 구했는지 모를 오랜 LP판들도 그런 이상한 분위기를 띄웠다. 당시는 아버지의 사고에 따른 보상금으로 산 전축이 있었다. 이 무작한 탄광촌 어디서 배웠는지 알 수 없는 비틀즈, 아바, 카펜터스, 사이먼 앤 가펑클, 존 덴버, 닐 다이아몬드 같은 팝송 가수들의 노래도 따라 불렀다. 도대체 저 감미롭고도 아프게 속을 후벼 파는 절규는 어디서 묻어 나오는 걸까 싶은 그 곡들…….

I'd rath-er be a spar-row than a snail.
Yes I would. If I could, I sure-ly would. - Hm Hm-
I'd rath-er be a ham-mer than a nail
Yes I would. If I only could. - I sure-ly would. - Hm Hm-
……
A man get's tied up to the ground, He give's the world-
it's sad-dest sound, it's sad-dest sound. - Hm Hm-
……

- *El Condor Pasa : Sung by Simon & Garfunkel*

(달팽이가 되기보다는 참새가 되어야지.
그래 할 수만 있다면 그게 좋겠지. 음음-
못이 되기보다는 망치가 되어야지.
그래, 할 수만 있다면 그게 좋겠어. 음음-

날아가 버린 백조처럼
나도 멀리 떠나가고 싶어라.
사람은 땅에 얽매여
세상에서 가장 슬픈 소리를 낸다네.
가장 슬픈 소리를……. 음음-

길보다는 숲이 돼야지.

그래, 할 수만 있다면 그게 좋겠지. 음음-
세상을 발 밑에 두어야지.
그래, 할 수만 있다면 그게 좋겠어. 음음-
……)

그는 분명 자기만의 굴속에 갇혀 꿈을 꾸고 있었다. 그리고 어쩌지 못해 기타 줄을 쥐어뜯는 것이다.

"아아, 정말 나를 잡지 마. 이곳을 떠나려는데 너는 사랑한다고, 사랑한다고 말하네. 그렇지만 너무 늦었어. 어제는 어제, 오늘은 오늘. 바람이 불면 난, 날개를 펴려네. 안녕, 안녕……"

누구의 노래인지, 아니면 제가 혼자 흥얼거리는 것인지 화음은 그렇게 잦아들었고, 방은 이내 정적에 휩싸였다. 진석은 같이 써야 하는 방에 들어가기가 겁났다.

그때 어머니는 진석을 몰래 부엌으로 불러들였다.

"네 동생에게 그 애가 돌아왔다지 뭐냐?"

"애라니요?"

"신례 말이다. 귀신이 씌었다는 거야. 이 일을 어쩌면 좋을지……."

진석은 무슨 말인가 고개를 갸웃했다. 어머니는 방안의 눈치를 보며 진석에게 속삭였다.

"쟤를 저대로 뒀다가는 이번엔 신례가 손을 잡아끌 거라고, 당골 신할멈 얘기다."

진석은 머리털이 쭈뼛해짐을 느꼈다. 영석을 따라 마을 뒷산 꼭대기까지 올랐다가 어느 함몰된 폐갱도에 빠져 죽은 여동생 신례 얘기였다.

실은 그것도 막연한 추측이었다. 갱 속 어디로 들어가다가 길을 잃었는지 아이의 시신은 끝내 드러나지 않았으니까. 매일 그 일만 하는 마을 사람들도 폐갱 속을 들어가는 데는 한계가 있었기 때문이었다. 어머니를 통해 그제야 들은 얘기는 더욱 놀라운 것이었다. 이틀 만에 그곳 갱 입구에서 자지러진 채 발견된 영석은 그때 충격 탓인지 아무 기억도 못했으며 병원에 실려가서도 형 이름만 불렀다는 것이다. 진석은 그 연유를 짐작했다. 방학 때마다 집에 왔다가며 '동생 잘 돌보라'고 신신당부했던 대로 얼마나 겁을 먹었을까. 아니면 형이 사고를 당한 양 자신의 악몽을 떨쳐내려 했을지도 모른다. 어머니는 병원에서 주워들은 용어를 떠올리느라고 애썼다. 충격으로 인한 심인성기억상실로, 다행히 옛날의 기억을 몽땅 잊은 게 아니란다. 자기를 방어하기 위해 그 때 일만을 지우개로 지우듯 한 상태였다고. 그 기억이 이제야 되살아나 그의 영혼을 괴롭힌다는 것. 어머니는 마지못한 듯 진석에게 자초지종을 털어놨다. 영석이 땅속에 묻혔던 오랜 악몽에서 깬 것은 학교의 사회과 현장학습으로 아이들과 함께 탄광을 견학하면서였다. 도망친 곳에 다시 끌려든 공포감. 인차에 실려 안으로 안으로 들어갈수록 이상하게 환해지던 동굴. 그리고 한순간 맞부딪친 환영으로 나자빠진 채 숨이 끊겼단다. 동굴 밖에 나온 영석은 그 동안 아이들이 싸움 뒤끝에 왜 자신을 '땅굴 귀신'이라고 놀렸는지 알게 됐다. 그리고 멀쩡한 대낮에 눈을 버둥거리며 자지러져, 어머니는 마지막으로 굿을 해야겠다고 마음을 굳힌 모양이었다.

"어머니, 이젠 영석이 너무 붙들지 마세요. 굿을 하든 뭘 하든 더 도망가려 애쓸테니까"

어머니는 쓸쓸히 웃으며 말했다.

"어쨌거나 네 동생 아니냐?"

"저랑은 어쩐지 다른 것 같은……."

진석은 목구멍에 가시처럼 걸린 의문을 내뱉을 뻔했다.

어머니는 부엌문 밖으로 고개를 돌렸다. 무연이 문밖 저 멀리 외따로 서 있는 나무를 바라보는 그 맥빠진 모습에 진석은 어머니의 손을 꼭 잡으며 말했다.

"어머니, 걘 돌아올 거예요. 내가 꼭 지켜 볼 테니까."

8

그림자놀이의 정체

곽 실장을 일본에 출장 보내며 잡은 디데이(D-Day)다. 장일환 전무는 엘리베이터를 타고 15층의 사이소프트 연구실로 오르며 멀미 같은 어지러움을 느꼈다. 거울에 비쳐지는 때꾼한 눈알이며 뺨과 턱에 삐죽삐죽 솟아 있는 수염의 강퍅한 사내가 도무지 자신이라고 믿어지지 않았다. 범법자의 신세로 어디론가 호송되고 있는 몰골이다. 꼭 내가 직접 나서서 이렇게까지 해야할까. 역시 일말의 회의감이었다. 그러나 경험에 비춰볼 때 그런 의심으로 밀어붙인 일 끝은 깨끗하질 못했다. 칼자루가 아무에게나 쥐어지는 건 아니다. 그는 뭔가 시비를 걸려고 하는 사내에게서 고개를 돌렸다.

빠끔히 열렸던 연구실의 반사유리문이 장 전무가 들어가자마자 안쪽으로부터 찰카닥 소리를 내며 닫혔다. 순간 자스민 향이 짙게 풍겼다. 손님을 맞는 이곳 사이소프트 공주의 환대가 아주 가볍게 몸을 휘감는 느낌이었다. 사이소프트의 공주란, 장 전무가 윤영신을 희롱하거나 때론 의미를 둬 부르는 별명이었다. 한때 미국의 외교적 파워를 유감없이 발휘했던 여성 국무장관이 꼭 필요한 외교적 언어를 자신의 브로치로 대신했다던가. 사이소프트의 공주는 그렇게 자신의 꿈과 야망을 타인에게 과시하는 수단으로 향수를 사용하는 듯했다. 그녀의 장식적 차림을 아무리 질시하는 사람이라도 해도 그 마력 앞에서는 무력해지고 마는 것이다. 그녀의 맥박과 함께 피어오르는 천연 꽃향기와 인공의 환상 향수는 바로 사이소프트의 이미지처럼 장 전무를 사로잡은 지도 오래였다. 꽃은 물론 눈과 바람 따위의 자연 현상, 경치, 특정한 장소, 음악, 그림, 인물까지 상상할 수 있는 모든 이미지를 향취로 표현하는 조향사와 같이 그녀는 사이소프트의 환상을 만드는 디자이너였고, 머잖아 이명의 환상까지 뽑어 올릴 마법사였다. 무엇보다 미국의 유수한 아트스쿨에서 캐릭터디자인을 전공하고 따로 MBA를 마친 그녀의 학력이며 의지라든가 그곳에서의 실무경력은 장차 사이소프트를 이끌어가기에 손색이 없었다. 장 전무는 무엇보다 그녀의 꿈틀거리는 욕망을 그것을 바로 이명의 새로운 모험에 접목시키고 싶은 것이었다. 그녀를 당초 연구나 개발 파트가 아닌 관리 쪽 업무에 배치한 까닭도 그러했다. 그녀 또한 언제나 그런 자신만만함과 기대로 자신의 이런저런 요구에 응해온 터였다.

"햐…… 윤영신 맞아? 연구실에서 그런 모습이니 전혀……."

윤영신은 가느다란 끈으로 어깨를 걸어내려 가슴 상부가 다 드러난 바이올렛 빛 광택의 블라우스를 입고 목에는 망사 스카프를 걸친 뇌쇄적인 모습이었다. 원래 출근할 때 입었던 차림은 아닌 듯한데 도대체 어떻게 옷을 갈아입었을까. 어두운 창에 얼비치는 빛이 그녀를 더욱 돋보이게 했다. 장 전무는 활짝 일어난 감정 그대로 그녀를 바라보았다.

"공주 같지 않죠?"

그녀는 연구실 한 복판의 테이블로 장 전무를 이끌며 눈빛을 반짝였다. 테이블 중앙에 놓인 타원형 접시에는 과일이 보기 좋게 썰어져 소담스럽게 담겨있고 주둥이가 뭉뚝한 포도주병과 붉은 술이 반쯤 채워진 글라스가 눈에 띄었다. 가까이 보니 접시에 담겨 있는 것은 노란 별들이었다. 스타프루트라는 열대과일을 바로 그 모양대로 잘라 놓은 것. 전혀 예기치 않은 그 정물 역시 그녀의 탁월한 비즈니스 능력을 웅변하는 듯했다.

"그래…… 공주가 아니라 벌거벗은 나비 같아……."

"호호호."

"후후후."

둘은 긴장된 기분을 풀어 젖히며 잔을 부딪쳤다.

"아니죠. 불꽃을 보고 달려드는 나방!"

"그렇겐 보고 싶지 않은데……."

장 전무는 그녀의 총기를 충분히 읽고 있었다. 그녀의 아버지는 미국 동부의 유수한 대학에서 환경생태학을 가르치며 그 어머니 역시 교민사회에서 법률구조활동을 펼치는, 이민 1세대의 꿈을 성취한 이들이었다. 그 부모의 피를 받아 악착스런 기질로 홀홀 단신 고국에 돌아와 이루려고 하는 꿈이 어찌 불나비의 허상 같은 것일까. 그것은 또한 어떻게 하든 재벌 2세라는 딱지를 떼고 스스로가 업계의 신화를 창조하고 싶은 자신의 열망과 다름 아니다. 장 전무는 흐트러진 기분을 억누르고 단도직입적으로 물었다.

"그래, 태스크포스 팀에 맡긴 일 처리는?"

사이소프트의 코스닥 상정 건에 대해 장 전무는 별도의 비선을 관리하고 있었다.

"여기 관련 보고서를 체크해 놓았습니다. 시장동향과 시급히 해결해야 할 문제도 파악해서 따로 정리해놨고……."

"핵심만 얘기해 봐요."

흔히 업무 공간으로 돌아섰을 때처럼 장 전무는 굳어 있었다. 아니, 대화에 있어서도 그런 경어체가 실은 일정 거리를 유지하는데 자연스럽고 편했다.

“작년에 사이소프트 이름으로 발행한 BW[2] 말예요. 지금이 최적기라는 판단입니다. 현재 대주주로 돼 있는 장일환이 인수행사가인 천 오백 원의 저가로 떠 안는 거죠. 올해 초 여길 그만 둔 것으로 돼 있는 가짜 윤영신도 인수 주체로 나서고. 총액은 약 2백 10억 상당이 됩니다. ……현재 사이소프트 주식은 장외에서 주당 평균 5만 원 대에 거래되고 있습니다.”

“그전에 저가 발행이라든가 사들인 데 대한 의혹이 따를 텐데…….”

“이사회를 둘러대면 무난할 것 같습니다. 혹시 가능한 적대적 M&A에 대비하려고 대주주 지분을 높이려 했다고.”

윤영신은 훤하게 꿰뚫고 장 전무가 이미 구상하고 있는 바를 확인시켜 주었다. 뿐만 아니라 현재 벤처기업들의 움직이며 자본시장 동향, 재계 2세들의 근황까지 스타카토 식으로 요약해 브리핑하는 솜씨가 혀를 내두르게 했다. 그런 요령이라든가 설득력 부족으로 왕왕 회장과 트러블을 겪는 자신의 처지에 비춰보니 여성이라는 울타리를 훨씬 넘어서 있는 윤의 존재가 새삼스러웠다. 그가 윤을 동년배의 동료처럼 생각하며 벤처 경영의 동반자로 아이디어나 자문을 구하는 까닭이 또한 그런 데 있다.

“지금 우리 기술력이라든가 미래사업 경쟁력에 대한 시장의 평가는 어떤지?”

“게임개발팀 프로그래머들은 최고 수준입니다. 특히 3차원 사이버게임 시장에서 두각을 보인 ‘금강골 드래곤’이라든가 ‘꺼비꾸비’는 100억이 넘는 연매출이 보여주는 대로 효자노릇을 톡톡히 하고 있죠. 아주 가능성이 높은 분야고 투자가 더 필요한 쪽입니다. 반면에 인터넷사업은 워낙 불투

---

2 BW(Bond with Warrant: 신주인수권부사채)사채 만기가 돌아오기 전에 발행 회사가 유상증자를 실시할 때 주주에게 배정하는 신주의 일부를 사채권자에게 배정키로 약정하는 조건부 사채.

명해 폐지하거나 관망하는 편이 낫겠다 싶고…… 지금 문제는 전무님이 걱정하시는 대로 사이버캐릭터입니다. 우리 사이소프트가 상징적인 간판으로 내건 사업인 만큼 처음 내놓는 류희에 대한 반응이 절대적입니다."

"당연하지! 그런데…… 곽 실장 하는 얘기는 뭐야, 이제 와서?"

"곽 실장님 말이 맞아요. 실제 캐릭터 개발 전선에서는 한 발 늦었습니다."

"그 친구 말대로 개발 계획을 수정하면 어떤가?"

"그게 만만치 않다는 거죠. 시장이며 투자자들 기대를 저버리기도 어렵지만…… 또 기왕에 코스닥 등록을 위해 애써온 일들이 무산되고…… 이건 개인적인 느낌이지만……."

"곽 실장, 그 친구 문제 있지?"

장 전무는 윤영신이 말하려는 바를 앞질렀다.

"완벽주의자예요. 기술개발의 베이직에서는 훌륭한 미덕이지만…… 아무래도 경영이나 관리 측면에서 볼 때는 다른 요구를 하게 되잖아요."

"그러잖아도 일본서 돌아오면 뭔가 조치를 하려고 해."

윤영신은 미간을 찌푸렸다.

"내 말은 그 뜻이 아니라, 지금 개발이 거의 다 된 류희는 회사의 방침대로 밀고 가자는 거예요. J기획이라든가 지역민방 몇 군데하고는 벌써 라이선스 계약 단계까지 가고 있는데…… 차라리 이 단계에서는 과감하게 홍보라든가 섭외에 자금을 투자하는 게 급선무다 이거죠."

"아무튼 그 친구에 대해선……."

장 전무의 말에 윤영신은 입안에서 가벼운 신음을 흘리며 고개를 숙였다. 이내 몇 올 이마 앞으로 떨어진 머리카락을 쓸어 올리며 잔에 남겨진 술을 홀짝였다. 장 전무는 그녀에게 너무 많은 판단을 구했음을 직감했다. 어느덧 그녀의 확연한 논리에 빠져들어 오히려 윗사람에게 즉답을 구하는 꼴이 되고 만 경우였다. 그럴 때면 미국의 회사에 인턴으로 갓 입사했을 때 누님처럼 친절하게 대해줬으며, 실제 상사이기도 했던 그녀가 너무나 또렷하게 클로즈업되는 것이었다. 한동안 정전 같은 침묵이 이어졌다. 장 전무는 뭉뚝한 술병을 잡아들었다. 포도주인 줄 알았더니 복분자 술이었다. 여태 술맛도 모르고 들이킨 것이다. 마치 허술한 자신의 감각이 들킨 것 같아 그는 실소를 흘렸다. 어느새 윤영신은 예정된 보고를 끝마치려는 듯 곽 실장의 부트로 가 있었다. 장 전무는 홀리듯 그녀의 옆에 앉았다.

"자, 가만히 보세요."

실장의 컴퓨터 화면에서 비밀의 통로를 찾아가 패스워드를 입력하자 연구실 내 모든 컴퓨터에 불이 들어오며 온라인 상태가 됐다. 그리고 각 프로그래머들이 작업한 캐릭터의 세부 내역과 수정, 보완하며 완성돼야 할 과제가 떠올랐다. 검색 엔진을 작동시킴에 따라 가슴, 얼굴, 팔, 다리, 허리부분 등이 각각 해체되면 설계도면 속으로 빠져 들어갔다. 거기 변경 과제와 설계도면이 중첩됐다. 작업공정은 보통 40퍼센트도 못 되게 다시 뒷걸음질 친 상태였다. 그래프가 사정없이 꺾여 있었다. 이런! 장 전무는 저도 몰래 신음을 흘렸다. 자신이 마지막으로 보았던 류희는 꼼짝없이 수술대에 올려져 있는 꼴이 아닌가. 혹시, 했던 우려가 감쪽같이 진행되고 있던 것이다. 차마 더 볼 게재가 아니었다.

"내가 그 자식 돌아오기만 하면!"

장 전무는 부르르 떨며 욕설을 내뱉었다.

"지금 그래서는 안 된다는 걸 말씀드리는 겁니다. 지금 개발실을 건드리면 아주 위험하고 자칫 공멸을 초래할 수 있다는 얘기예요."

"뭐가 그래! 그냥 잘라버리면 그만이지."

윤영신은 작업대 왼쪽 컴퓨터의 비밀 통로를 찾기 시작했다. 복잡한 미로를 정확히 통과해 패스워드를 넣는 구조였다. 그러면서 불안한 기색을 감추지 못했다. 미로를 통과하여 암호를 집어넣는 순간 감전되듯 온몸을 뒤트는 충격 때문이다.

"곽 실장은 다른 버전을 준비하고 있는 것 같아요. 틈틈이 캐릭터 디자이너들에게 다른 그림을 요구하는 게 이상하다 싶어서 추적해봤는데…… 만약 그렇다면 언제든 여기 핵심 요원과 자리를 뜰 수도 있다는 뜻이죠."

"아니, 그런…… 생각까지……."

장 전무는 눈을 꾸욱 감았다. 도저히 상상할 수 없는 일이다. 그리고 가능한 배반이다. 그런 가능성을 수용하느냐 무시하느냐의 문제일 뿐.

이제 둥그런 해가 이쪽으로 굴러오듯 하며 엄청난 굉음을 내며 폭발을 한다. 불이다. 뜨거운 용암이다. 대번에 눈은 멀고 심장은 터지고 온몸이 뜨거운 열로 녹아 내리기 시작한다. 그리고 이 한 몸이 둥실 떠오른다. 나는 어디로 간 걸까. 사방을 두리번거릴 때 어디선가 시원한 물줄기가 흘러내리는 소리가 들리고 새소리가 가까워 오며 누군가의 숨소리가 들린다. 하늘이 내려온 것이다. 푸른 안개 속에 꽃사슴 한 마리가 움직인다. 그 사슴을 좇기 시작한다. 점점 가까워오는 사슴의 형체가, 좇던 모습이 아니다. 무얼까. 다시 멀어져 가는 희뿌연 그림자. 무얼까. 잠시 어리둥절한 사이 여인의 숨소리가 귓등을 간질인다.

"자, 보세요. 저 숲속에 뭐가 보이나."

윤영신이 자신의 어깨를 짚고 뺨에 얼굴을 댄 상태였다. 장 전무는 미몽에서 깨어나 고개를 돌렸다. 자스민 향내가 폐 꽈리에 가득 차 들어오는 듯했다. 그리고 입안 가득 과육이 쏟아져 들어왔다. 장 전무는 한순간 참을 수 없는 격정으로 손을 뻗어 그 나무 깊은 곳을 더듬었다. 아주 오래, 오래…… 이윽고 둘이 한 몸이 되지 못한 상태로 타오르던 불길 속에서, 전화벨이 울렸다. 여자는 화들짝 놀라 그의 가슴을 거세게 밀쳤다. 어두운 창 밖에서 누군가 기웃거리는 모습을 본 것이다. 전화 벨 소리가 계속 울렸다. 너무나 급작스러운 두려움이었다. 무얼까. 이 늦은 시각, 15층이나 높은 곳을 기웃거리는. 환영은 아니었는데…… 남자는 게슴츠레한 눈으로 그녀를 쏘아보았다. 그것은 끝내 거부당한 수모와 분노의 눈길이었다. 그가 다시 평정을 찾는 데는, 그러나 오래지 않았다. 꺾여지지 않는 여자에 길들여진 남자란 더없이 교활하고 자기 연민과 변신에 익숙한 법이니까.

"더 돌려봐! 그 도둑놈이 뭘 빼돌리려는지!"

그는 흐트러진 옷매무새를 고치며 밭은 숨을 토했다.

"더 이상은 안 돼요. 다른 지문인식을 필요로 하는 경로로……."

"안 돼? 안 된다……."

윤영신은 잠시 장 전무의 침묵에 동조하다가 어렵게 말을 꺼냈다. 자신의 능력을 알려주고 싶었던 것이다.

"아주 걱정할 일은 아녜요. 류희를 위해 따로 추진중인 AIR이라는 인공지능복제 기술 개발은 내 손에 들어 있으니까."

"그게 무슨 소리야?"

"최 연구원이 그걸 담당하고 있거든요. 핵심기술이지만 지금은 내가 컨트롤하기에 따라서 달라질 문제예요."

"하여튼…… 코스닥 건은 당신 책임지고 추진해. 어차피 그거야 윤영신 얼굴일 테니까."

<u>드르르르</u>- 끼익- <u>드르르르</u>- 쿵-

그때, 어두운 창 밖을 어른거리던 그림자가 이쪽으로 훌쩍 뛰어들 기세다. 윤영신의 움찔하는 모습을 보고 장 전무는 거의 용수철처럼 튀었다. 그리고 천천히 창가로 문을 활짝 열었다.

"뭐야! 저런, 개자식이! 또 술에 취한 모양으로."

이쪽으로 앞 대가리를 뻗친 타워크레인이 후크를 늘어뜨린 채 바람에 건들거리고 있었다.

족쇄

또르르. 또르르.

통 유리의 창 위에서 굴러 내리는 빗물이 창문 중간쯤에서 방울방울 뭉치며 어지러운 생각의 지문을 만든다. 이들은 그저 우연하게 만들어진 모양일까, 아니면 누군가의 밀명을 받은 응력과 척력에 의한 작용일까. 장일환 전무는 회전의자를 돌려 창에 코를 박다시피 하고 지문과 지문을 짜 맞춰 보았다. 그러나 네댓 개를 채 모으기도 전에 알아내고자 하는 형체는 제 무게를 감당하지 못하고 쭈르르 다시 빗금을 쳤다.

아무래도 우연으로 여겨지지 않는 빗방울처럼 의문에 의문이 꼬리를 물었다. 도대체 곽 실장의 비밀 파일에 감춰진 여자는 누구일까. 타오르는 불길 속에 빛나는 얼굴과 어깨선, 머리카락만이 희미하게 비쳐지던 캐릭터. 그 자신 아직 류희에게 쏟아 붓고 싶어하는 성도 차지 않았을 텐데 별종을 만들어야 하는 이유가…… 결국은 윤 부장이 귀띔한 대로 사이소프트를 자신의 손아귀에 틀어쥐려 하기 때문일까. 사실 사이소프트는 코스닥 상장과 아울러 앞으로 6개월에서 1년이 결정적인 기간이었다. 자칫 잘못하면 정보통신과 문화 콘텐츠 산업에서 새로운 날개를 달고자 하는 이명그룹에 결정타가 될 것이다. 어쩌면 곽은 언제든 판을 뒤엎어버릴 카드를 갖고 있을지도 모른다. 그렇다면……, 생각이 여기에 이르자 그간 귓등으로 흘려들었던 곽 실장의 동생에 대한 풍문과 일전에 태백의 콘도 건설현장에서 본 옛날 아버지의 탄광 지부장이며 광부였다는 이들의 행패가 하나로 꿰어지며 또 다른 의문을 만들었다. 혹시 그들 모두 한통속으로 그전의 광산에서 있었던 구원과 관련해 이명그룹을 호시탐탐 노려온 게 아닐까.

과거 광산 운영이며 그곳 광부와 관련 된 일은 그룹비서실에서 기민하게 챙기는 일 중 하나였다. 특히 정부의 폐광지역 활성화 대책의 일환으로 사북에 들어선 카지노의 열풍을 따라 이명개발이 함백산 자락에 설립을 추진 중인 콘도 사업이 본 궤도에 오르면서 우려는 하나 둘 현실로 나타나고 있는 때였다. 물론 그런 일이라면 회장 스스로 함구했지만 특별한 사안이 있어도 장 전무 선에서 처리하는 게 보통이었다. 곽 실장의 동생 곽영석이 쌍둥이빌딩의 맞은편 공사장에서 크레인 기사로 일한다는 얘기를 처음 들었을 때 장 전무가 별스럽지 않게 여겼던 것도 실은 그들의 과거를 속속들이 알 수 없었던 탓이었다. 단지 그가 아는 사실은 탄광 사고로 사망한 유가족이라는 사실, 그리고 어렸을 적 가물가물한 기억으로 사택 어딘가 살던 아이들이 아니었나하는 정도였다. 그러니 뒤늦게 회장이 곽영석의 존재를 부정하고 나선 까닭을 장 전무로서는 이해할 수가 없었다. 회장은 '걔는 진석이와는 다르다'며 심지어 작업장에서 몰아냈으면 하는 뜻을 은근히 내비치기까지 했다.

장 전무가 아예 곽영석의 출연을 막았어야 하는 이유를 깨닫게 된 것은, 아버지의 그런 떨떠름한 반응에서보다 한창 토목공사가 진행 중인 콘도 개발 현장에 가서였다. 비서실에서 막다 막다 못해 면담을 주선해준 이들은 옛날 70년대 이명탄광의 지부장이었다는 50대 후반쯤의 사내와 채탄부 출신 중늙은이 둘이었다. 대낮부터 술 냄새를 풀풀 풍기는 그들은 다짜고짜 장 전무에게 삿대질을 하면서 덤벼들었다. 우리 뼛골을 팔아 서울의 다른 사업들하고 바꿔치기 하더니 이제 와서 무슨 낯으로 내려와 또 사기를 치려느냐, 더 해먹을 게 없다고 당신들이 버리고 간 땅에서 우리가 얼마나 피눈물을 흘리고 있는 줄 아냐, 당신들 배불리느냐 진폐증에 걸려 죽어가는 사람들을 그냥 보고만 있을 테냐…… 숨막히게 몰아붙이는 서슬에 장 전무는 아무 말도 할 수 없었다. 그런 와중에 알게 된 사실은 곽영석의 간단치 않은 전력이었던 것이다. '사람까지 죽인 그런 사고뭉텅이까지 취직시켜주면서 왜 당장 대책 없는 우리 새끼들 좀 봐주지 않냐' 그들의 입장에서는 충분히 이유 있는 항변이었다. 곽씨네 같은 유가족이 어디 한둘이겠는가. 특히 어렸을 적 동생을 죽음으로 내몰고 혼자 사지에서 살아나와 사고를 몰고 다닌다는 곽영석에 대한 질시란 바로 이명에 대한 배반감으로 극화돼 있는 지 모른다. 단순한 억측일까. 그런가 하면 머리 속을 기어다니는 송충이 같은 생각도 끈질기게 그를 괴롭혔다. 영석이 여동생인 미라를 꼬드겨 뭔가 음험한 일을 획책하는 게 아닌가. 얼마 전 미라가 쌍둥이 건물 건설 현장에서 영석과 마주 서 있는 것을 본 이후로 송충이 같은 생각은 아무 때나 머리를 쳐들었다.

"난 이담에 커서 꼭 하늘의 천장까지 가 볼 거야."

누덕누덕 꿰맨 무명의 고리바지를 입은 녀석이다.

"까불고 있어! 하늘에 천장이 어딨는데? 멍충이 같은……."

그는 우쭐해서 주머니칼을 꺼냈다.

"형, 그 까마귀를 묻어 줘. 천장을 뚫고 날려던 새야. 안 그러면 벌받는댔어."

조그만 녀석이 겁에 질려 부르르 떨며 대꾸했다.

"하하하. 그럼 내가 벌을 받을게."

그는 우쭐해서 날개를 죽죽 도려냈다.

그때 사내들 뒤쪽에서 이 모양을 물끄러미 보고 있던 살쾡이 눈이 빛났다. 그는 움찔했다. 언제 왔는지 어깨동무를 하고 이쪽을 노려보던 여동생, 미라의 눈빛에서 불이 붙고 있질 않은가. 그러나 그는 새의 가슴까지 도려내고 내장을 끄집어냈다.

어쩌면 그때부터였을까. 장 전무는 진저리를 치며 고개를 돌렸다. 어쩌면 그때부터 미라는 자신에게 복수를 하기 위해 엉터리없는 짓을 해왔는지 모른다. 그러니 영석을 만나 어떤 요구를 듣고 있는지 모를 일이다. 아니, 쓸데없는 망념이야. 장 전무는 현실을 직시했다. 단순히 그들이 어찌할 문제는 아니다.

현지 주민들의 요구는 한없이 이어지고 있다. 마치 소리가 들리지 않는 영화의 성난 군중들을 마주하고 있는 느낌으로 장 전무는 진땀을 뺐다. 실상 해 줄 게 없는 것이었다. 30년 40년 폐에 쌓인 탄가루며 돌가루를 무슨 수로 정화시켜줄 수 있으며 그 보상을 하자면 어떻게 한두 푼으로 될 수 있겠나. 그 자식들을 마땅한 자리에 취업시켜준다는 것도 가능한 일이 아니다. 인정을 베푼다고 풀릴 감정도 아니다. 아버지가 왜 떠나온 탄광촌과 철두철미하게 거리를 두었는가 되짚어지는 이유란 이처럼 너무나 자명했다. 장 전무는 현장소장과 간부들의 만류에도 불구하고 땡볕에서 반나절을 넘게 묵묵부답 이들을 막아내야 했다. 자칫 허를 보이면 탄가루 같은 환영이 떼거지로 몰려올지 모른다는 우려 때문이었다. 결국은 콘도가 완성되면 청소 일이라도 하게 해달라는 중늙은이들이 먼저 가고 전 노조지부장이란 치가 거머리처럼 물고 늘어졌다. 그는 '만약 똑바로 하지 않으면 그 전에 탄광에서 일어났던 사고며 비리에 대해 다 불어버리겠다'고 협박까지 했다.

장 전무도 이들을 만나기 전 그룹 비서실을 통해 미리 귀띔을 받았던 일이었다. 열 명이 넘게 사망한 그 사고 때 개인적인 장례비며 보상비는 물론 노조를 통해 그 당시로는 파격적인 상당한 위로비가 전해졌으므로 더 이상 신경 쓸 게 없다는 게 비서실의 설명이었다. 장 전무는 폐광에서 들고 온 녹슨 연장을 들고 구걸하는 듯한 그의 모습이 오히려 측은하여 촌지라도 건넬까 하다가 이 역시 주변의 만류로 그만둬야했다. 그는 이미 카지노에 빠져 구제불능 상태로 망가져 있다는 얘기였다.

어떤 이유로든 과거에 빌미가 잡혀서는 안 된다. 그 어두컴컴했던 지하의 세계는 닫혔다. 1960년이니, 1970년이니, 1980년대니 하는 20세기 연대기 속에 그들 지하의 삶도 스러졌고 미구에 영영 잊혀질 것이다. 새로운 세기다. 고원의 꿈을 설계하는데 지하를 돌아볼 이유란 하등에 없질 않은가. 장 전무가 이곳에 이룩하려는 꿈은 정부와 지자체에 의해 탄광 노동자들의 생존문제를 해결하기 위한 수단으로 만든 카지노호텔과 또 달랐다. 이 땅에 최고의 휴양과 레저, 문화 공간을 만들어가려는 꿈. 더구나 그 전의 탄광지대를 포함해 버려지다시피 했던 부동산을 일확천금으로 만들 수 있다는 가능성이란 선대에 꾸었다는 검은 광맥의 꿈과 도저히 비교할 게 아니다.

무거운 공기의 흐름으로 살이 오른 빗방울 지문이 이윽고 거미처럼 꿈틀거리기 시작했다. 그렇다! 이 모든 것이 우연일 수 없다. 그들 역시 과거라는 우두머리의 밀명에 따라 치밀하게 움직여 온 것이다. 곽진석과 영석 두 형제가 하필이면 이명에 기어든 까닭도 그렇지 않은가. 장 전무는 물방울 거미를 빌딩 아래 추락시키려 검지로 유리창을 통통 퉁겼다. 그때 출장을 다녀온 곽진석이 빈손으로 들어섰다. 호출을 하고도 꽤나 오랜 시간이 지난 연후였다.

“류희를 다시 불량청소년으로 만들어놓으셨더군!”

시간을 끌 것 없이 장 전무는 대뜸 빈정대는 말로 그를 자극했다.

“비겁하군요. 사내 감시망이 있는데도 굳이 시스템을 뒤지다니…….”

진석은 사태를 모두 파악하고 대꾸했다. 장 전무로서도 그게 편하다 싶어 윤 부장에게 따로 정보를 흘리도록 주문을 했던 바다.

“오해할 건 없어요. 너무 급한 일이라서 윤 부장 통해 나중에 얘기하려 한 거니까.”

“하면, 왜 개인 파일까지 뒤진단 말입니까?”

진석은 가까스로 흥분을 누르며 물었다.

“뭐…… 잘못 건드린 거겠지만.”

“변명할 필요 없어요. 짐작되는 일이 있으니까.”

“그렇다니 고마운 말인데…… 굳이 새로운 여잘 공개하지 못할 이유는 뭔가?”

윤 부장이 진석을 추켜세우며 에둘러 물어본 문제의 그 캐릭터였다. 전무와 관리부장이 단짝으로 사이소프트를 주무르는 것을 알고 있었지만 진석은 신경을 끈 상태였다. 사이소프트의 코스닥 등록에 대해서도 가급적 말을 아꼈다. 그만큼 캐릭터 개발에 있어서는 자신의 기획과 기술적 역량이나 자존을 훼손당하고 싶지 않은 때문이기도 했다. 그런데 그 마지막 한 가닥 촉수를 건드리는 것이다. 진석은 뜨거운 피가 머리끝으로 솟구침을 느꼈다.

“꼭 이런 식으로 날 내보내려 할 필요는 없을 텐데요.”

“물론! 그러니 혹시 여태까지 엉뚱한 생각을 했다면 접어두시라는 얘기.”

“그건 내가 해줄 말씀이요!”

진석은 불쾌한 감정을 터뜨리며 돌아섰다. 그때 장 전무가 심중의 말을 뱉어내야겠다는 양 그의 길을 막아섰다.

“당신, 보기보다 순수하지 못한 것 같아. 따로 광산촌과 연결된 모양이며 노가다판에 슬며시 동생을 끌어들인 일 하며…… 하지만 이참에 그쪽 일이라면 깨끗이 정리하는 게 신상에 좋을 거라.”

진석은 장 전무의 충혈된 눈빛이 말하고자 하는 의도를 맞받아 쳤다. 그렇게는 안 될 거라는, 혼잣말이 입안에서 되뇌어졌다.

9

게임의 논리

"자, 오늘은…… 바퀴 경주야, 이거!"

점심 식사가 끝나자마자 조적반장이 서둘러 하얀 약통을 내놨다. 비아그라를 담았던 통이라며 좌중의 시선을 모은 그의 말재간은 정말 장돌뱅이 약장수와 같다. 요즘 들어 부쩍 객꾼들이 모여들며 반장이 벌이는 내기는 불붙기 시작했다. 바닥에는 바로 신문지 넉 장이 넓게 펼쳐졌다. 식사가 끝난 뒤 이렇게 식당 한쪽에 남아 시답잖은 장난을 벌이는 치들은 아직 팔팔한 축에 속했다. 망가진 인생이라 포기하기엔 아직 뭔가 남아 있는 입장일 수도 있다. 옆에서 조금만 부스럭거려도 덩달아 움직여야 직성이 풀릴 그런 부류다. 그러나 잠깐이라도 눈을 붙이려는 대부분 인부들에게 이때만큼 빼앗기기 싫은 시간은 없다. 그야말로 억만금을 줘도 마다할 소중한 휴식이고 으레 그래왔던 대로 그냥 뒹굴고 만다. 그런 쪽을 비웃듯 들까부르는 말투는 그만큼 새되기 마련이다.

바람잡이 몇이 신이 나서 손님을 끌었다. 초심자들은 그저 돈만 지르라고 재촉했다. 빨강, 노랑, 하양 판에 돈을 거는 것이다. 돈을 걸어서 이기면 건 만큼 다른 판의 돈을 쓸어다 나눠먹는 식이다. 그렇다고 드러내놓고 돈 놓고 돈 먹기 식의 노름이라 할 정도도 아니었다. 그저 심심풀이 파적이라고 오백 원짜리 동전만 허용됐고 오천 원 이상은 안 된다는 나름대로 룰도 있다.

"이봐, 미스터 곽도 걸어보지 그래."

모처럼 이들의 내기판을 건너다보는 영석에게 누군가 말을 건넸다.

"난 내기라면 두드러기가 돋는 체질이라서요……."

"내기랄 게 있나. 그냥, 손재수나 맞춰보는 거지."

그새 돈이 쭈르르 쌓였다.

"그냥 구경만 할랍니다."

영석은 벽에 기대어 졸리운 듯 일부러 눈을 끔벅였다. 사실은 아까부터 수수께끼 같은 의문에 시달리고 있는 탓이었다. 어제 현장 건설관리를 총괄하는 상무가 자신을 보러 왔다니 웬일일까. 이명그룹 회장의 사촌이라는 그는 그룹 차원의 구조조정 업무에 깊숙이 관여를 하고 있었다. 원치 않는 방문을 받게 되지 않을까 그게 은근히 신경을 쓰였다. 그래서 웬만하면 그대로 캐빈으로 올라가려다 퍼질러 앉은 참이었다.

이윽고 신문지 한 복판 원 안에 선수들이 튀어나왔다. 등딱지에 빨강, 노랑, 흰색의 물감을 먹인 선수들, 보통 엄지만한 바퀴였다. 얼마나 토실토실 살이 올랐는지 방개와 똑 같은 모습이다. 바퀴들은 바쁘게 촉수를 더듬으며 움직이기 시작했다. 링을 가장 먼저 벗어나는 바퀴가 이 판의 우승자가 되는 경기다.

"야, 야, 빨갱이! 빨갱이 이겨라!"

"흰둥이! 흰둥이! 나가, 나가! 빨리! 좆나게!"

얼추 빨갱이 쪽이 세 명, 흰둥이가 다섯 명, 노랭이가 일곱 명으로 쪼개져 있었다. 바퀴들은 한 뼘, 두 뼘 거리를 이동하곤 관전자들의 애간장을 태우려는 듯 뜸을 들인다.

편이 갈라지고 우르르 시선이 왔다 갔다하며 응원전이 불꽃을 튀긴다. 그리고 노골적인 험담과 욕설이 퍼부어진다.

"어, 저 씨팔년 한눈파는 거 봐. 야 이년아, 어디 아파?"

"야 잘한다. 잘해. 빨리 나오면 이거 한번 준다, 이거."

입에 침을 튀기며 빨갱이를 응원하는 치가 검지와 중지 사이에 엄지를 넣다 뺐다 하며 바퀴를 몰아댔다. 얼핏 세상 누군가에 대한 시비며 능멸로 비쳐지기까지 한다. 그러다가 마침내는 씨팔 좆팔 하며 끝나는 게 한 판이다. 오늘의 선수는 바퀴지만 보통은 식당의 커다란 고무 물통에 넣어 기르는 남생이가 등장했다. 판돈은 바람잡이인 박이 나눠주고 얼른 멤버를 불러들인다. 오후 일과가 시작하기까지 채 다섯 판을 벌이기 어렵기 때문이다.

왁자지껄한 소음이 갑자기 죽어들었다. 영석이 눈을 뜬 건 오히려 그때였다.

"야야, 이딴 시시한 장난 집어치고…… 내가 진짜 내기를 걸지."

용접반장 황이었다. 벌건 표정에 어디선가 한 잔 걸치고 나타난 형색이다. 반장은 호기를 부리며 다짜고짜 돈부터 걷었다. 댓바람에 만 원짜리가 날렸고 지폐가 소복이 쌓였다. 보통 그가 내던지곤 했던 게임이 그저 야바위의 장난은 아니었기 때문이다. 바람잡이가 볼펜으로 돈을 낸 사람들을 일일이 체크했다.

자, 무슨 일이 일어날 것인가. 실실 웃으며, 빈정거리며, 그래도 한낱 기대를 거는 그들의 호기심 어린 표정은 악마의 손아귀에 있는 아이들의 얼굴이다.

"이 돈을 몽땅, 이 바퀴를 집어먹을 수 있는 사람에게 주는 거야."

"에이, 귀신 떡을 할……."

"거, 되잖은 소린!"

그러나 그는 꺼드럭거리며 주위를 둘러보았다.

"아니면, 내가 하겠다고. 내기를 하자니까. 다 먹지 못하면 갑절을 문다 이거야, 누구든."

가벼운 웅성거림이 다시 잦아들었다. 그는 도박을 걸고 있는 것이었다. 아무튼 내기가 성립될 수 있다는 고리가 만들어진 셈이었다.

"없어? 자청해서 바퀴 맛 좀 얘기해 줄 사람 없냐고?"

황은 큰 눈을 디룩디룩거리며 재우쳐 물었다. 뭔가 뒤틀려 있던 심사가 만든 치기는 아니다.

"저게 필경 뭔가 잘못 먹고 왔지."

누군가 희떠운 표정을 흘리며 자리를 떴다.

모처럼 큰 배팅을 할 수 있는 기회였다. 그렇다고 누구든 가능한 일은 아니다. 잘 하면 그냥 앉아서 만 원을 더 받을 수 있을 뿐이다. 아니면 만 원짜리 구경이라도 할 수 있는 참이었다.

영석은 몸을 바로 세우며 눈살에 힘을 주었다.

자기 앞의 생은 꼭 그런 식으로 내기를 걸어왔다. 아무런 준비도 안 된 상태에서, 가면을 쓴 누군가를 통해 은근히 유인하듯, 혹은 압박하듯 대결의 장에 서게 하는 식이다. 자청하지 않았건만 뒷걸음치기 어려운 전면에 서게 되는 것이다.

한동안 작자가 나타나지 않자 황은 입맛을 쩍 다셨다.

"아즈매, 여기 소주 한 병 갖다 주소."

그때, 누군가 그의 주문을 제지하고 나섰다.

"술 안주로 씹으면 누가 못하겠어?"

좌중은 웅성이며 딴지를 건 데 대해 동의를 표했다. 그렇다고 기가 죽을 황이 아니었다. 그는 상대를 쏘아보며 뇌까렸다.

"아니, 술안주 삼아서 먹겠다 이거지. 그럼, 그냥 회를 쳐 먹을 작자가 있으면 나와 보라 이거야!"

흔적 찾기

영석은 그때, 올가미 같은 나쁜 기억이 목을 죄어오고 있음을 느꼈다. 그건 정말 목숨을 건 내기였다. 어쩌면 그 내기야말로 망각되지 않는 청춘의 끝마디를 잘라내기 위한 마지막 몸부림이었는지 모른다. 인생의 한 시기 시기를 분절시켜 말하자면 저 징그러운 촌충의 그것과도 같았다. 몸체에 기생하다가 떨어져나가는 것은 온통 절망일 뿐, 다시는 기억하고 싶지 않은 일들 때문이 아니었던가. 과거를 돌아보는 만큼 도무지 계획을 하는 게 무모하게만 여겨졌다. 꾸역꾸역 내일이 다가온다는 사실이 그렇게 싫을 수가 없었다.

어머니까지 한스럽게 저승으로 떠나보낸 기억이 생생하던 그때, 영석은 군 영창에서 돌아와 반지하의 반쯤 잘린 창밖만 내다보고 있었다. 형 역시 컴퓨터에 코를 처박고 도통 얼굴을 돌리는 적이 없었다. 그들은 서로를 뿔 달린 외계인 보듯 두려워하던 참이었다. 영석으로서는 그보다 더 형수와 조카들을 바로 보기가 어려웠다. 그러다가 쌓이고 쌓인 갑갑증과 무력감이 가스처럼 폭발한 순간, 그들은 술자리에서 엉엉 울었고 처음으로 세상에 대해 주먹질을 했고 당장 세상과 한판 붙기로 했던 것이다. 무조건 집밖으로 뛰쳐나가 한번 이 땅의 허리를 거칠 것 없이 질주해보자는 의기투합과 죽느냐 사느냐의 내기.

"어떻게 하든 두 시간 안에 돌파해야 하는 거야!"

내기는 양평에서 시작해 원주, 제천, 영월, 사북, 장성, 삼척, 강릉, 속초를 거쳐 거진에 이르는 어마어마한 장정이었다. 차는 비포장도로가 많아 지프를 렌트하기로 했다. 포장마차의 한쪽 귀퉁이에서 묵묵히 형제의 이야기를 듣던 사내가 끼어들었을 때, 둘은 화들짝 놀랐다. 귀에서 인중까지 쪼개졌던 턱뼈를 맞춰 놓은 흔적의 칼자국 때문이었다. 그는 마치 내기의 상대나 되듯 낮은 톤의 음성으로 물었다.

"듣자하니 썩 재미있는 게임인데, 그래서 귀하들이 지면 무엇을 내놓을 거지?"

영석이 목에 손날을 찔러 보이자 사내는 경험자처럼 말했다.

"그건 정말 억지 행운에 거는 도박일 텐데."

그렇다. 브레이크도 제대로 밟지 않고 반도의 허리를 미끄러져 질주한다는 건, 생사의 곡예를 한다는 뜻이었다. 칼자국의 사내는 남은 술을 한 입에 털어넣고 자리에서 일어났다. 뭔가 질러놓고 싶은 말을 꾹 참으려는 모습이었다.

"잘 해보슈! 무사하다면 이 자리에서 또 뵐 테니."

포장마차 주인도 그의 정체를 모른다고 했다. 가끔 저렇게 혼자 술을 마시며 남의 이야기를 엿듣다 가는 꼴이 죽은 사람 같다고. 아니라면 그들과 같이 어딘가 부딪칠 곳을 찾고 있는 패배자인지 모른다.

"저 인간이 꼭, 널 쫓아다니는 놈 같은데? 흐흐흐."

아닌 게 아니라 영석 역시 그가 풍긴 음산한 느낌으로 몸서리를 치고 있던 참이었다.

"그러니까 넌, 끝까지 그런 우연을 거부한다 이거지?"

진석은 그때야 취기에서 깨어난 듯 영석에게 되물었다. 아무래도 일방적으로 불리한 내기였다. 그 내기를 이긴다면, 상대로부터 무엇을 받을 수 있단 말인가. 그저 이전과 같은 막막하고 고통스런 일상이 아닐까. 그러나 진다면…… 모든 게 끝장이다. 운명이란 그런 것이 아닌가. 그 실체가 있다면 스스로 뒷걸음질쳐 가길 바래야 하는 일방적인 게임이다.

"여태까지도 그랬지만, 난 그 고름짝 같은 운명과 싸워나갈 수밖에 없어."

"두고 보자고! 네가 생각하는 놈보다 얼마나 많은 우연이 우릴 희롱하는지. 그걸 피해서 우리가 어떻게 세상 끝에 가게 되는지."

"말리지 마. 난 우릴 기다릴 운명에 내기를 걸 테니."

영석은 형을 넌지시 떠보았다. 형에게 운명의 대역을 맡기는 일, 아찔한 상상이기도 했다. 그러나 처음 이런 제안을 한 진석 역시 단호히 말했다. 결코 즉흥적인 발상이 아니라, 오랫동안 꿈 꿔온 모험이란 사실을 시위하려는 듯한 어조였다.

"지금 이곳을 빠져나가지 않으면, 어차피 죽음뿐이야."

"잘 아시는군! 형이나 나나, 이 구렁텅이를 벗어나기 위해서 필요한……."

그렇게 떠난 길이었다. 그들을 모질게 물어뜯고 꼼짝 못하게 하는 힘, 그것이 과연 운명이란 악마인지 단지 우연이란 마스크를 쓰고 있는 부랑아인지 확인해보고 싶은 것이었다. 확인이 아니라 부딪쳐서 이겨야 할, 항전이었다.

아니나 다를까. 휘장 저쪽에 숨어 있던 놈은 레이스가 시작되자마자 들뛰며 덤벼들기 시작했다. 길 한복판에서 솟구치는 돌덩이들과 시도 때도 없이 바뀌는 신호, 무작정 달려드는 인간들, 마주 질주해오는 차들…… 상대는 어떻게 하든 이쪽의 혼을 빼놓고 자멸하도록 유인하는 듯했다. 몇 번 브레이크로 옮겨지다 비틀어진 오른 발목에서 쥐가 났다. 시속 40킬로, 25킬로, 50, 60, 70, 그리고 90까지…… 발목이 움찔움찔했다. 4단에서 결코 1단으로는 변속할 수는 없으므로 속도를 잘 조정해야 했다. 돌발적인 장애물이라든가, 문제가 발생한다면 이때까지 모든 공력은 한 순간에 수포로 돌아가는 것이다. 그렇다고 2단이나 3단으로 거북이 운행을 할 수는 더욱 없다. 운명이 있다면, 태풍처럼 달려들어 독수리 발톱같이 가공스런 위력으로 삶과 죽음을 갈라놓을 것이다. 그보다 더 빠르고 기민하지 못하다면 한 순간에 먹이가 될 지 모르는 게임이 아닌가. 오토바이 몰 듯 속도를 올려 바람을 가르며, 사나운 바람결에 박힌 놈의 눈알을 빼내야 한다. 여태 그렇지 못 했기에 모든 걸 내놓고 고꾸라진 신세란 걸, 그들은 잘 알고 있었다.

양평에서 원주, 사북, 장성에 이르기까지는 영석이 핸들을 잡았다. 그리고 아무 일 없었다. 몇 번의 공사 기간을 난폭하게 질주했고, 횡단보도를 무시하고 건너다가 경운기를 그대로 밀고 간 일이며, 고르지 못한 노면을 피하려다 낭떠러지기로 나뒹굴 뻔하다가 살아났지만…… 의아할 정도로 적은 여유를 부렸다. 더욱 묘한 것은 검문 한 번 없었다는 사실이었다. 임무교대를 위해 멈춘 함백산 싸릿재에서 본 읍내는 잠들어 있었다. 기억 속에 언제나 잠들어 있던 모습 그대로. 이곳에서 둘은 아직도 잠들지 못한 영혼을 위해 잠깐 고개를 숙였을 뿐이다. 강릉을 지나면서 어스름과 함께 비가 내리기 시작했다. 그리고 어느 한순간 덜컹 하는 소리와 함께 차체에서 굉음 소리가 나며 한층 빠른 속도감으로 차가 내달았다.

"뭐였지? 지금?"

차체의 진동에 설핏한 잠에서 깬 영석이 물었다. 그러나 형은 담배를 문 채 히죽거렸다. 속도계는 150킬로가 넘어 있었다. 세상에! 죽으려고 환장했어? 포기할 거야! 영석은 소리를 지르며 혼이 빠진 그를 흔들었다.

"아무 것도, 아냐. 아무 것도 아니었다고."

일순 두려운 공포로 온몸의 솜털이 버석댔다. 드디어 놈을 만난 거야. 방심하고 있는 틈에, 아주 표독스럽게 대번에 목의 숨통을 겨눈 게 아닌가. 사고가 틀림없을 듯 싶었다. 차 꽁무니에서는 연신 굉음 소리가 났다. 소음기가 떨어져 나간 것이다. 꼭 피투성이가 된 살점이 너덜거리는 소리 같이 들렸다.

"너, 아직도 떨고 있구나, 병신!"

진석은 동생을 보며 냉소의 웃음을 띄었다.

"뭐야! 말하라니까! 사람이었지?"

그러나 진석은 대답 대신 길게 담배 연기를 뿜어 올렸다. 영석은 더 이상 희롱 당할 수 없었다. 그리고 피투성이가 된 망령이 따라오는 듯했다.

"당했지! 더 이상 가지 말자고. 돌아가! 얼른!"

"푸하하하- 내가 왜 져, 멍청아! 그깟 똥개 한 마리 걷어치운 것 때문에."

다시 속도가 올라가기 시작했고, 온통 잡음으로 뒤섞인 라디오 음악 소리도 커졌다. 형의 입에선 지독한 술 냄새까지 폴폴 풍겼다. 그리고 팩에 남은 소주를 영석에게 건넸다.

"그럼, 아직 달릴 수 있는 거야? 내기가 살아 있다고?"

영석은 반색하며 외쳤다. 아직, 운명이 아니었다. 무릎 꿇을 일이 아니었고, 어쩌면 적을 밟고 이겨 나갈 수 있을지 모른다는 가슴 벅찬 기대였다.

"어느 썩을 놈이 우릴 잡아먹겠다고 해! 이젠 우리가 잡아 조지는 거야!"

속초, 청간, 오호, 간성, 거진, 그리고 대진으로 차는 마지막 숨을 할딱이며 올라붙었다. 반도의 허리를 무두질하며 벌인 젊음의 마지막 기대란 그렇게 유치하고 허망하기 이를 데 없는 승부에 있을 뿐이었다. 찝찔한 물기가 눈을 아리게 했다. 하얀 파도의 포말이 타원을 그리는 해변에서 차는 마지막 뜨거운 김을 토해내며 널브러졌다. 화진포, 그 바다였다. 아주 아주 어렸을 적 언젠가 어린 신례까지 딸려 식구들이 만들었던 흑백사진 한 장에 남아 있던 흔적. 작은 게들처럼, 그렇게 그들은 잠깐 물이 빠져 꾸덕꾸덕한 모래밭에 게걸음의 흔적을 남기며 행복하지 않았던가. 보잘것없지만 확실한 게 가족처럼, 그렇게 빨빨거리며 머잖아 헤어질 일을 예견이나 한 듯 속절없이, 속절없이.

“우린, 다시 시작하는 거야.”

“그럼. 우린 이긴 거니까. 놈은 얼씬도 못했잖아!”

병이 깨져라 부딪치고 나서 진석과 영석은 서로의 입에다 소주를 들이부어댔다. 그리고 포효하는 바다 속으로 뛰어들었다. 이젠 마음을 열고 서로를 돕고 싶었다. 그만큼 외로웠고 지쳤으며, 새로운 세상이 그리운 때였다.

“내가, 한 번 해 볼랍니다.”

일동의 눈길이 홀연 나타난 그 목소리의 주인공에게 일제히 쏠렸다. 누구도 감히 그러리라고 상상치도 못한 인물, 곽 기사였다. 영석은 두어 걸음 더 바싹 다가다 자기 몫의 돈을 던졌다.

“자네가? 이, 이걸 자시겠다고?”

황의 얼굴은 이미 반쯤 일그러져 있었다. 그 당황스러움이란 보는 이로 하여금 쾌감을 자아낼 정도였다. 왕년의 그는 술만 마셨다하면 용접봉을 휘두르며 고향인 청송이 그립다고 떠드는 위인이었다. 어깻죽지에 새긴 용머리 문신은 거무튀튀하게 바래 그 위엄을 잃은 지 오래였다.

“왜, 안 됩니까?”

“안 될 거야 없지만, 일단 삼켰다가 뱉는 날엔 그만한 돈에 따블이 붙는 게야. 그래도 자신 있는가?”

노골적으로 비아냥거리며 새로운 적에 대해 잔뜩 경계하는 눈치였다.

모두들 설마 하는 표정으로 이 세상에서 가장 말 잘 듣는 타워크레인의 정체를 의심했다. 영석은 한번쯤 그런 모두를 배반하고 싶었다. 자신은 지금 지상에 내려와 있지 않은가.

10

미신, 또 다른 문화적 양식

영석이 현장소장에게서 받은 통보는 참으로 황당하고 도무지 받아들이기 어려운 일이었다. 빌딩이 더 올라가기 전에 하루 빨리 크레인에서 내려오라는 것. 소장의 얘기로는 처음부터 부자격자를 고용했기 때문이라고 설레발쳤다. 원래 이곳 쌍둥이 빌딩의 건축은 그룹 차원에서 이명건설이 총괄하지만 타워크레인 작업은 하청을 받은 용역전문업체가 시행하는 중이었다.

자신은 형이 다리를 놓아 이명과는 전혀 상관없는 그 업체에 소개된 입장이다. 따라서 현장소장이야 이명그룹의 지시를 따라야겠지만 자신은 그저 크레인업체의 직원으로 현장의 부속처럼 움직이면 그만이었다. 다행인지 불행인지 크레인업체의 대표는 이곳저곳의 건축현장에 말뚝을 박듯 크레인을 박아 놓은 뒤 부도를 내고 잠적한 지 오래였다. 한창 불티나던 건설시장의 호경기만 믿고 멋대로 자금을 빌린 탓이라 했다. 이런저런 이유로 영석이 크레인의 레버를 계속 잡고 있자 그룹에서는 몇 번인가 형에게 압력을 넣었던 듯. 이윽고 업체에는 자금 결제를 미루는 모양이었다. 영석은 벌써부터 그 지렛대를 거머쥐고 있는 검은 그림자의 정체를 눈치채고 있었다.

"도대체 왜 나를 못 내쫓아서 그 난리랍니까?"

영석은 이명건설 상무란, 원치 않던 방문자에게 먼저 다그쳤다. 그는 마치 마지막 특명을 받고 내려온 듯 긴장된 얼굴로 담배를 깊게 물고 있었다. 건설 판에는 도무지 어울려 보이지 않는 올백 머리에 물방울무늬의 넥타이를 맨 그 역시 족벌 그룹의 한 터럭에 불과할 터.

"사실, 자네들 딱한 처지를 알면서 무리한 요구를 하는 것 같네만……."

그는 사뭇 동정을 구하는 양했다.

"애당초 공정 별 세부적인 인력 관리 사항을 챙기지 못한 게 문제였어. 말하자면 자네가 공사의 핵심적인 일을 맡은 줄 몰랐다 이거고…… 솔직히 말하자면 그 점이 내내 그룹 경영진의 심기를 불편하게 만들고 있는 게야."

"아니, 크레인 작업이 쥐뿔 무슨 중요한 일이고 내가 무슨 범죄자라도 된단 말입니까."

"물론 자네야 할 말이 많겠지만 회사는 회사 나름의 원칙이 있는 법이니까. 알기 쉽게 말하자면 우린 이 빌딩을 새로운 21세기의 상징이자 사운을 집약시킨 조형물로 만들고 있어. 최첨단 인텔리전트 건물일 뿐 아니라…… 아주 독특한 문화적 양식으로……."

"문화적 양식? 크흐흐흐."

영석은 노골적으로 비아냥거렸다. 아무거나 그저 갖다 붙여 광을 내는 꼴이라니! 결국 그 광내는 간판에 자신과 같은 위험인물이 검불처럼 끼어들었다는 얘기가 아닌가. 더 이상 아무런 대꾸를 할 기분이 아니었으므로 시선을 내리깔았다. 그 문화적 양식이란 그룹 황태자의 아이디어가 뻔할 것이다. 그는 사업수완 뿐 아니라 다방면의 재주꾼으로 알려져 있었다. 그만큼 즉흥적으로 동원하는 아이디어란 것이 현장을 어지럽게 할 정도였다. 일전에도 커튼월이라 불리는 철골조 한쪽 외벽을 당초 설계된 스테인리스 강재에서 최고급 알루미늄합금재로 바꾸자고 해 한바탕 소동이 일어난 적이 있던 참이다. 아직 그 공정에 이르지 않았지만 신축 빌딩의 외관이 자리를 잡는 대로 곧 양쪽 옥상과 브리지 공사가 시작될 것이다. 그만큼 빌딩의 마무리는 일종의 비밀 프로젝트처럼 진행되는 모양이다. 상무는 그 비밀의 문을 열어보이는 허풍스러움으로 계속 떠벌렸다. 빌딩의 옥상은 원추형의 유럽식 성곽 이미지를 재현하고 브리지는 이명의 비상을 나타내는 날개 형태로 해서, 그것만으로도 엄청난 화제를 불러일으킬 것이라는 설명. 그렇게 해 관광객을 유치하겠다는 계획이며 이를 위해 감독 관청에 건축 설계 변경안에 대한 심의를 받고 있다는 사실도 밝혔다.

"그러니 이쯤에서 자네가 물러나 주는 게 옳지 않겠나?"

"그렇게 훌륭한 빌딩의 일이라면……."

마지막까지 공정까지 차질 없이 수행하고 스카이라운지에서 가벼운 차라도 마신 뒤 떠나겠노라고 영석은 다시 고개를 외로 꼬았다.

"자네, 여기 장 회장님 얘기 들어봤나?"

상무는 다른 카드를 꺼내려는 기색이었다.

"……."

"충분히 알고 있으리라 믿고 한마디 더하자면, 좋지 않은 문제에 대한 터부가 강하신 분이야. 세상에 드러난 것보다 그 속 깊은 데 찬 기운을 믿고 그것을 꿰뚫어보는 직관도 특출하신데……."

"역시 범죄자 취급이군요, 개떡같이!"

영석은 참고 참았던 분을 뱉어냈다. 그러나 상무는 때를 기다린 듯이 오히려 억양을 낮추며 느글거렸다.

"그 뜻이 아니라 위에서라면 누구나 중요한 라인에 아무런 흠결이 없기를 바라지 않겠나. 자네도 부정하진 못할 걸세. 어떤 경우든 사람에겐 각자 팔자를 갖고 산다는, 그게 미신이라면 미신이겠지만…… 나 역시 그런 미신이 빗나가는 경우를 별로 못 보았거든. 더구나 자네에 대해선 탄광 사람들 얘기도 좋지 않던 터라."

"이런 비열한!"

영석은 마치 자신의 목을 움켜쥐고 조롱하는 듯한 상무를 쏘아보았다. 제 주제를 모르는 어릿광대 같으니라고. 그 어릿광대의 가면을 당장 벗겨내고 싶은 증오로 손이 뒤틀렸다.

그날 밤 영석은 타워크레인의 캐빈에서 공교롭게도 라디오를 통해 그런 미치광이의, 유럽풍 성곽 이야기를 들었다. '풍경이 있는 음악가의 삶'이란 코너에서 소개된 바그너와 미치광이 왕 루드비히 2세에 대한 설명. 1868년, 바바리아 왕실의 루드비히 왕은 바그너에게 편지를 써서 옛날 성곽을 허물고 게르만 기사의 성과 똑같은 모양의 성을 세우겠다고 전했다. 그 성은 자신이 그토록 열광하는 탄호이저나 로엔그린의 분위기를 느끼게 할 것이라는 뜻과 함께. 그러나 그는 동화 속의 궁전 같은 그 노이쉬반시타인 성을 호화찬란하게 만들면서 낭비벽과 성격 파탄으로 작은아버지에게 추출 당하게 된다. 빚쟁이들에게 쫓겨 도망쳐 있던 바그너를 도와주고, 우상처럼 받들던 그가 즐겨듣던 로엔그린이 잔잔하게 깔린다.

영석은 고개를 갸우뚱했다. 그게 무슨 곡이며 어떤 설명인지 모르지만 기억 속을 가물거리며 건너오는 선율. 나른한 오후 숫돌에 날을 세우는 소리와 함께 어울리지 않게, 아니, 그 무작스런 일상을 덮으려는 안간힘처럼 들리던 어머니의 숨결이 아니었던가.

225M 레벨

마천루들의 발돋움에 오히려 물구나무를 선 듯한 창망한 하늘. 그 한복판에 자리잡은 타워크레인의 캐빈에서 도시를 굽어본다는 일은 언제나 시원하고 우쭐하기까지 한 일이다. 도시의 섬과 섬이 연결된 스카이라인을 따라 시선은 쭉 미끄럼을 타다 아득한 하늘과 바다의 경계로 빠진다. 들끓는 야망과 암울한 절망이, 기적 같은 발전의 섬광과 뿌리째 흔들리는 몰락의 그림자가, 찬연한 스테인리스며 유리의 성과 잿빛 공해를 뿜어내는 쓰레기 소각장의 대각선 배치가 마치 도발적인 문양의 직조처럼 배열돼 있는 도시. 어제를 되돌아볼 시간 없이 오늘 들인 것을 오늘 버릴 뿐이다. 무엇이든 잡히기만 하면 금방 소화해서 각각의 생명 기관으로 돌린다. 세포들이 꿈틀거리고 핏줄이 울근불근한다.

그리고 도시 아래로 유동하는 군상들, 에너지의 흐름 같은 자동차 물결, 아직 팔팔한 꿈으로 복작거리는 시장, 산소호흡기와 같은 공원…… 한눈에 잡히는 그림이며 도시의 숨결이다. 정녕, 이곳의 오늘과 내일을 하나로 꿸 수 있는 지상 최고의 자리.

마천루 숲 속 저편 어디선가 또 다른 타워크레인이 공룡처럼 울어댄다.

아득한 하늘과 땅의 경계를 벌리고 날아오르는 새.

영석은 눈을 비비고 찬란한 빛의 한 점으로 사라져 간 하늘 끝을 바라보았다. 금방 날갯짓을 하며 도시의 섬과 섬을 잇던 빛. 영석은 그렇게 언제인지 모르게 나타났다가 종적 없이 사라지는 빛에 이끌리면서, 언젠가 자신도 저와 같기를 바랐다. 지상에서와는 다른 하늘의 궤적이며 꿈이며 가능한 날갯짓이다. 이제 비상을 위한 가장 좋은 위치에 있었다. 언제든지 날개를 펴면 된다. 햇빛 찬란한 날, 겨우 새털을 날릴 만큼만 바람이 불고,

기다렸던 구원의 신호가 떨어지면, 훌쩍- 아찔한 상상이다.

'아버지가 살아 계셔서 공룡을 타고 있는 나를 보았다면!'

영석은 가끔 그런 상념에 사로잡히곤 했다. 아니, 아버지를 이곳에 태워드릴 수 있었다면 얼마나 좋으랴. 세상의 누구보다도 깊고 은근한 눈길로 자신을 이해하고 응원하던 아버지였다. 그리고 누구보다 강한 의지로 당신의 운명을 당신 안으로 끌어들여 맞고자 했을 것이다. 영석은 그 아버지의 유산을 고스란히 이어받았고 그와 같이 또 다른 비상을 꿈꾸고 있음을 의식했다. 그런데……

'아버지, 지금 저 사냥꾼 같은 그림자를 보고 있나요?'

영석은 부르르 떨며 나직이 속삭였다. 피하고자 그렇게 애썼고 멀찌감치 도망갔다 여겼건만 다시 어른거리는 포식자의 모습.

'당신을 벼랑에 몰아 떨어뜨린 그들입니다.'

회장은 현장소장도 대동하지 않고 그의 장남인 장 전무와 함께 나타났다. 마치 늘 하던 산책길에 무언가 빠뜨리고 다시 돌아선 듯 이리 기웃 저리 기웃하는 움직임이 벌레처럼 잡혔다. 끈끈한 점액질을 바르고 마음대로 굴신하며 움직일 수 있는 벌레가 아니고서야 어떻게 저런 위태위태한 곡예를 할 수 있단 말인가. 철제빔과 쇠파이프 비계가 한낱 그들의 산책을 풍성하게 만들어주기 위한 구조물로 보였다. 지하로 내려가는 달팽이 구조의 계단에서, 또 어느 때는 중간 층 베란다에서, 캐빈 아래의 헬리포트로…… 심지어 빌딩 외벽의 석재를 붙이는 아시바까지, 다시 본관으로 연결되는 임시 통로로…… 진을 빼게 하는 숨바꼭질이었다. 영석에게 그것은 아주 고약한 기억을 불러일으켰다. 벌레들에게 점령당한 빵! 한동안 너무 배가 주렸던 그는 함바에서 누군가 먹다 남은 듯한 식빵을 널름 집어든 적이 있다. 양배추를 썰어 땅콩 크림에 반죽을 해 넣은 샌드위치였다. 눈이 번쩍 뜨였다. 한 번도 본 적이 없는 몽실몽실한 부피의 빵. 그것은 신산한 아침이며 잊었던 세상과 되찾아야 할 일상을 일깨워줬고, 코끝을 시큰하게 했다. 그는 입 안 가득 괸 침 속에 한 입 베어낸 빵을 밀어 넣었다. 얕은 탄력의 빵에 버석거리며 씹히는 야채, 그리고 미끈한 크림에 비릿한 냄새. 그는 샌드위치 한쪽만으로도 충분히 행복하고 싶었다. 과연 가능한 일일까. 연해 비릿하고 고약스런 느낌이 목젖을 뒤틀리게 했다. 그는 입안에서 이겨진 내용물을 마지못해 뱉어냈다. 실지렁이 같은 구더기였다. 날만 궂으면 감방의 천장에서 뚝뚝 떨어지며 발바닥에 밟히던 그 구더기는 빵 속을 마치 이불 누비듯 뚫어대며 붉은 대가리를 삐죽삐죽 내밀었다. 영석은 참담한 눈길로 벌레에 점령당한 빵을 노려보았다.

"자네들, 보기보다 경험이 화려하더군."

저녁 늦게 가건물의 함바에서 부딪친 장일환 전무는 사뭇 호전적으로 나왔다. 여태까지 전혀 상상할 수 없었던, 가장 나쁜 조우였다. 현장소장에게 처음 인사를 한 이후 형제가 모처럼 만난 자리에 공교롭게 그가 끼여든 것이었다.

"무슨 경험을 말씀하시는지……."

영석이 보기에 형은 마치 부정을 하다 들킨 듯한 표정이었다. 전무는 형보다 아래로 보였지만 어디까지나 그 자신을 한창 위쪽으로 꾸미려는 거드름이 물씬 풍겼다. 형이 그런 빌미를 주는 건 아닐까 하는 생각이 잠깐 스쳤다.

"자네야, 사업을 하다가 뭐 그럴 수도 있는 일이었겠지만…… 동생은, 영 힘들었겠어. 그러니까, 어렸을 적 폐광의 사고도 짐이 됐을 텐데 군 생활까지 그렇게 고생해서……."

이미 두 형제의 뒷조사를 했다는 시위와 다름없었다. 술기운이 확 달아

났다. 어두운 기억의 저쪽, 벽에 붙박여 있던 그림자가 움직인 것이다. 영석은 오래 전부터 그를 알았으며, 실은 만나고 싶은 충동에 시달리지 않았던가. 흠칫 놀랐다. 대번에 적개심이 온몸을 휩쌌기 때문이다. 땅땅한 체구에 감춰진 비루한 자기기만과 보호 본능이 몇 마디 말과 표정에 그대로 묻어났다.

"……."

영석은 고개를 숙인 채 술을 홀짝였다. 두려웠기 때문이다. 그가 어떤 말을 하든 자신을 떠보며 속이고 능멸하려는 음험한 수작에 불과할 것이므로. 전무는 아예 둥그런 드럼통 술판 한쪽을 차지하고 심문하듯 했다.

"자네들, 매우 우애가 좋은 모양이야. 나는 뒤늦게 형제가 이곳에 같이 있는 줄 알았지 뭔가."

"공사 전에 미리 현장소장에게 부탁을 해서 제가 동생을 불러들인 셈이죠."

"몇 번 본 적이 있는 듯한데…… 전엔 뭐를 했고?"

"뭐, 공사판을 전전했다고 합니다만."

"학교는 왜 일찍 그만두고……."

그때 영석이 술잔을 털어 넣으며 불퉁하게 물었다.

"지금, 뭘 알고 싶어서 그럽니까?"

"아니 뭐, 이런 인연도 없다 싶은데…… 우연은 아닌 것 같고……."

그는 더듬거리며 말을 돌렸다.

"못 올 데를 왔다는 말입니까?"

"이 친구 왜 이래. 그러는 자넨, 뭘 알고 왔는가? 여기 회장님이 자네 부친을 매우 아꼈고, 부친이 불의의 사고로 유명을 달리하시기까지……."

"나도 그 정도는 알고 있습니다."

"하면, 뭔가 더 쑤석거리려 온 모양 같군. 용감한 형제가."

전무는 두꺼비 같이 튀어나온 눈알로 먹잇감을 노리듯 둘을 번갈아 쳐다보았다.

"자네들이 이곳을 찾아오든 말든 언제고 관심을 갖고 적절한 대우를 해주라는 건, 애당초 회장님의 당부니까 문제없어. 하지만 쓸데없는 상상은 않는 게 좋아. 지나간 시절이 어떠니 저떠니, 고향이 어떠니 저떠니…… 난, 감상적인 건 딱 질색이니까."

"공갈이라도 치는 겁니까? 아니면 뭔가 켕기는 게 있는지."

영석은 계속 뻣뻣한 자세로 버텼다. 오히려 가슴에 비수를 품고 상대방의 허점을 노려온 자객의 모습이다. 확실히 그는 야생의 거친 피를 받았고, 들끓는 피를 어쩌지 못해 고통받고 있었다. 그러나 진석은 동생의 이런 태도가 못마땅했다. 아무리 아버지의 분신이며 과거를 상속받았다 하더라도 초면과 다름없는 전무에게 그런 식으로 대들 수 있는가. 어쩌면 상대방에게 충분히 의심이며 봉변을 자초할 만한 무례함이었다.

"그만두지 못해!"

진석은 미간을 찌푸렸다.

"켕기는 거? 아무렴 있다마다. 이 쌍둥이 빌딩의 한쪽을 자네의 크레인이 쌓아올렸다는 생각을 하면……."

그는 술잔을 깨물듯 들이키면서 부르르 떨었다.

"재수가 없어! 완벽해야 할 쌍둥이 빌딩이 말야…… 뼈대부터 부실하게 맞춰지는 것 같은 게, 영 불길하다고."

진심을 위장하려는 듯이 어느 순간, 그렇게 내뱉은 그는 아주 호쾌하게 웃어 젖혔다. 차라리 그렇게 형제에게 자비를 베풀기라도 하려는 듯이. 그러나 채 웃음이 그치기 전 영석의 손이 그의 멱살을 쥐어틀었다.

"재수가 없다고? 이 버러지 같은…… 난, 다 알고 있어. 우리 아버지를 구덩이에 처박아 죽이고…… 이제 구걸하는 그 자식들마저 겁나서 오줌을 질금질금 싸는 걸!"

"뭐, 이 버르장머리 없는!"

그의 뺨따귀를 올려붙인 것은 적이 아니라 진석이었다.

눈에 번쩍 번개가 일었고, 핑-, 눈물이 돌았다. 억센 손아귀에서 놓인 실장은 캭캭거리며 눈을 부라렸다.

"흥, 형제끼리 잘 노는군. 물에 빠진 놈들을 건져 내주니……."

하루 작업을 마감하고 뒤늦게 함바에 나타난 인부들로 소동은 끝났다. 형은 독이 잔뜩 오른 전무를 뒤쫓아 황망히 사라졌다. 누군가 땅바닥에 나뒹구는 영석의 안전모를 집어주었을 때, 그는 자신이 엄청난 위험에 노출돼 있었음을 자각했다. 조용히 있다가 가기로, 아무런 소동이나 사고 없이 일하고 떠나기로 그렇게 다짐했건만 무슨 망동이었던가. 아버지에 대한 티끌만한 어떤 기억도 해서는 안 되는 금단의 지역. 끝까지 땅을 밟지 말아야 했다. 무엇보다 형의 마지막 밥벌이 터며 피안처가 아니던가. 형은 이런 일이 있을까 지레 우려하질 않았던가. 스스로 운명이라 일컫는 사슬에 묶이려 하지 말라고. 어떤 사소한 감정도 함부로 드러내지 않기를…… 신신 당부했던 것이다.

영석은 어둠 속에 우뚝 서서 이제 막 불을 뿜는 쌍둥이 빌딩을 쏘아보았다. 아니, 환한 불빛을 담아 출렁이는 동관과 공사 중인 철골의 짙은 어둠이 대비되는 기묘한 쌍둥이의 모습. 그것은 불안한 의식 속에 키 재기를 하는 밝음과 어둠, 현실과 이상, 과거와 미래, 희망과 절망, 이윽고 어머니와 형, 자신과 아버지의 모습으로 비춰졌다. 어머니와 형, 그들은 늘 환하게 드러나는 현실이며 희망의 편이었다. 이상은 결코 하늘의 노을 빛이거나 지상 저 멀리 흔들리는 신기루가 아니었다. 그것은 오히려 무엇을 잡아먹었는지 꼼짝 못하고 웅크리고 있는 어둠, 결코 들여다 볼 수 없는 어둠이었다. 영석은 다시 그 어둠이 부르고 있음을 느꼈다. 자신이 무엇을 잘못했던가. 아직도 얻어맞은 왼쪽 뺨에서 냉혈이 하반신으로 흘러내리는 듯했다. 잘못은 더러운 과거의 사타구니에 기어들어 자신을 부른 형에게 있지 않는가. 그들을 응징하지 못할지언정 그들과 한 패거리가 돼 음탕한 꿈을 꾸는 것이 아닌가. 단순히 먹고살기 위한 생존의 몸부림이 아니다. 자신의 꿈을 사르기 위해 무슨 일이라도 할 형이었으니까. 그는 어리석게도 그들의 입에서 먹다 남은 떡고물이 떨어지기를 바라고 있는 것이다. 아주 비굴하고 어리석게도! 영석은 다시 들끓어 오르는 분노로 몸을 떨었다. 저것들을 한 번에 날려버렸으면! 그는 술병과 말라비틀어진 북어를 챙겨 들고 크레인 사다리를 오르기 시작했다.

이카로스의 날개

팡- 팡-

라켓에 맞아 네트를 질러 오가는 공 소리가 청아하게 들린다. 공은 별똥 같은 긴 빛의 잔형을 남기며 튀었다. 야간경기를 위한 조명등 다발에서 내뿜는 파란빛이며 갈색 진흙바닥에 부연 횟가루 선이 강한 인조의 느낌을 뿜어내는 테니스장.

모처럼 보는 활기찬 도시의 밤 풍경에 이끌린 영석은 망원경을 집어들었다. 작업 중 간혹 지상의 사람이며 물체를 살펴보기 위해 사용하는 망원경이다. 금세 원통 안으로 눈길이 빨려 들어갔다. 오후 한때 해시계의 바늘 같은 동관의 그림자가 테니스장에 떨어질 때면 나타나곤 했던 여자, 바로 미라였다. 때론 날렵한 움직임으로 때론 애매한 그림자로 이쪽의 혼을 빼놓던 지상의 여자. 아니, 영원히 잊지 못할 꿈길의 여자다.

여전히 혼자다. 한 번도 그녀가 다른 사람과 게임을 하는 것을 본 적이 없다. 코치에게 지도를 받는 경우가 아니면 예외 없이 콘크리트로 세워놓은 연습 벽에다 공을 내치며 혼자서 시간을 보낸다. 한 시간이 넘도록 쳐대는 공은 거의 파열돼 쇳소리를 냈다. 요즘 들어 그 소리는 더욱 날카롭게 심장을 도려내는 듯하다. 아무리 봐도 그 행위는 자신의 몸을 단련한다든가 즐기기 위한 운동으로 보이지 않았다. 특히 허리를 꺾으며 가녀린 어깨를 활처럼 만들어 힘껏 내리치는 스매싱 동작에서는 마지막 한방을 먹이려는 적의가 감돌았다. 무언가 깨부수려 하는 것이다. 영석은 눈치 채고 있었다. 그것은 그 자신을 향한 적대감일 수도 있다. 이렇게 다시 만나서는 안 될 과거가 아니었던가.

영석이 그녀를 만난 것은 지난 겨울 크리스마스이브 때였다. 그녀는 회사 근처의 도로 한복판에서 펑크난 차에 갇혀 안절부절못하고 있었다. 그때 마침 그곳을 지나던 영석이 스페어타이어 교체를 해주고 인사를 나눴던 것. 올이 굵은 검은색의 털모자, 카키색 머플러, 앞코가 뾰족한 부츠. 눈이 휘둥그레지게 만드는 그녀의 놀라운 치장보다 더 화려하고 분명하게 다가온 통통하고 뽀얀 피부의 동그란 얼굴은 금세 얼어붙었던 기억에 불을 지르고 말았다. 이명그룹의 숨겨진 딸이라는, 미라가 아닌가! 영석은 깨질 것만 같은 심장을 가까스로 움켜쥐고 그녀가 표하고 싶어한 감사의 뜻에 응해 그녀를 따라갔었다.

"크리스마스이브에도 일하나 봐?"

그녀는 애써 말을 낮췄다.

"크리스마스? 우린 그런 거 몰라."

"하긴 어렸을 적 우린…… 교회란 걸 몰랐지. 몰랐어."

영석이 현장의 자신의 처지를 말했지만 그녀는 금방 과거의 어린 시절을 떠올리는 듯했다. 그러나 그것 또한 이상한 일이 아닌가. 그녀는 태어난 곳이 그곳이고 방학 때 가끔 놀러왔을 뿐 본시 서울 사람이 아니었던가. 영석은 그녀가 방학 때의 감상을 말하고 있다고 여겼다. 거의 마셔보지 못한 카푸치노 커피와 함께 가슴이 따듯하게 젖어오는 느낌이다.

"그런 미라 씨는 아직 애인이 없으신가 보죠? 이런 날 혼자서……"

"호호호. 그건 되레 내가 물을 말이었는데. 근육질 배우처럼 이렇게 멋있게 바뀐 총각이 이런 데 와서 썩고 있다니!"

'애인? 애인은 당신일 뿐이에요. 영원히!'

영석은 그렇게 던지고 싶은 마음을 꾹 참았다. 실제 그렇다고 내보일 방법이 있다면 벌거벗고라도 그렇게 할 일이다. 신례와 미라는 그의 기억 가장 깊은 곳에 아름답고 영원한 애인으로 간직돼 있지 않은가. 그러나 그녀는 무심결에 가시 돋친 말을 내비친 것이다.

"그럼, 진석이 형한테 뭐 들은 얘기라도 있어?"

그녀는 자신의 말이 지나쳤음을 깨달았는지 강하게 고개를 내저었다.

"전혀! 아버지나 오빠나 고향 얘기는 한 마디도 벙긋 안 해. 그게 이명의 불문율이니까. 아주 지독한 사람들이야. 난 싫어, 그 인간들! 진석이 오빠도 불쌍해."

갑자기 그녀의 말이 튀었다.

"뭐가?"

"잘 알지 않아? 이명은 옛날부터 사람에게 마땅한 사람 대접을 하지 않는 곳이라고, 너무 악명 높았던 거."

영석은 그녀가 갖고 있는 집안에 대한 자괴감에 더 상처를 주고 싶지 않았다. 왜냐면 그녀는 영원한 어린아이일 뿐이니까. 뒤늦게 그녀가 그 어떤 부채의식을 갖는 것조차 우스꽝스럽게 여겨졌다. 만약 그렇다면, 자신은 더 빨리 이곳에서 도망가야 하지 않겠는가.

영석은 이제 그녀의 강제된 슬픔을 슬픔으로 그냥 내려본다. 독을 내뿜으면 내뿜을수록 자신의 몸은 점점 허약해지고 죽음으로 내몰리는 것이다. 당신은 어쩔 수 없는 독거미와 같은 내 종족이다. 제 아버지의 몸뚱이를 먹고서야 홀로 헤엄칠 수 있는 지느러미를 갖게 되는 가시고기와 같은 종족이다. 힘없고 정체가 모호한 이방의 막내다.

어렸을 적 아버지 역시 어느 곳에선가 자신의 탈선을 그렇게 보았을까. 곧 자신이 죽을지 모르는데도 한껏 독을 내뿜던 거미. 세상 어느 무엇이 그렇게 호락호락 할까. 그리하여 겨우 당신이나 뒤쫓아 살점을 뜯어먹으려 아귀아귀 덤비던 가련한 존재. 이방의 막내는 죽음이 두려웠을 것이다.

그 불량 청소년은 하루 종일 골방에 처박혀 있다가 밤이 되면 기어 나와 들고양이 같은 여자들을 만나 술을 마시고 패싸움을 벌이곤 했다. 부모의 싸움은 더 커갔다. 한쪽은 빨리 이곳에서 내보내야 한다는 것이고 한쪽은 놔두라고, 이곳에서 썩어야 한다고 거침없는 악담이었다. 보이지 않는 신경전과 침묵이 집안을 굴보다 더욱 어둡게 만들었다. 소년은 오로지 그런 부모의 줄다리기에서 벗어나고 싶었다. 더 멀리, 아주 보이지 않는 세상으로 사라지길 바랐다. 머리를 짓누르는 산 넘어, 그 넘어 알 수 없는 바다를 건너 새처럼 훌쩍 날아버리기를 꿈꾸었다. 대학 입시를 포기해야 했다. 그것만이 하루 빨리 그들에게서 벗어날 수 있는 지름길이었다. 집안의 형편이 그런 줄 뻔한데도 서울에서 내려온 형과 어머니는 번갈아 자신을 설득했다. 그러나 아버지는 응원이라도 하듯 더 깊은 침묵으로 대꾸했다.

그날, 대낮부터 술에 취한 채 소년의 방에 들어온 아버지는 어머니와 형을 싸잡아서 욕하며 소년에게 술까지 권했다. 네 에미가 이 썩은 몸뚱이마저 팔아먹었다고 으드등거렸다. 형이 서울의 대학에 합격해 유학 간 일에 대해 주변에서 고깝게 여기고 노골적으로 험담을 한 모양이다. 그전까지 아버지는 아이들의 교육 문제라면 모르쇠로 일관한 편이었다. 어머니가 형을 원주의 중학교로 전학시킬 때만해도 모른 척 한 일이었다. 그만한 결정이 얼마나 어렵고 앞으로 또 얼마나 많은 돈이 드는 일인지 관심 밖이었으리라. 그리고 뒤늦게야 주변 사람들의 손가락질을 통해 에미나 그 자식이나 광부들을 착취하고 있는 광산 주인에게 넘어갔다는 사실을 눈치챈 것이다. 아버지의 눈동자는 빛을 잃고 불안과 분노로 움푹 꺼져 있었다.

"네 어미는 원래 그런 여자였어. 아무렴, 부정한 여자였지. 네 에민 여길 들어오던 날 죽었드랬다. 죽었던 거였어. 크으윽."

영석은 아버지의 울먹이는 소리에 고개를 돌려 술잔을 들이켰다.

"그렇지 죽었던 거였어."

"……."

"그런데 그 죽은 줄 알았던 뱃속에서 꿈틀거린 거야. 네 놈, 형편없는 놈이! 알았어? 이 못된 놈 같으니…… 크흐흐흐."

아버지는 영석의 머리통을 잡아끌어 흔들며 스스로도 무슨 말을 하는지 모를 악마의 주술을 빼어 물었다. 그 얼마나 가슴 깊은 곳에 곤죽이 돼 있던 말이었을까.

"네 에미나 형이란 놈이나 한통속이었던 게야. 진작에 날 탄 속에 묻어버리고 여길 떠났어야 할 종자들 같으니! 당장 여길 떠나자고? 아니지. 아냐, 날 묻어버리지 않곤 떠나지 못하지. 영석이 이놈, 날 똑바로 봐둬라. 니 에비는 억울해서 여길 못 떠난다. 한스러워 못 떠난다. 그 어린것 불쌍

해서 못 떠난다. 똑바로 내 눈을 보거라."

과연 지하의 영혼이 들씌워진 눈이 아닌가.

"너는 이곳에서 죽어라. 니 에비하고. 그 망할 계집애 도망간 곳을 찾아 봐야지. 아무렴."

우우-, 영석은 아버지가 게워내는 지옥의 토사물로 숨이 막혔다. 당신의 딸을 찾고 있는 것이었다. 한때 이 지상에서 가장 행복했던 날의 꿈을, 되돌려달라는 울부짖음이었다. 그리고 어머니와 형은, 추방당한 지옥의 그림자가 아닌가. 원죄를 감추기 위해 아버지에게 흘레붙은! 아아, 자신의 목을 짓누르며 집안에 매여있기를 바라던 그들의 동인은 그 원죄였다. 왜 어머니의 족속이 그토록 싫었던지. 그것은 동물적인 본능이었던 것이다. 영석은 잡아먹을 듯 덤비는 짐승을 떠밀치고 부르르 떨며 방을 뛰쳐나왔다. 바로 눈앞에 태백이 으르렁거리며 꿈틀거렸다. 도저히 그대로 놔둘 수 없는 표표한 모습으로. 영석은 길거리에 뒹구는 오토바이에 여자를 태워 단숨에 괴물을 향해 내달았다. 결코 그들에게 굴복하지 말며, 그들의 속삭임에 귀 기울여서는 안 된다고. 이때껏 받은 어떤 충격보다 더 끔찍한 저주였다. 죽지말고 날아라. 가속기를 더 돌려댔다. 지상 최대의 속도로. 하늘이 찢어지며 달려들었고 춤추었다. 이이이이, 괴성과 함께 까르르르 웃음소리가 터졌다. 그는 들꽃 같은 소녀를 안고 오토바이와 함께 나뒹굴었다. 아아, 이제야 나는구나! 땅 끝에서 천장으로. 그러나 소녀이 여자를 꿰어 다녀온 곳은 하늘이 아닌, 또 다른 죽음의 문턱이었다.

"엉덩이에 뿔이 나서 날뛰더니…… 쯧쯧…… 너도 이제야 하늘 무서운 줄 알겠구나."

아버지는 골절상으로 누워 있는 영석을 본체만체 하며 혼잣말을 했다.

"……."

"명심하거라. 세상은 힘있는 자의 것이야. 어른거리는 게으른 놈에게 세상은 지옥과 다름없지. 언제 괴물에게 잡혀먹을지 모르는 게야. 그리고 말야, 뛰는 놈 위에 나는 놈이 있다는 걸 알아야 해. 어떻게 살아나가련?"

술에 깬 아버지는 어머니 말대로 공부나 열심히 하라는 투로 말했다.

"걱정 마세요. 내 힘으로 날아 볼 테니까."

영석은 아버지의 손을 잡았다. 영겁을 건너온 탄가루의 미끈미끈한 촉감이 뜨거운 체온과 함께 전해졌다.

"이 아비가 해 줄 수 있는 게 뭐 있을까."

영석은 먼바다를 내다보는 절벽에 서 있는 아찔함을 느꼈다. 한 평도 안 되는 골방과는 전혀 다른 광대한 세상의 문턱. 자신을 둘러싸며 억압하던 안개가 일순 광풍에 물러간 듯한 절벽의 끝에서 멀리 하늘을 우러르는 것이다.

"아버지가 먼저 날아가세요. 훨훨."

그 바람은 저 하늘 황망한 별자리, 어느 고리에 엮인 것일까. 아버지는 결국 홀연히 날아갔다. 그것은 전혀 예측할 수 없었던 비상이었다. 꿈꾸었던 탈출이며 날아오름이 아니라 도발적인 해체였다. 과연 그 역시 꿈꾸고 의도했던 탈출의 한 방법이었을까. 영석은 고개를 흔들었다. 만약 그랬다면 무엇 때문에 절망과 죽음뿐인 막장에서 그렇게 홀로 눈물겨운 하루하루를 뽑아냈을까.

영석은 가끔, 바로 그 자리에 서 있는 듯한 착각에 빠지곤 했다.

이제 뒤집어진 바다와 우주가 보이는 절벽의 끝자리.

삽상한 바람결에 별이 흔들린다. 명멸하는 네온사인과 조명 사이로 별이 잠방인다. 역시 지상의 꼭대기에, 시간의 끝에 서 있는 기분이다.

팡- 팡- 테니스 공이 더욱 암팡진 소리를 내며 높이 떴다가 내리 꽂혔다.

네트 안에 흩어진 노란 공들이 마치 늪 속의 양서류 알처럼 떠돌았다. 동쪽 건물 저편으로 차량들이 맹렬한 속도로 질주하며 캐빈의 아래를 흔들었다. 낮에 보았던 풍경과 영 딴 판이고, 더구나 날기 위한 마지막 도약대에서 바라보기엔 너무 비현실적이며 처연함마저 일으키는 풍경이다. 영석은 뒤죽박죽 떠오르는 상념을 억누르며 술잔을 기울였다. 모든 잡념을 떨구고 다시 크레인과 일체가 되고 싶은 강한 충동이 일었다. 오로지 크레인과 하나가 돼 지상에 있는 물체를 들어올릴 때 일상의 가장 충만한 중량을 느끼지 않았던가. 캐빈에 들어앉으면 무장한 도시의 전사가 된다. 도시의 파수꾼이 된다. 이윽고 독수리 같은 거대한 날갯짓으로 창공을 주유하는. 실로 오랜만에 밤의 순례를 시작하며 그는 긴장했다.

어둠 저 편으로 뻗어나간 지브의 관절에서 우두둑 소리가 났다. 한나절 누적됐던 피로가 풀리는 소리가 아닌, 이제 깨어나는 생명의 버석임…… 스르르…… 바람에 지브가 돌았다. 영석은 브레이크 버튼을 눌렀다. 어느 조용하고 평화로운 밤의 산책이 아닌, 힘찬 날갯짓을 하며 도시를 훔치고, 능멸하고, 강간하고 악으로 물들이는 자들을 쫓는 야경이다. 그는 트롤리를 지브의 맨 끝으로 밀어냈다. 작업반경을 최대로 넓혀야 한다. 보조기어 장치는 최대한 가볍게 조정했다. 기껏 한줌의 인간을 들어올리는 일이려니. 그리고 스윙을 시작했다. 트르르르- 프론트 지브가 긴 날개를 펴며 왼쪽으로 돌았다. 그는 캐빈의 정면 보다 측면을 내다보며 최대한 자유로운 공간을 확보했다. 그때야 프론트 지브와 뒤쪽의 카운터 지브가 마치 양 날개처럼 펼쳐지기 때문이다.

그는 왼쪽에서 오른쪽으로, 다시 오른쪽에서 왼쪽으로, 그리고 빙그르르 한바퀴를 다 돌며 지상을 쏘아보았다. 한쪽으로는 열병한 아파트 단지가, 또 한쪽은 공한지의 폐차장이, 그 건너편으로 오피스텔이, 남쪽으로는 거대한 대학병동이, 그 대각선 쪽으로는 신문사 빌딩이…… 낮과는 전혀 다른 적당한 평화와 또 다른 긴장의 모습으로 흔들렸다. 그는 연거푸 술을 들이키며 공원의 한 자락에 자리잡은 테니스장에 지브를 정지시켰다. 그리고 호이스트 기어를 제쳐 후크를 내리기 시작했다. 아까부터 이쪽의 움직임을 힐금힐금 올려보는 듯하던 그들은 게임을 멈추고 한쪽에 비켜서는 듯했다.

으 흐흐흐-

전혀 생각지 않았던 작업이었다. 영석은 실소를 흘리며, 호이스트 기어를 급 낙하로 바꿨다. 순간 후크가 쏜살같이 떨어지며 인도의 블록에 쳐박혔다. 테니스장까지는 워낙 어림도 없는 거리였다.

그때 요란하게 작업용 핸드폰의 전화벨이 울렸다.

"너, 한밤중에 웬일이냐. 아직 집에 가지 않고?"

형의 다급한 목소리였다.

"……."

"지금 무슨 짓 하고 있냐니까! 당장 내려오지 않고."

어디선가 미친 크레인의 움직임을 보았던 모양이다.

"놔둬! 형이 상관할 일 아니니까!"

"……."

진석은 숨을 고르고 다시 말했다.

"엊그제 일 미안하다. 아직 화가 풀어지지 않은 모양인데…… 어쩔 수 없었어."

"무슨 얘기야. 내가 그깟 일로 병신 짓 하는 줄 알아?"

이제 크레인은 숨을 멈췄고 사위는 다시 정적에 휩싸였다. 간혹 질주하는 자동차 소리만이 허공을 할퀴고 사라졌다.

"내가 그렇게 비굴해 보이던?"

진석의 목소리는 사뭇 설득적으로 바뀌었다. 지금 당장 그를 지상으로 끌어내려 말하기 어렵다고 여긴 듯했다.

"잘 아시네. 그렇게 목을 매야 하는 이유가 뭐지? 나까지 끌어들이고…… 언젠가, 난 그놈의 대갈통을 부수고 말 텐데……."

"영석아. 내가 사정하마. 이번에 내가 맡은 일이 끝날 때까지만 잠자코 넘어가 줘. 제발 아무 사고 치지 말고."

어둠을 질러오는 그의 하소연은 매우 절박하게 들렸다. 영석은 송곳에 찔린 듯한 두통을 느꼈다. 어쩌면 저렇게 무던할 수 있단 말인가. 당장 이곳을 때려치우고 나가자고 해도 시원찮을 판에. 행여 저런 변명이 나를 위한 것이라고는 말할 수 없겠지.

"……그래도 이곳에 찾아온 건 잘못이었어. 파멸이라고!"

영석은 주먹으로 캐빈의 유리창을 박살내며 울부짖었다.

산산조각 난 유리 파편이 허공을 가르며 피를 뿌렸다.

11

호머 사이브러스

baby.nwlink.com/babyinfo.htm#credits

진석은 '춤추는 아기'의 팬이다. 잠깐 머리를 식히는 데는 그만이기 때문이다. 3차원의 입체 컴퓨터 그래픽으로 정교하게 제작된 이 사이버 아기는 기저귀만 찬 깜찍한 모습으로 '우가차카' 'YMCA' 따위의 여러 곡에 맞춰 신나게 춤을 춘다. 엉덩이를 흔들며 춤추는 모습이 여간 귀엽지 않다. 아기는 누워 있다가 벌떡 일어났다 하며 할 수 있는 온갖 재롱을 떨었다. 통통통 튀며 상상력을 자극하고 그러한 생명체의 아비가 되고 싶은 욕망을 불러일으켰다. 세기말에서 21세기로 건너며 이 땅의 인간이 부른 새 아기다.

진석은 아기를 번쩍 들어 '애니메이션마스터(Animation Master)' 프로그램 위에 올려놓아 보았다. 안개 낀 숲길을 걸어가는 발걸음 걸음의 실감을 구현해 보려는 것이다.

……프로젝트 웍스페이스에서 〈Walk.act〉 아이콘 오른쪽을 클릭하고 〈New/Volumetric Effect/Dust〉를 선택한다. 0프레임에서 오른 발이, 17프레임에서 왼발이 부딪힌다. 0프레임에서 오른발 이동억제자(Translate Constraint)의 Enforcement를 100%로 변경한다. 왼발 이동억제자의 E

를 0%로 변경한다. 17프레임에서 E값을 서로 바꾼다…….

사이버 아기! 동방박사들이 떨어지는 별을 보고 저 예루살렘의 말구유에 누워있던 아기를 경배한 이래, 실로 2천년만의 일이다. 아기는 사이버 공간에서 태어나 세계 네티즌들의 선풍적인 환호를 받으며 손을 흔들고 있다. 컴퓨터로 제작돼 인터넷이라든가 가상 공간을 무대로 생존하게 될 디지털 인류, 이른바 호모 사이브러스(Homo Cybrus). 진석은 오래 전부터 그들을 꿈꾸었고 기꺼이 그들을 맞을 준비를 해 왔다.

류희! 누구보다 신묘한 정신과 개성으로 목마른 영혼들에게 꿈을 불어넣어 줄 이브. 아니, 새 시대 문화혁명을 이끌고 새로운 비전을 전파할 사이버 전사. 그녀 스스로 미래의 재창조기 에덴에서 내려와 도시에 선악과를 돌릴 것이다. 피곤과 무기력증, 우울증, 불안, 그리고 외로움으로 가슴을 쓸어 내리는 이들에게 천상의 기운을 불어넣으며 외치리라. 내 상상의 젖과 과일을 베물고 생육하고 번성하라. 먼동이 트는 사이버 공간에 새로운 역사가 시작될 것이다. 이 땅에서 류희의 이상은 더없이 높고 순정했다. 잠으로 주어지는 기억의 꿈이 아니라 미래로부터 가져온 꿈을 심어 가는 일. 고독한 존재의 심연으로부터 활화산 같은 생명의 용트림을 뿜어내게 하는 일. 그 혁명이야말로 진석이 마지막으로 걸었던 승부였다. 아무리 어려운 장애가 있어도, 그 마지막 꿈을 이루기 위해 참으리라. 거의 폐인과 다름없이 돼 이명에 들어섰을 때 그는 몇 번이고 다짐하고 스스로를 경계했던 터다.

그런데 이제 막다른 골목에 서 있는 형국이다. 기세 좋게 출범했던 벤처선단은 물길을 제대로 잡지 못하고 우왕좌왕이다. 기술보다는 돈, 돈보다는 정치 논리가 앞서는 세상 탓이다. IMF 관리체제 이후 기업마다 피 튀기는 생존싸움을 벌이며 대대적인 구조조정과 대량 감원, 경영쇄신 등 각양의 처방을 했어도 경제 지표는 제자리걸음이고 오히려 노동자만의 희생이 강요되는 판이었다. 일찍이 위험권에서 빠져 있던 이명그룹까지 수시로 직원들을 감원태풍으로 몰아놓고 쥐어틀기는 마찬가지였다. 바로 엊그제 흥분된 기운으로 사이소프트의 장밋빛 미래를 떠들더니 180도 돌아선 장일환 전무의 태도는 프로그래머들에게 배반감마저 안겨주었나.

"어떻게 우리도 자구책을 마련해야 되지 않을까요?"

사이버캐릭터와 관련 엔진 개발의 수석책임자인 박 연구원이 걱정스럽게 말하자 쭉 한마디씩 거들었다.

"이건, 충분히 예견할 수 있었던 문제 아닙니까. 요즘 세상에 아무도 생각할 수 없는 독창적인 아이디어가 어딨어요. 다 그렇고 그런 머리통 굴려 나오는 생각이지. 첫째가 중요한 게 아니라, 누구냐가 중요한 겁니다. 류희는 거듭 태어날 수 있다고 봅니다."

"참 이해가 안 가는 일이야. 여태까지 그렇게 고생을 했는데 사람들을 바꾼다니…… 이게 뭐 양말공장 일인 줄 아나."

노골적으로 장 전무에 대한 욕설이 튀어나오기도 했다. 벌써부터 정보사업 분야의 대폭적인 수혈과 물갈이가 필요하다고 으름장을 놓던 그였다. 그들은 당장 실직을 당할지 모른다는 불안보다 류희를 희생의 제물로 만들지 모른다는 분노로 격앙돼 있었다. 실장인 곽진석에 대한 원망이며 비난과 다름 아니었다. 그렇게 밤낮을 가리지 않고 기술개발에 애쓰고도 역시 애송이 경영자에게 이용만 당한 것이 아닌가. 장 전무는 그간 벤처 캐피탈을 유치하고 사이소프트의 코스닥 등록을 앞당기며 기업 이미지를 높이는데 류희를 끌어들였던 최고의 연출자였다.

"이대로 당할 수는 없어요. 어떻게 하든 단물만 빨아먹으려 입을 틀어막으려는 꼴하며…… 아무래도 보물선 찾기 같은 수상쩍은 작전이 벌어지고 있는 것 같아요."

그럴 수도 있겠다 싶었다. 보물선 찾기란, 일부 벤처업체가 역사의 한 페이지로 사라져간 일화를 꿰어 심해에 침몰한 것으로 추정되는 무역선을 인양하겠다고 떠벌리는 희대의 이벤트를 두고 하는 말이었다. 사실 여부야 어떻든 미스터리가 뉴스를 타는 동안 비실거리던 사세나 주가는 햇살을 받는 것이다.

"최 연구원의 AIR가 문제였어. 대안으로 충분히 가치 있던 기술이었는데……."

"혹시…… 회사 쪽에서 고의로 최 연구원을 빼돌린 게 아닐까요?"

최는 AIR이라는 인공지능 프로그램의 키를 잡고 있다가 불쑥 미국으로 유학을 떠난 터였다. 그의 돌연한 행동에 미심쩍은 구석이 있었으나 더 큰 가능성의 땅을 찾아간 선수에 대한 비난이란 자칫 제 발등을 찍는 격이라 내놓고 말할 일이 아니었다.

"아예, 우리끼리 나가서 드림팀을 만들면 어떨까요?"

프로그래머 중 누군가 불쑥 제안했다.

"드림팀? 어디 간다고 다르겠어?"

"불가능한 일도 아니지. 물주만 잘 만나면."

아닌 게 아니라 그런 충동을 토로할 만도 했다. 개발 정보의 밑그림만 건네줘도 엄청난 거금을 챙길 수 있는 것이 소프트웨어 사업이니까. 서너 명이 뜻을 맞춰 떠나면 얼마든 타격을 줄 수 있기도 했다. 옥신각신하는 틈에 진석은 테이블 저편에서 이쪽을 살피는 윤 부장을 보았다. 그런 어색한 공간을 눈치 채고 어느새 다가와 손수 차를 대접한다. 그녀의 장점이란 바로 그런 데서 빛났지만 그 의도를 간파한 쪽으로서는 그만큼 거북스러울 수도 없었다. 그녀가 정작 이곳을 흔들어놓으려는 건 아닐까. 설마, 그럴 리가 있을까. 그런 배신이란 단번에 동료의 숨통을 끊어놓는 일과 다름없는데. 진석은 고개를 흔들었다. 슬며시 비켜 앉자 기다렸다는 듯이 또 다른 환영이 어두운 창에 그대로 얼비쳤다. 바로 엊그제, 의심의 눈알을 굴리던 전무의 모습이다.

"자네, 혹시 딴 생각 갖고 있는 건 아닌가?"

전무의 눈빛이 짧고 탁하게 튀었다.

"딴 생각이라니요?"

"일테면…… 아예, 이참에 여기 주저앉으려 한다든가……."

"왜 그런 말씀을 하시는 겁니까?"

"뭐, 괜찮아. 아주 용감한 동생도 버티고 있겠다…… 뭐, 솔직하게 말해 보라고."

그때만 해도 진석은 전무가 며칠 전 동생과의 일을 마음에 두고 하는 말인 줄 알았다. 그 일이야 이미 충분히 사과한 터였다. 아니라면 뭔가 자신을 넘겨 짚어보려 한다고 생각했다. 그러나 섣불리 그의 의도에 넘어갈 수는 없었다.

"자네도 한바탕 하고싶어 그러는 거 아냐?"

전무의 눈빛이 짧고 탁하게 끊어졌다.

"전혀! 그럴 만한 까닭이……."

"그렇다면 왜 일을 빨리 마무리하지 못하는 건지?"

"AIR를 추진하던 최 연구원이 갑자기 손을 놓고 미국으로 떠난 게 큰 타격입니다. 이해할 수 없는 일이죠."

장 전무는 그때서야 느물느물 웃으며 그를 내려보았다.

"그럼, 기왕에 개발한 소프트를 갖고 나가서 재기해 보든지. 내, 그 정도는 인심 쓸 테니."

진석은 갑자기 어안이 벙벙했다.

류희를 내주겠다고? 전무는 마치 오래 전부터 작정한 듯이, 그것만이 자신이 할 수 있는 마지막 선물이라는 양 호기를 부렸다. 그렇다면…… 혹시, 최 연구원을 빼돌린 음모가…… 그러나 상상할 수 없는 노릇이다. 아무리 그 일이 시간이 필요하다지만 어떻게 기술개발을 뒷전으로 미루고 눈앞에 이익만 좇을 수 있을까. 아니, 어쩌면 나를 내보낼 미끼로 생각했을지도 모르지. 진석은 고개를 흔들었다. 지금 상태라면 류희는 모방이며 복제품 정도의 형편없는 삼류로 전락할 것이 뻔했다. 그러다 흔적 없이 사라지겠지. 더구나 개발에 참여했던 연구원들을 떠맡을 수 있는가. 자신의 사정을 뻔히 알 만한 그의 주문은 그러니까 일종의 엉너리였다.

"실장님, 이제 퇴근하시죠. 어차피 오늘 결론 낼 일은 아니니까."

연구원들이 자리를 털고 일어났다.

깡마른 박 연구원의 몸체가 유난히 허청거렸다. 어떻게 하든 그를 이곳에서 잡아둬야 한다. 내가 나가는 한이 있더라도. 진석은 면구스런 기분에 얼굴을 돌렸다.

사이버 아기는 여전히 통통 튀며 재롱을 떤다. 팔을 양옆으로 벌리고 훌쩍 돌며 공중곡예를 하고 다시 음악에 맞춰 엉덩이를 흔들고…… 전혀 지칠 줄 모르고 영원을 희롱하는 모습이다. 그러고 보니 아기는 아무런 표정이 없다. 무중력의 진공 속에서 태어난 듯. 문득 그 어린것에게 표정을 달아주고 싶은 충동이 일었다. 그리고 언어를 줄 수 있다면. 이리로 불러들이고 싶다. 그에게 옷을 입혀보고 싶고, 새로운 꿈을 불어넣어 주고 싶고, 가능하다면 뱃속에 오줌과 똥까지 넣어…… 살 냄새가 나도록 만들어주고 싶다. 그리고, 진짜 어머니를 부여해주고 싶다. 그는 인터넷 창을 열어놓은 채, 옆의 컴퓨터에 잠들어 있을 시내수를 찾았다.

사이버스페이스의 카우보이

시내수는 여전히 건조하고, 조금은 멍청해 보이기까지 한 표정으로 부스스 깨어났다. 진석은 처음에 그녀에게 애이서, 세쿼이아, 젤코바 따위가 무성한 6천 5백만 전 신생대의 숲을 선물했다. 그러나 이런 송백이나 느릅나무 과 식물은 어느 낯선 이국의 어설픈 풍경을 연상시켰다. 그리하여 그녀를 이끌고 간 곳이 3억 년 전의 석탄기. 바다 밑바닥을 기어 다니던 삼엽충이며 연체동물인 직각석, 파충류가 번성하고 양치 식물이며 고사리류가 번성했던 시기. 어렸을 적 태백의 구문소 화석군락지에서 보았던 파란 화석들의 이미지가 물 흐르듯 했다. 진석은 거기 카디옵테리스니 뉴롭테리스니 레피오필로이데스 등속의 우거진 숲을 배회하다 해먹 같은 고사리 잎에 누워 있던 시내수를 발견한 것이다.

"넌, 도대체 틈만 있으면 잠을 자는구나?"

진석은 발갛게 달은 소녀의 볼을 가볍게 꼬집었다.

"자, 오늘은 어디로 떠나볼까?"

진석은 시내수가 원하는 대로 외출복을 입혔다. 탄력이 느껴지는 레이스 소재의 흰색 재킷이 시원스럽게 보였다. 아주 편안하게 입도록 고안된 재킷이다. 파스텔 톤의 원피스와 맞추면 은은하고 화사하게, 모노톤과 매치하면 이지적인 분위기가, 원색과는 경쾌한 느낌을 주는 옷이다. 진석은 슬림 라인의 검정색 수트에 레이스 재킷을 얹었다. 그러나 시내수는 조금도 달가워하지 않는 표정이다.

"넌, 끝까지 오빠 속을 썩일 모양이구나!"

그때, 진석은 눈을 의심했다. 시내수의 입술이 삐죽 움직이는 게 아닌가.

"오빠 맘대로 상상해."

흡사 기억상실자가 제 정신을 차린 듯했다.

"그리고…… 그 동안 내게 쏟아 부은 게 아깝거든 지금이라도 날 마음대로 하라고. 어떻게 되도 좋으니까."

"뭐? 뭐라고?"

그녀의 말투에는 뒤틀린 감정이 섞여 있었다.

"그럼, 너까지 날 배신할 거로구나. 형편없이……."

"꿈 깨요. 난 그저, 오래 전부터 오빠 같은 사람들의 상상 속을 헤매다 이곳에 들렀을 뿐이니까. 오빠가 사이버 공간의 카우보이처럼 구는 건 질색이야."

그녀는 참았던 얘기를 쏟아내듯 말했다. 그리고 가로등의 하얀 조명을 받으며 계단에서 내려섰다.

"아무튼 나가면서 얘기하자고."

진석은 그녀를 힐끗 보았다. 컴퓨터 책상의 한쪽에는 며칠 동안 끙끙거리며 작업한 얼굴 모델의 잔해들이 어지럽게 널려 있었다. 진석은 얼른 얼굴모델에 쓴 도구들이며 작업 장치들을 치웠다. 그녀는 그것이 무언지 눈치 채고 눈살을 찌푸렸다.

그 얼마나 쓰라렸던 불면의 밤이었던가. 새로운 얼굴모델을 제작하고 렌더링을 해서 애니메이션으로 표정을 만들어내기까지 그는 하얗게 밤을 새우기 일쑤였다. 동료들은 실장이 새삼 의욕을 되찾고 재기를 모색하는 것이라 믿었다. 그러나 진석은 그들의 기대에 찬 눈길에 가타부타 응답하지 않았다. 깨진 유리병 조각을 붙이려는 듯한 안타까움이야 말하면 무엇하랴. 그렇더라도 그들이 만들려고 한 물건과 자신이 꿈꾸던 것의 차이가 너무 명백하므로…… 일이 어그러진 지금 속마음을 굳이 드러낼 필요가 없었다. 그들은 대단한 상품을 바랐다. 당장 돈이 되지 않는다 하더라도 사람을 끌어모을 만한 미끼라도 좋다. 그러나 자신이 바란 것은 생명력 있는 작품이었고 작품 이상의 청정한 인간이다. 그들은 기술적인 승리를 바랐다. 그러나 자신이 꿈꾸었던 일은 보이지 않는 혁명이다. 그 혁명은 전혀 다른 차원의 승리다.

시내수는 류희와 또 달랐다. 진석은 얼굴 모델링에서부터 철저히 자신의 아이디어를 채택했다. 상용 소프트웨어를 사용하지 않고 정교한 모델을 구하기 위해 레이저 스캐너를 사용했다. 실제 얼굴의 3차원 정보를 컴퓨터에 직접 입력하는 방법이다. 번거로운 스캔 작업과 후처리 과정의 수작업은 업무보조원에게 맡겼다. 모델에 색상을 입히는 간단한 렌더링에서도 진석은 상당한 고민을 했다. 사실감을 높이려면 당연히 실제 얼굴을 찍은 사진을 얼굴 모델에 덮어씌우는 텍스처 맵핑 방법을 이용해야 한다. 그러나 그는 크레용으로 얼굴을 칠하듯 쉐이딩 방법을 썼다. 어쩌면 그건 나약한 감상일지 몰랐다. 잃어버린 추억을 불러일으키고 잘못 칠했던 그림을 지우고 싶은. 시내수는 그렇게 다가왔다. 그녀는 어둠침침한 병실에서 깨어나 자신을 올려보았다. 결국은 탈주에 실패하고 선생님에게 뒷덜미를 잡힌 비행 소녀의 모습이다. 진석은 그녀의 표정을 그린다. 어리지만 이미 어른을 닮은. 세상을 알아가며 불안스러워 하는. 그는 안면 근육의 움직임과 표정 변화의 상관관계에서 추출한 수많은 표정 데이터를 컴퓨터에서 빼내 그녀를 완성했고 겨우 데이트를 신청한 것이다.

"어디 조용한 카페로 가볼까?"

진석은 시내수에게 넌지시 물었다.

"그보다는 도서관에 가 보고 싶은데."

"도서관에는 왜?"

"언젠가 오빠가 말했잖아. 우리의 시대를 예언하고 새로운 성경을 쓰고 있다는…… 선지자를 만나서…….”

“몇 해 전에 죽었다고 얘기 안 했던가? 전립선암으로.”

저 60년대의 미국 히피문화의 우상이었고 일찍이 세기말과 새로운 세기의 신인류 출현을 예견했던 한 심리학 교수를 찾는 모양이었다. 그는 수업시간에 LSD를 흡입하여 의식의 확장 실험을 하다가 해직됐고 마리화나를 소지한 혐의로 경찰에 쫓기다가 아프가니스탄까지 도망갔던 악명 높은 사이버펑크였다. 그녀가 그를 기억한다는 것은 아주 당연한 일이었다. 그에 대한 정보는 연구원들끼리 토론에 열중하다 그녀의 기억 공간에 입력했던 정보였던 것이다.

진석은 이전의 류희나 시내수를 만들기 훨씬 이전부터 사실 무수한 사이버펑크들을 만났고 그들의 목소리에 빠졌었다. 사이버 공간의 유혹에서부터, 사이버스페이스의 이념과 현상들, 또는 사이버인간이며 사이보그들의 실체, 그들의 언어, 사이버 문화의 그늘에 이르기까지…… 그리고 혁명을 꿈꾼 것이다. 그의 사업은 노장 사이버펑크가 예견한 사이버네틱, 화면의 안쪽에 위치한 디지털 데이터 세계를 지도화하고 식민화하는 일이다. 상호 화면과 상호 컴퓨팅으로 공동의 정보구조를 구축하는 사업. 그러니까 신인류는 그 위대한 시대적 과업을 수행할 전령이어야 했다. 언젠가 자신의 신경계에 정보환경을 구축하고 자신의 신경공간을 타인의 그것과 연결시키는 이상 세계를 이룰 때까지 그의 자손들은 신생의 공간에서 생육하고 번성할 것이다.

“하여튼 오빠하고 보다는…… 나 혼자 마구 돌아다니고 싶어. 동굴 속 진짜 내 고향에도 돌아가 보고.”

시내수는 차갑게, 마치 정을 떼려는 것처럼 말한다. 진석은 마치 속마음을 읽힌 것처럼 아찔했다. 모래바람 같은 존재. 오로지 0과 1의 디지털 기호의 집적으로 만들어진 영혼. 이제 그녀는 이쪽으로부터 도망치려 하고 있는 것이다. 눈앞이 캄캄하고 답답했다. 순전히 언어체계며 의사소통의 문제라고 여기지만 그녀의 표정은 역시 표독해 보였다. 진석은 자신이 그녀에게 외계인이나 짐승처럼 비쳐질까 두려울 지경이었다.

"아니면 강변으로 갈까?"

"나와 같은 친구를 만나게 해줘!"

그녀는 입을 쫑긋했다. 진석은 못 들은 척 그의 눈길을 맞은 편 쪽, 도심의 불빛이 고물거리는 강으로 이끌었다. 금방 바람이 불며 그녀의 머리카락 몇 올을 흐트러뜨렸다. 어떻게 하든 그녀를 안심시키고 기왕이면 가장 아름다운 지상의 풍경 속으로 같이 사라지는 것이다. 진석은 방죽 아래 후미진 자리를 골랐다. 도시의 불빛을 담은 강은 거대한 호수처럼 고요했다. 그녀의 표정도 강물에 출렁이는 불빛으로 평온을 되찾은 듯했다.

그러나 진석은 입안이 바작바작 타는 듯한 긴장감을 느꼈다. 왜 이렇게 어긋나고 있을까. 온갖 정성을 들이고 기대를 가졌던 꿈 아닌가. 아무도 모를 비밀의 화신이기도 했다. 진석은 가볍게 새 나오는 한숨을 숨기며 그녀의 손을 잡았다. 갑자기 가늘고 찬 손가락 마디마디가 마치 금속관처럼 느껴졌다.

그 역시 지금 절망적인 범죄와 거대 기업들이 지배하는 '뉴로맨서(Neuromancer)'의 지령을 수행하려는 것이 아닌가. 진석은 밤을 새우며 심취해 읽었던 윌리엄깁슨(William Gibson)의 사이버 공상과학 소설 속에 빠져들었다. 남아 있는 유일한 현실이라곤 시뮬레이션이며 플라스틱 외과의술이 일상적으로 행해지는 지옥 같은 세계. 모두가 더욱 아름답고 기능적인 신체를 주문하기에 혈안이 돼있고 마약 디자이너들은 돈만 주면 그 어떤 정신상태라도 제공한다. 기술은 인간을 소외시키고 통제를 벗어나 있다. 경제는 일상과 관련 없는 완전한 허상일 뿐. 주인공인 케이스는 혹독한 벌을 받고 있는 사이버공간의 중독자다. 자신의 기업주에게 도둑질을 한 벌로 그의 신경체계는 뉴트록신으로 파괴되었으며, 그래서 그는 접속할 수 없다. 진석은 마치 그 소설 속으로 빨려들어간 기분이다. 그는 좌절한 사이버스페이스의 카우보이로 치바시의 밑바닥 삶을 살아가고 있질 않는가. 자신이 도대체 무엇을 훔쳤단 말인가. 어떤 금지된 장난을 했단 말인가. 정작 사이버 개발 정보를 훔친 도둑놈은 어디선가 활개를 치며 황홀한 미래를 설계하고 있을 텐데. 진석은 핏속에 독주머니가 다시 달랑이고 있음을 느꼈다. 놈은 자신의 생명을 연장해주는 대가로 원격조정을 하고 있다. 서서히 녹고 있는 독주머니의 위협에 쫓기며 진석은 류희를 배반하고 시내수와 탈주를 꿈꾸는 것이다.

"네 친구는 이제 영원히……."

그때 시내수는 살며시 고개를 들었다. 무언가 말하고 싶어하는 눈치다. 그러나 어쩐지 입이 떨어지지 않는다. 어어, 진석은 고개를 흔들었다. 순간 체내의 알코올이 다 빠져나간 말짱한 상태에 있음을 자각했다.

'내가 여태 무슨 허깨비를 보았지?'

돌연, 작업실에 서늘한 기운이 스쳤다. 마치 비행체를 타고 광속으로 우주공간을 떠돌다가 낯선 행성에 내린 기분이다. 창 밖을 보니 명멸하는 빛의 소용돌이로 어지럽다. 그리고 저 만치 장대한 공룡 같은 어둠이 서 있다. 피로와 숙취가 한꺼번에 밀려들어 정신이 혼미했다. 진석은 눈을 비비고 크게 기지개를 켰다. 더 이상 머뭇거릴 이유가 무언가. 쓸데없는 미련일 뿐이다. 진석은 경고 표시가 붙어있는 블랙박스의 문을 열고 들어가 류희의 신체구조를 형성하는 프로그램들을 살폈다. 귀에 이어폰을 꽂은 채 지그시 눈을 감고 음악을 듣던 류희는 깜짝 놀라 눈을 떴다. 떨어져 나온 한쪽 이어폰에서 소음과 다름없는 음악이 흘렀다. 진석은 졸지에 소녀의 방에 무단 침입한 치한이 된 기분에 휩싸였다. 그녀의 방어적인 눈빛은 오히려 이쪽을 자극하며 심장을 펄떡이게 했다. 온몸을 오그라들게 하는 전율이다.

진석은 입을 꽉 물고 그녀의 옷가슴을 헤쳤다. 심장에 설치한 시험용 감성 모듈인, 하트를 끄집어내려는 것이다.

아아악! 주욱-

커서를 움직여 하트에 고압을 흘리자 그녀는 날카로운 비명을 내며 휘청거렸다. 그리고 모니터 전체가 흔들거린 듯한 진동이 전해졌다. 진석은 눈을 질금 감았다.

12

한통속

어쩌면 이곳에서 처음이자 마지막으로 형을 보게 될지 모른다는 불길한 예감으로 영석은 자리를 털고 일어났다. 형이 먼저 자신을 보자고 한데 거부감도 일었다. 이제 그의 어떤 노력도 무참한 패배로 끝날 게 뻔했다. 그에 대한 동정보다 분노가 치밀었다. 형은 진작에 회장이라든가 그의 꼭두각시인 황태자와 단판을 짓고 뒤집어엎었어야 했다. 그들이 만들어온 거짓과 위선이며 무자비한 경영논리를 깨부수고 자신을 드러내야 하지 않았나. 심지어 그의 일족인 미라마저도 폭탄을 던지듯 매일 그들을 향해 적의에 가득 찬 공을 쳐대지 않는가. 콘크리트 벽도 금기야 무너질 듯 쇳소리는 더욱 크게 울리고 있다. 형은 그렇지 않았기 때문에 거꾸로 악어 같은 입에 삼켜질 신세다. 아주 교활하고 끈질긴 적의 노림수에 넘어간 것이다. 놈이 그들 형제의 뒷조사를 해 왔듯이 영석도 놈이 무슨 일을 벌이고 있는지 충분히 짐작하고 있었다. 짐작이 아니라 확증이다. 황태자는 형이 제안하고 여태 개발해온 소프트웨어를 훔쳐 어디론가 빼돌리고 빈 껍데기가 된 형을 내쫓으려 하고 있는 것이다.

영석이 적들의 심상찮은 움직임을 눈치 챈 것은 지난가을이었다. 그때 영석은 늦게까지 현장의 인부들과 어울리다가 자정 무렵 크레인에 올랐었다. 카운터 지브 쪽에 깔려 있는 나무판자를 침대 삼아, 그리고 쏟아지는 별 무더기를 이불 삼아 잘 양이면 천당이 따로 없었다. 급할 때는 그곳에서 배설물을 흩뿌리며 기묘한 쾌감과 상상에 젖기도 했다. 때로는 원치 않게 미라의 환영이 찾아올 때도 있었다. 그날 밤은 달랐다. 실제 미라는 술에 잔뜩 취해 말했다.

"나는 이 사회의 편견과 위선에 도전할 거야. 아니, 이명이란 거대한 공룡과 맞서서 싸울 거지. 영석 씨! 도와줄 수 없어?"

영석은 고개를 내저었다. 어떻게든 그녀를 부축해 그녀가 혼자 지낸다는 오피스텔로 조용히 데려다주어야겠다는 일념뿐이었다.

"난, 아무런 능력도 자격도 없어. 그냥 신례 오빠로 만족할 뿐이야."

"흥! 그 잘난 신례 오빠, 좋아하네. 그래서 어린 내게 그토록 절망을 안겨줬을까?"

중학교 때 편지 건을 들먹거리는 것이다. 그 일은 그 오빠의 훼방 때문이었다는 사실을 그녀도 알고 있었다. 그러나 바로 그런 암울한 절연감이 도무지 그녀의 구애를 받아들일 수 없도록 작용하지 않는가. 자기는 땅굴 속에서 두더지처럼 살던 광부의 아들이다.

"영석 씨! 우리 한번 바위 같은 세상의 껍질을 깨고 나가봐, 응?"

그녀는 자기가 한갓 장 회장의 첩의 자식이라는 사실로 영석과 하나로 묶으려 했다. 그러나 광산촌에서 그런 신분은 아무 것도 아니었다. 숱한 사생아의 자식이 있었고 부정의 자식이 있었고 어미 아비를 다 모르는 업둥이 자식도 있었다. 입때껏 영석은 형을 형 아닌 다른 사람으로 만들고 싶지 않았다. 저 사람들이 나와 다르다니. 그리고 우리는 같은 족속이라니! 말은 맞는 말이었다. 그러나 그렇게 싸우고 싶지 않았던 것이다. 오히려 그렇기 때문에 한 덩어리로 날고 싶었던 것이다. 내가 왼쪽 날개면 형은 오른쪽 날개. 형이 오른쪽 날개면 나는 왼쪽 날개. 그러나 형은 그 어떤 과거도 잊어버리려고만 하지 않았던가. 그에 반해 미라는 너무 집요하게 과거를 끌어들이려 하는 게 아닐지. 영석은 그녀의 무모한 감정이 무서웠다. 술이 깨면 그만일 취중의 장난이라고, 그렇게 믿어버렸다.

나는 아무 것도 원치 않는다. 연애며 결혼이라니! 그런 시위가 아니라도 얼마든 세상의 껍질을 깨고 소리칠 수 있다. 얼마든 위대한 인간으로 세상을 호령할 수 있다. 자신의 오줌이며 정액이 철철 넘쳐 홍수가 난 도시. 그렇게 새로운 땅과 생명의 창조자가 되는 것이다. 그는 하늘의 집에서 어깻죽지가 저릿저릿한 충동을 체험했고 잃어버린 그 세계에 대한 동경에 사로잡히곤 했다.

그런데 그 시간 마치 환영하듯 어두컴컴한 동관의 한쪽 모서리에서 불이 들어왔다. 형의 연구실 쪽이었다. 불현듯 치밀어 오르는 혈육의 그리움으로 그는 핸드폰을 잡았다. 그러나 발신음만 보내고 이내 기기를 내려놓아야 했다. 불빛에 환하게 드러나는 실내에 낯선 그림자들이 잡혔다. 일방투과 유리는 환한 쪽으로만 가시권이 확보되기 때문에 밤에는 실내가 수족관처럼 보이는 법이다. 땅딸한 체구의 황태자와 미끈한 외양이 그대로 드러난 여자였다. 그들은 그야말로 수족관의 고기처럼 네모 반듯한 동선으로 움직였다. 영석은 그들의 유희를 별스럽지 않게 넘겼던 바다. 몇 차례 그런 일을 목격했지만 기껏해야 저들만의 특별한 회합을 하는 것으로 여겼을 뿐이다. 나중에 눈치를 보니 형은 알고도 모른 척하는 듯했다. 어쩌면 그 이상 구속돼 있는 건 아닐까. 한 달 전 함바에서 일어난 소동 때만 하더라도 형과 전무는 한통속으로 보였었다. 살기 위해 매달린 약자와 실권자의 담합. 오히려 전무의 비위 상하는 모습에 같이 나서진 못할 망정, 전무를 감싸고 자신을 뺨을 후려친 형이란 이제 더 이상 상종할 필요가 없는 남으로 비춰졌던 것이다. 살아남기 위해서? 아니, 그건 열패감이 부른 폭력이 아니었던가. 만약 그러고도 아무런 사과나 변명을 안 했다면, 그것으로 형과 자신의 관계는 끝났으리라. 영석은 틀림없이 그랬어야 한다고 되돌아보았다. 하긴 어쩌면 그 편이 나았을지도 모른다. 술에 취해 크레인에 올라 용가리 같은 팔을 마구 휘저을 때, 형은 뒤늦게 자신의 좌절과 고민을 털어놓고 구걸하지 않았던가.

"제발 아무 사고 치지 말고 조용히 나가 줘. 내 작품을 끝낼 때까지만……."

"그거야 끝났다고 하질 않았어?"

"끝났지. 완전한 실패로. …… 그렇지만 아직도 추스르고 확인해야 할 일이 한두 가지가 아냐. 마지막으로 전무와 담판을 짓고. 그리고 넌 단지 내가 여기 빌붙어 있다고 생각했겠지만…… 그것만이 전부는 아니었어. 아버지나 네가 이루지 못한 꿈을……."

"듣기 싫어! 그 말 같지 않은 헛소리! 형은 지독한 에고이스트였을 뿐이야, 씨발, 처음부터 그랬던 거야. 우린, 갈 길이 달랐다고. "

마지막이라며 그가 뭐라고 했던가. 정히 그러면 네 운명에 사정해서라도…… 조용히 있다가 떠나라고. 영석은 주먹질을 해 산산조각 난 캐빈의 유리창 파편이 이제 자신에게 날아와, 희미한 의식을 난도질하고 있음을 느꼈다.

누군가 목덜미를 잡아끌었다. 너무나 또렷한 어머니의 환영이었다.

'너는 아직도 아버지의 거짓된 망령에 씌어 있어.'

그러자 아버지도 나서서 거들었다.

'저들은 한패거리들이야. 어차피 싸우게 내버려 둬야할!'

영석은 아직도 자신의 내부에서 으르렁거리는 부모의 모습으로 진저리

쳤다.

형은 어쨌거나 이곳에 남아 있어야 했다. 그에게 더 깊은 얘기를 할 수는 없는 노릇이었다. 그가 어떻게 변신하고 운신하든 사실 영석에게 중요한 일이 아니었다. 이제 떠나야 할 때가 됐다. 아주 영영. 그렇지 않다면, 또 어떤 지옥의 악마가 자신의 머리며 손을 빌어 사고를 칠지 모른다. 두려웠다. 어떤 구실로 그와 부딪칠지 모른다. 벌써 몇 차례, 의심과 증오로 말미암아 크레인을 막대기처럼 흔들어대질 않았던가. 그가 이날 이때까지 한 번도 자신을 자유롭게 하지 않았지만, 이제 남아 있는 단 한 사람의 혈육이었다. 형은 어쨌거나 무너져 내리는 현실과 싸우고 있질 않은가. 거기다 정체를 알 길 없는 사이버 도깨비들을 끌어안고…….

같이 날 수 없는 날개

"나는 솔직히 내가 어디서 왔는지 아직 몰라. 이제야 고백한다만…… 알고 싶지 않았다는 편이 맞겠지."

진석은 사려 물었던 입술을 뗐다.

"네가 그렇게 나를 벼랑으로 몰아붙였던 문제란 그거 아냐?"

술잔을 기울이던 영석은 흠칫 놀라며 금세 방어적인 태세를 취했다. 뜻밖에 형은 무언가 벼르고 나온 게 아닌가. 어쩌면 자신에게 들이밀고 싶은 비수를 품고 있는지 모른다. 창백하게 긴장된 표정이며 퀭한 눈이 호전적으로까지 비쳤다.

"여태까지 아무도 내게 먼 과거에 대한 자세한 얘기를 한 사람이 없었지. 단지 본능적인 느낌이라든가 어머니가 돌아가신 후에 흘려진 흔적으로 눈치 챈 게 있지만…… 아직도 수수께끼는 풀리지 않았어. 그렇다고 내가 먼저 그를 끌어낼 이유도 힘도 없고, 더 중요한 사실은…… 우리는 그들을 이미 저 세상으로 보냈고 서로 살아남아야 한다는 거지."

"놀랍군. 오로지 살아남기 위해……."

"과거를 돌아보고 싶지 않다는 거야. 아주 단순하게!"

"그렇다면 결국 그 잘난 사이버의 세계란 도피처에 불과한 거야."

"그렇게 생각할 수도 있겠지. 하지만 나는 다시 태어나고 싶고, 그곳에서 새로운 현실을 만들어 갈 수 있다고 믿어왔어. 단순히 호구지책만은 아냐. 전혀 새로운 세상의 인간. 차원이 다른 생각과 미래의 눈을 가진 호모 사이브러스, 사이버 세계의 신인류를 그렇게 부르지. 난 그 인류의 창조자이고 싶었던 거고 그들과 함께 새로운 세기의 문을 열고 싶었어. 도피란 현실을 떠나는 것이지만, 이것은 이때까지의 현실을 깨고 새로운 현실로 나가는 거야. 그걸 위해 나는 어떤 위선이며 고난도 참아야 했어. 현실적으로도 잠깐 기댈 곳이 필요했고……."

"흥, 과거가 아가리를 벌리고 쫓아오고 있는데도 뭐, 사이브러스? 그게 헛된 망상이 아니고 뭐야!"

"이제 원시 종족은 파멸할 것이야. 그들 열성 유전자를 받은 자식들이 만든 세상은 온통 탐욕과 더러움으로 얼룩져 있거든. 이제 더 내딛을 곳조차 없어. 나는 네가 세상에 대해 보복하는 방식이 아닌, 깡그리 잊어버리는 쪽으로……."

"형, 지금 제정신이야?"

영석은 마치 환상 속으로 빠지며 웅얼거리는 그를 냉소적으로 흘겨보았다. 지금도 컴퓨터 앞에 있는 듯, 꿈꾸는 듯 눈언저리를 떠도는 초점이 불안스럽기만 해 보이는 것이다.

“그럼! 너는 걸핏하면 너를 과거로 끌고 가려고 하잖아. 네가 꿈꾸는 아버지란 그것 아니었냐? 타워크레인 같은…… 공룡 같은 원시적인 사고…… 네 감정이란 어렸을 적 그 반항적인 자아에서 조금도 더 나아가지 않고 있어. 난 네 안에 또 어떤 용암이 들끓고 있는지 두렵거든.”

아니었다. 형은 입안에 연거푸 술잔을 털어 넣고 환상을 좇는 듯, 또한 취한 척 자신을 꿰뚫어 보고 있질 않는가.

“형 말대로 나는 아버지의 그림자를 닮았는지 몰라. 그렇지만 타워크레인에 오르면서 나는 그 그림자를 날려버리려고 애썼어.”

“너 역시, 그 공룡에 얹혀 네 방식대로 이 세상에서 도망가려 하고 있는 거 아니냔 말야. 사이버 세상에 미친 나를 네가 그렇게 보는 식으로.”

“도망? 저건 결국 내 스스로 발목을 묶은 지구의 말뚝이 돼버린 거야. 흐흐흐. 그러니까 난, 저 족속을 용서 할 수 없어. 우연인 줄 알았던 그 일들이…….”

“그렇지! 운명이란 거. 넌 끝까지 세상을 거부하고 그의 도구가 돼 버린 거야.”

영석은 순간 수치스런 감정에 휩싸여 고개를 흔들었다. 형은 이제야 그의 실체를 정죄하는 것이 아닌가. 죽음을 불러들여, 그 속에서 또 다른 죽음의 씨앗을 만드는 악령. 그러나 돌아보면 정말 아무런 대책 없는 형과 아우가 아니었을까. 형이나 자신에게 부모란, 존재의 근원이 아니라 애초 혼돈이었고 의문이며 아직도 정처 없는 방황의 동인이다. 어디서부터 어떤 길로 왔는지 모르지만 만났고, 또한 어디로 뻗어나가는지 모르는 또 다른 갈림길 위에 서 있으나 서로가 해줄 말이 없다. 아주 다른 듯하면서도 같고, 같은 듯하면서도 아주 다른 비상을 꿈꾸는 것이다. 존재의 심연에 아주 다른 아버지를 두고 괴로워하면서 또한 아주 똑같은 아버지를 그리는, 그것은 이곳을 훌쩍 뛰어넘는 비상이다. 자신만의 날개로 날고 싶은.

13

세상에 떨어지는 중량

영석은 가교에 어른거리는 그림자를 보며 잠시 작업 레버에서 손을 뗐다. 얼마 전 가빠에 쌓여 저승 일보 직전까지 갔다가 가까스로 고깃덩어리 신세를 면한 인간, 장일환 전무였다. 아무리 보아도 건들거리는 행동과 눈빛이 원상태로 그대로 돌아와 있었다. 똥누러 갈 때와 똥 놓고 나올 때 마음이 다르다는 게 이런 경우일까. 장 전무는 그때 줄줄이 모여 도모한 이 명탄광 사고와 진폐증 피해자 사후 보상대책 위원회 대표들과 긴박한 대화를 통해 일련의 보상책에 대한 합의를 보았었다. 그러나 풀려나자마자 무효를 선언하고 말았다. 물리적인 공갈에 의한 원인무효라는 것이었고, 사실 오합지졸의 대책위로서는 마땅히 응징할 방법도 없었다. 이런 허무맹랑한 게임이 있던가.

워낙 오래 전의 일이고 그 어떤 증거도 있을 수 없다. 태백에서 숨어든 인부들 중 더러는 보이지 않는 보복이 두려워 줄행랑을 놓거나 사측의 교묘한 회유책으로 사라져 현장은 더없이 뒤숭숭했다. 언제 경찰이 들이닥칠지 모른다는 소문도 나돌았다.

사지에서 돌아온 승리자는 가교 위에서 고함을 치며 작업을 독려하다 위를 힐끔 올려보았다. 가교는 동관과 서관을 연결하는 본격적인 브리지

시공에 앞서 가설해놓은 임시 철골 구조였다. 결국 피할 수 없는 일일까. 어느새 이마에서 진땀이 흐르고 있었다. 그토록 경계했건만 그는 의도적으로 이쪽을 노려보는 것이 아닐까. 영석은 자신의 전 존재가 크레인 위에 얹혀져 있음을 절감했다. 만약 그가 프론트 지브 쪽에 있다면 자신은 무게의 균형을 잡는 발라스트 블록 쪽에 있다. 그는 숨을 가쁘게 몰아 쉬었다. 그러나 어디까지나 이 캐빈에 앉아 그 자신이 지구의 극점이 돼 중심을 잡고 싶었다. 걷힌 듯 했던 모래바람이 다시 뿌옇게 시계를 가렸다.

"어이, 곽 기사 감 잡아요. 감 잡아요. 뭐하세요?"

다시 워키토키가 울어대기 시작했다.

"여기 송신탑이 왔습니다. 마지막 한 번 힘 좀 씁시다."

며칠 더 걸린다던 송신탑이 벌써 온 모양이었다. 아, 이 일까지 내가 마무리하게 되는구나. 영석은 내심 감탄했다. 전무는 지난번 야간에 있었던 일을 보고 받고 마지막 일은 크레인 용역 회사에 맡기라고 길길이 날 뛰었었다. 어떻게 저런 미친놈에게 우리 이명그룹의 골조를 맡겼느냐. 그리고 마지막 냉각탑이며 송신탑까지 남았다고? 당장 사람을 바꾸라고. 어떻게든 골칫덩어리 저 친구를 교체하고 마무리는 깨끗이 하라고, 적어도 그가 현장 소장에게 전해들은 얘기는 그러했다. 그런데 크레인을 해체할 우인찌가 들어올려졌고, 이젠 마지막이다 싶은 물건이다. 도시의 섬과 섬을 연결시켜줄 신경줄. 그것으로 크레인 작업은 마침표를 찍는 것과 다름없다. 중량은 8톤으로 가늠됐다.

영석은 엘마를 3상태로 놓고 트롤리를 35미터 지점까지 밀었다. 그 정도면 충분히 들어올릴 만한 위치였다.

"마게 천천히 마게 3미터 마게……."

영석은 서서히 줄을 감아올리기 시작했다. 힘을 받은 프론트 지브가 휘잉 앞으로 쏠리며 휘는 느낌이 들어왔다. 과부하가 걸린 듯 싶었다. 그는 엘마를 2로 바꾸었다. 속도가 떨어지며 무게가 제대로 걸렸다. 자 이제 저 족벌의 황태자 앞에서 버젓이 송신탑을 들어올린다. 영석은 자못 비장한 기분으로 동관 연결 교각에 있는 그를 내려보았다. 앞에서 누군가의 수행을 받으며 이쪽을 쳐다보던 전무가 갑자기 안전모를 벗었다 썼다 했다. 그리고 발을 구르는 듯했다.

"아, 곽 기사, 곽 기사, 감 잡아요. 여기 전무님 부릅니다."

어? 영석은 현장소장이 부르는 소리에 깜짝 놀라 무전기를 들었다. 전무를 수행한 현장소장이 무전기를 넘겨준 모양이다.

"야이 새꺄! 당장 내려놓지 못해!"

대뜸 욕부터 쏟아졌다. 격노한 전무의 소리였다. 영석은 순간적으로 호이스트 기어를 중립 위치로 놓았다. 갑자기 선 육중한 물건의 반동으로 말미암아 지브가 다시 휘청하며 캐빈이 들리는 듯했다. 영석은 띵- 망치로 얻어맞은 아찔함으로 가교를 내려보았다. 전무가 한쪽에 무전기를 쥐고 다른 팔을 휘젓는 게 아닌가.

"너, 그만두라고 했는데 아직 왜 거기 있어?"

"으읍- "

영석은 숨이 막혔다. 며칠 동안 들이킨 누런 모래가루가 일시에 폐부에서 끓어오르며 기도를 콱 막는 듯했다.

"너, 그 송신탑이 어떤 건 줄 알아? 앞으로 세상을 향해 전파를 쏴 올릴 우리 이명그룹의 신경 줄이야. 그걸, 네가 올려! 재수 없게!"

전무는 게거품을 뿜으며 삿대질을 해댔다. 참고 참았을 광적인 절정 상태가 아닌가. 영석은 눈을 질끈 감았다. 온몸이 송신탑의 중량으로 쏠리고, 타워 구조물의 허리가 끊어질 듯한 느낌이다. 자신의 뼈대로 타워 섹

션이며 캐빈의 이음매를 끼워넣고 지지하는 통증. 그는 밭은 숨을 토하며 브레이크 버튼을 풀고 호이스트 기어를 잡아당겼다. 송신탑은 다시 서서히 올라오기 시작했다. 그것은 마치 불독 앞에 흔들리는 고깃덩어리 같을까. 무전기에서 찍찍거리는 소리며 다시 험한 욕설이 튀어나왔다. 그는 계속 와이어를 위로 감아 올렸다. 영석은 이미 자신의 세계 속으로 지상의 물건을 앗아오고 있다. 언제나 그의 의식은 그렇게 들어올리는 후크에 대롱대롱 매달려 있곤 했다. 여태 얼마나 많은 지상의 물건을 잡아 올렸던가. 천상의 발판을 마련하기 위해! 더 높은 곳으로 날기 위해! 그의 꿈은 천상의 도약대를 만드는 일이었다.

"우 스윙, 우 스윙-"

옥상에서 크레인 위치를 신호하는 작업반장이 헬리포트 우측으로 작업물 이동을 지시했다.

그러나 영석의 팔은 좌측으로 펼쳐지고 있었다. 거대한 날갯짓처럼 휘익 돌아가며, 트롤리가 쭉 밀렸다.

38M

45M

53M

60M

트롤리가 지브의 끝에 털썩 붙으며 부저의 경보 소리가 났다. 윙윙-

아아, 이제 날개를 펼치면 된다. 그는 재빨리 지브를 가교 쪽으로 이동시키며 호이스트 기어를 밀었다. 단번에 와이어가 주르르 풀렸고 송신탑은 가교를 내리쳤다.

와르르르- 쾅 !

아아아 악!

영석은 한참 눈을 감고 사지가 갈라지는 고통으로 부르르 떨었다. 이것은 우연이 아닌, 의지며 운명이다. 올려놓을 수 있는 자신의 모든 중량을 실은 운명의 무게며, 그 어두운 지옥을 날아오르는 날갯짓 같은.

천장에 닿은 새

장일환 전무와 현장소장이 추락사 한 이후, 사건은 마치 각본에 따른 당연한 절차를 밟는 것처럼 수습되기 시작됐다. 영석의 혐의는 과실치사가 아니라 살인이었다. 그것도 오랫동안 음모하고 결행한 계획적인 범죄로 의심 받았다. 당연히 이전에 있었던 장 전무에 대한 포획, 협박에 관한 일련의 사건도 포함됐다.

진석은 어떻게든 사고를 단순한 동생의 실수, 적어도 우발적인 사고로 인정받기 위해 백방으로 애썼다. 진석은 동생에게 붙어 다니던 어두운 지옥의 그림자를 알고 있었다. 불행히 이번에도 그 악귀의 장난임을 믿었다. 그러나 그의 주장은 거의 묵살되다시피 했다. 무엇보다 현장 인부들의 증언은 공중 곡예를 보고 있던 사람들의 목격담처럼 분명했다. 후크에 걸려 올라가던 송신탑이 한 순간 공중에 매달려 있었고, 헬리포트 우측으로 돌아야 할 지브가 갑자기 좌측 가교 쪽으로 돌았으며, 물건이 수직 낙하하지 않고 가교 옆을 후려쳤다는…… 정황대로라면 충분한 살해 의도로 증거될 일이다.

변호사는 조목조목 검찰 측의 논리를 반박했다. 크레인의 이상이라든가 낙하 위치를 조정하기 위해 물건을 일시 공중에 달아놓는 수가 있으며, 헬리포트를 자칫 착각했을 가능성이며, 어쨌든 실수로 작업물을 가교 쪽에 부딪쳤다는…… 결국, 전무의 어떤 요구로 우발적인 일이 벌어졌다는 쪽으로까지 방어했다. 어차피 벌을 피하긴 어려운 일이다. 다만 살인이 아니라는…… 그래서는 안 된다는 저항이다. 검찰의 추궁은 그 이상 집요했다. 피고는 매우 부주의하고 포악한 성격의 소유자로 어린 시절 여동생을 죽음에 몰아넣은 피해망상에 사로잡혀…… 군 시절 사고로 상급자를 사망케 한 전력이 있는…… 방청석에 있던 진석은 가당치 않은 과거를 불러들이는 검찰의 횡포에 진저리를 치며 귀를 틀어막았다.

그러나 영석은 끝까지 입을 다물었다. 경찰과 검찰의 조사 과정 내내, 그리고 변호사의 끈질긴 설득에도, 법정에서까지…… 아니, 입을 다문 것이 아니라 세상을 등진 꼴이다. 진석은 면회를 가서 가까스로 그가 보인 암울한 침묵의 의미를 알 수 있었다.

"씨발, 난 몰라. 누가 무슨 짓을 한 건지. 난…… 크레인을 따라 움직였을 뿐이니까."

그의 몸 전체가 타워크레인과 하나였다는 사실. 진석은 자꾸 고개를 돌리는 그의 모습을 바로 잡아 당기려 애썼다. 아무리 땅 위에 두 발을 딛고 굳세게 서 있고자 해도 보이지 않는 누군가에 의해 희롱 당하던. 그에게 누가 있었던가. 음습했던 지하에 어른거리던 아버지였을 뿐이다. 거기에, 오토바이를 태워줬던 들꽃 같은 소녀가 있었고…… 그리고 모두가 사라진 벌판에서 형 같지 않은 형을 좇았을 것이다. 진석은 그에게 와락 연민의 정을 느꼈다. 어떻게 하든 그를 어두운 기억으로부터 끄집어내고 싶다. 그, 가물가물한 기억 속에 파닥이던.

"너, 그 하늘에서 떨어진 까만 새 기억나니?"

"……."

"사이나를 먹고 나뒹굴던 새였던가. 그런데 네가 뭐라 그랬어? 너무 높이, 높이 날아서…… 뜨거운 천장에 닿아서 타버린 거라고. 기억나지? 하늘에 천장이 있다는 걸, 난 그때 처음 알았거든. 아버지는 왜, 너한테만 그걸 가르쳐 주셨을까 모르지만."

"……."

"난 서울아이와 친구들 때문에 네 얘길 무시했고 같이 조롱했을 거야. 그런데, 사실은…… 나도 너처럼 그 천장에 가 보고 싶었어. 꼭 있을 것 같았지. 푸르스름하게 빛나는. 내 얘기 듣고 있어? 그런데 넌, 지금 그곳에 닿은 거야. 이 바보야. 내 말 잘 들어 봐. 넌, 까맣게 탄 채 버둥거리고 있는 거라고. 알아! 아냐고!"

"흥, 별 걸 다 기억하고 있군. 난 형이 뭐라 해도……."

"아냐, 날 똑바로 봐. 우린 세상에 마지막 남은 형제야. 응? 정신 바짝 차리고 말해 봐. 왜? 왜, 그랬어? 그냥, 실수였지? 그랬다고 말해 봐."

"씨발, 그렇게 알고 싶어? 누군가 날 밀어뜨리려고 했어. 그것뿐이야. 늘, 내 뒤에 서서 그런…… 흐흐흐흐."

그때 진석은 갑자기 치켜 뜬 그의 상처 난 눈을 보았고 움찔했다. 깊은 침묵에 할퀸 자국이 선연했다. 혐의를 받아야 할 사람은 누구인가. 언제나 방관자, 아니 방조자였던 자신이 아니었던가. 진석은 고개를 땅에 처박고 구치소를 빠져 나왔다.

몇 걸음 못 가 진석은 스스로의 죗값을 확인하고 싶은 충동에 사로잡혔다. 마치 사건 현장에 다시 가보고 싶어하는 범인의 심사처럼, 그는 경찰서에 들렀다. 그리고 느닷없이 목덜미가 잡혀 패대기쳐진 꼴이 그럴까. 그는 애당초 영석을 변호할 자격이 없었을 뿐 아니라, 놀랍게도 한동안 그와 공범으로 혐의를 받았던 것이었다. 경찰의 담당 수사관은 굳게 다물었던 입을 열었다.

"당신, 운 좋은 줄 알라고. 우린 당신 형제들 뒷조사를 다 했고…… 심증을 잡았지만, 결국 증인을 찾을 수 없어서 당신을 무혐의 처리한 거니까."

"무슨 얘긴지……"

"당신 형제는 옛날 광산촌에서 일어난 사고 때 아버지가 죽은 이유를 그룹 회장에게 두고 있었고, 이에 대한 보상을 받으려든가 보복을 하려든가 같이 공모를 했단 말이지. 아니라면 당신이 동생이나 그곳 무식쟁이들을 사주했다든가. 그 무식쟁이들이 뭘 알아서 진폐증이니 증거도 없는 사고의 사후 보상을 받겠다고 몰려들었겠나. 아아 물론, 전무란 사람이 그렇게 썩 좋은 성질이 아니라 당신들을 충분히 자극했을 테고…… 당신이 그동안 벌여온 일이라든가 뭐, 주변 사람들 얘기를 들어보자면 억측일 수 있지만…… 다행히 동생이 입을 다물고 버티는 바람에……."

진석은 쏟아져 내리는 가슴을 움켜쥐고 부르르 떨었다.

"그렇다면 구속시켜 끝까지 캐보시지 않고요?"

"우리도 생사람 잡긴 싫지만 회장의 특별한 탄원이 있었어. 회사로서도 굳이 그가 타살 당했다고 광고할 필요가 없었을 테고 사람마다 팔자란 게 워낙 타고나는 거니까. 언제 일이 잠잠해지면, 회장이 부를지 모르겠어. 으흠."

아아, 그것이었다. 그의 눈과 귀를 막게 하고 벌였던 음험한 숨바꼭질이란. 그는 그들로부터 철저히 감춰지고 외면된 존재였을 뿐임을 깨달았다. 모두가 그로부터 떨어지기를 바랐던 것이다. 진석은 그 위선과 표독한 복수심으로 가득 찼던 어머니의 일기를 기억했다. 불행한 사랑과 원죄를 갖고 또 다른 남자와 항해를 떠나야 했던…… 그리고 그 모든 비밀을 혼자만의 것으로 삭이고자 했지만…… 갑작스런 죽음으로 드러낸 비밀의 자락.

형제, 그 둘 만의 세상을 만들어가기를 간절히 바랐던 소망,

침묵으로 그들을 하나로 묶고자 했던…… 그 바람은,

한갓 어머니의 또 다른 허영이었던 것이다.

진석은 천장에 닿아 타버린 까만 새가 아직 눈을 끔벅이고 자신을 할퀴고 있음을 느꼈다.

운명의 구경꾼

하늘을 떠받들 듯한 쌍둥이 빌딩의 상층부에 어느새 감쪽같이 다시 가교가 들어서 있었다. 가교는 동관과 서관을 잇는 다리라기보다 마치 벨트처럼 보였다. 어제 무슨 일이 있었든 오늘은 오늘이라는 듯한 도시의 저력을, 또 한편 이명그룹의 위력을 그대로 웅변하는 모습이다. 빌딩의 뒤편 거대한 스테인리스 외벽으로 늦저녁 노을의 붉은 빛이 한껏 물들어 있었다. 송곳으로 찌르면 선혈을 터뜨릴 듯 마치 완성과 미완성이, 과거와 미래가, 투명과 불투명이, 삶과 죽음의 의지가 겨루고 있는 듯한 풍경. 빌딩 내에서는 전혀 상상할 수 없었던 한 폭 그림이 이제 그곳을 떠나는 이에 대한 송별 선물처럼 전해지는 것이다.

저 액자 뒤에 또 얼마나 기괴한 일들이 꾸며지고 있을까. 진석은 실로 오랜만에 담배를 빼어 물었다. 아직도 이해할 수 없고, 인정할 수 없는 그들의 음습한 그림자가 떠올랐다. 신문에 난 대로라면 사이소프트는 온갖

불법을 저지른 벤처기업의 패륜아였던 셈이다. 당초 사이소프트가 BW를 천 오백 원의 초저가로 발행해 그것을 최대 주주인 장 전무에게 넘긴 증여세 포탈의 의혹은 물론 회사의 실적을 뻥튀기며 관련 공무원을 매수해 코스닥 진입을 시도하려 한 따위가 한창 세간의 도마에 오른 벤처기업의 불법, 탈법의 대표적인 사례로 적나라하게 밝혀졌다. 아무렇지 않게 넘어갈 수도 있던 일이 그렇게 드러난 것은 미국으로 유학을 갔다는 최 연구원의 폭로 때문이었다. 그는 사이소프트가 BW를 발행할 당시의 주식이 장외에서 3만 원에 거래된 사실을 입증하는 주식거래사이트의 일일가격표와 류희의 과장된 기술력을 무기로 회사측에 협박을 하고 검은 거래를 한 뒤 미국으로 튄 것이었다. 그리고도 추가로 돈을 더 뜯어내려는 과정에서 감정 싸움이 일자 제3자를 통해 회사의 불법 사실을 고발한 게 아닌가. 그런 막판에 장 전무가 사이소프트를 진석에게 통째로 넘기려 했던 일이 기억됐다. 돌아보니 복마전도 그런 복마전이 없었다. 빌딩 외벽의 광택 유리는 바로 그런 살벌한 모습을 감추기 위한 장막이리라. 진석은 폐부 깊은 곳에서 하얗게 탈색된 담배 연기를 길게 뿜어냈다. 자신 역시 썩은 감자 속을 헤집고 다니던 벌레가 아니었던가, 하는 자괴감이 바로 그 벌레의 몸뚱이처럼 빨려나오는 듯했다.

그러나 이젠 그 모든 악다구니 전쟁도 끝난 정적의 상태다.

패퇴하는 적이 감춰뒀다는 보물은 찾을 길 없었다. 그 기적을 찾아 나섰던 주인공도 사라졌다. 그를 뒤따르던 무리들도 사방으로 흩어졌다. 한순간 악마의 늪에 발을 잘못 디딘 탓이었다. 애당초 아무 준비 없이 모험을 시작했기 때문인지 모른다. 아니, 그 여정은 오래 전에 예비 돼 있지 않았던가. 결코 새로운 노정이 아닌 것을, 전혀 다른 쪽으로 착각했을 수도 있다. 진석은 비디오 테이프를 리와인드시켜 보듯 스스로를 돌아보았다. 그

뜨거운 열망과 꿈, 그리고 유혹. 단지 붙들려 있던 상태가 아니었던가. 자꾸 안으로만 쏠리는 구심력에 의해서. 밖으로 뛰쳐나가 날고자 하는 운동이 아니라 스스로 오롯이 서 있고자 한 안간힘. 너무 오랫동안 눈감고 있었던 것이다. 잊어버리고 싶은 과거며 존재의 근원에 대해서 철두철미하게. 그러니 이제 와서 누구를 탓할까. 애초에 잘못은 이곳에 기어 들어온 자신에게 있었다. 아버지를 잡아먹은 악마의 소굴인 줄 모르고, 아니 알려고 하지 않고, 가당찮은 도박을 벌인 것이다. 타워크레인에 재물을 올려놓고! 그 발버둥치는 운명을 바라보며…….

콧잔등이 시큰해왔다. 반쯤 해체된 상태의 몽땅한 크레인이 부러진 날개처럼 보였다. 제 분수를 모르고 하늘 끝까지 날아보려 했던 영혼. 그 벼랑 끝 빈자리에 천장까지 닿아보겠다고, 천장까지 닿아보겠다고 발돋움을 하고 기를 쓰던 아이의 까무스름한 얼굴이 부스스 떠올랐다. 그리고 아이의 주변으로 또 다른 악귀들의 얼굴이 어른거렸다.

'와- 하하하, 바보! 바보! 하늘에는 천장이 없어. 봐! 얏! 야잇!' 우두둑- 우두둑- 아이들의 함성과 함께 돌들이 하늘 높이 솟구쳤다가 떨어지며 굴참나무 머리를 두드린다. 놀란 하늘 저편에서 까마귀 울음소리가 들린다. '까악 - ' '아아앙 - ' 갓난아이의 비명 소리가 뒤섞여 들린다. '와아아 - ' '와아아 - ' 아이들의 발구름에 하늘이 기우뚱하며 까마귀 떼들이 이쪽으로 들이닥친다. 기분 나쁜 죽음의 냄새가 훅 풍겼다.

진석은 허위거리다가 눈을 떴다. 여자는 이쪽으로 오다 흠칫했다. 화사한 큰 꽃무늬가 수놓아진 블라우스와 분홍 스커트 정장 차림이다. 진석은 얼른 펼쳐있던 신문을 접어 한쪽으로 치웠다.

"뭘 그렇게 놀라세요?"

기다리던 윤영신이다. 그녀는 코스닥 등록과 관련한 공무원에 대한 뇌물

공여와 특가법상 배임 혐의로 불구속 상태에서 수사를 받는 모양이었다.

"……도대체 믿을 수 없는 일들이라서."

"세상에 믿을 수 있는 일이 뭐 있나요? 어차피 다 그런 건데."

윤영신은 옆의 빈자리에 앉지 않았다. 빨리 용무를 끝내려 하는 기색이 분명했으므로 진석도 얼결에 일어나 담배에 불을 댕겨주었다.

"어쨌든 회장님의 분부니까 전해드리는 거예요."

통장과 도장이었다. 진석은 대번에 모욕감과 수치심이 들어 강하게 뿌리쳤다. 그러나 윤영신은 그럴 줄 예상하고 온 듯 태연하게 덧붙였다.

"그 돈은…… 이명그룹이 주는 게 아니에요."

"그러면? 무슨 까닭으로, 누가?"

진석은 다그쳤다. 아들의 사망과 곤두박질 친 이명그룹의 위신으로 널브러져 있을 회장이 굳이 윤영신에게 이런 역할을 맡긴 의도에 촉각이 곤두섰다.

"정히 그러면…… 회장님 말씀대로 전하겠어요. 회장님과 동향 후배였던 당신의 생부가 남긴 유산이었다더군요. 아주 오래 전 영석이 아버님보다 먼저 세상을 떴다는."

갑자기 탄가루가 얼굴에 들씌워진 듯했다.

"그게 무슨……."

"정말 모르셨던 거예요? 실장님 어머니가 돌아가시기 전 그런 얘기 남기지 않았대요? 회장님도 궁금하게 여겼던 게 바로 그 어머니가 끝까지 함구하려 했던 까닭인데…… 전해지기로는 대학가에서 반정부 활동을 하다 수배돼 막장에 숨어들었다는 거죠. 생부는 그 뒤 그곳을 떠나 어머님을 만나 실장님을 갖게 됐다는군요. 그리고 끝까지 길을 같이 하지 못한 까닭에 대해서는 알 수 없지만. 회장님도 그런저런 사연을 몇 사람을 거쳐 아주 훨씬 뒤에야 알았다고 하더군요.”

“말해봐요! 다, 얼마든 좋으니까!”

진석은 제정신이 아닌 채 다그쳤다. 여자는 모든 비밀을 움켜쥔 양 득의에 차 보였다. 적들은 화평을 구하고자 찾아온 게 아니라 어떻게든 망각의 과녁에 마지막 단검을 꽂으려 하는 게 아닌가. 탐스러운 수국의 정원을 배경으로 말쑥한 양복의 청년에게 기대어 있던 여인. 세월의 이쪽을 보고 웃던 모습이 금방 난 상처의 피처럼 선연하다.

진석은 여자를 쏘아보았다.

“왜 내가 이런 얘기를 전해야 하느냐고요? 생부께서는 그 당시로서는 적지 도피자금을 회장께 맡기셨다가 객지로 나가서 사망하신 모양입니다. 회장님은 그때 일을 깊이 마음에 두고 있었지만 이제 그쪽과 관계를 말끔히 정리하고 싶어하세요. 나도 더 이상 장일환 씨 옛날을 만나고 싶지 않고. 절대! 일환 씨 아이에게도 불행을 물려줄 수는 없으니까.”

여자는 한 손으로 자신의 배를 가볍게 감싸며 말했다. 진석은 불의의 습격을 받은 듯 턱이 덜덜 떨리고 어깨가 욱신거렸다. 그래서 어머니가 그토록 이명그룹을 찾아보라는 암시를 했단 말인가. 언젠가 자신의 근원을 알 수 있도록! 그리하여 이토록 모욕을 받는 것일까. 이제 저들이 요구하는 게 무언지 정확히 짚였다. 일말의 어떤 부채의식도 갖기 싫으며 어두운 굴의 기억에서 벗어나고 싶은 것. 그렇게 잔인하게 불필요한 과거를 상대에게 들씌우면서까지 자유롭고 싶다는 뜻일 게다. 그러나 진석은 그 과거를 돌려받고 싶지 않았다. 생부를 미끼로 한 회장과 어머니의 검은 거래를 이제 와서 인정할 순 없는 노릇이 아닌가. 아니, 생부라니! 도저히 상상할 수 없는 기망이다.

적은 아주 야비하고도 냉정하게 이쪽으로 똑바로 보고 있지 않은가. 진석은 쥐어든 통장을 그대로 좍좍 찢어버렸다. 여자는 그 역시 아무렇지도 않다는 반응으로 발치에 떨어지는 찢어진 빳빳한 종이쪽들을 흘려보았다. 뒤늦게 본론을 꺼낸 여자는 AIR 파일꾸러미가 통째 담긴 가방을 전해줬다. 그간 개발한 류희와 함께 아무 조건 없이 물려주겠다는 제안이라고 했다. 그러나 진석은 한마디로 거절했다. 모든 게 끝난 마당에 그 알량한 자선이라니! 그 역시 구역질 나는 과거에 불과한 것을.

"윤영신 씨!"

진석은 다 타들어간 꽁초를 발로 비벼 끄고 침묵을 깼다.

"미안해요. 이렇게까지 얘기를 전해야 하는……."

여자는 반사적으로 대꾸했다.

"전혀! 다시는 폐광에 갈 일이 없으니까. 하지만 회장님께 말씀 전해 줘."

진석은 마음 속 깊은 곳에 삐죽 솟아 맴돌던 갈고리를 내던지지 않을 수 없었다.

"……폐광은 꼭 메우라고. 하다못해 입구라도 꼭꼭 틀어막고!"

여자는 무슨 뜻이냐고 얼뜬 표정으로 있다가 고개를 돌렸다.

14

환상선

\- 848399 - 838315 - 848309 - 847349 -

흡사 무작위로 표본을 뽑아내도록 늘어놓은 난수표처럼 시멘트 화차의 늘어진 숫자들이 기억하고 싶지 않은 의식 속에 뽑혀 들어왔다. 아니, 그 숫자들은 꼭 기억했어야 할 지난날의 어느 하루라든가, 어느 한때 같이 뇌리에서 꼬물거리며 살아나는 것이다. 지우려 해도 지울 수 없는 내 삶의 흔적이 있다. 아무리 눈을 돌리고 귀를 막아도 가릴 수 없는 역사의 진실이 있다. 나와 내 이웃, 그리고 사회라는 굴레가 엮어낸 시간의 궤적이 있다. 네가 아무리 모른다고 발버둥 쳐도 엄연한 그 궤적이 바로 철길에서 지금 이 시간 재연되고 있질 않는가! 창 밖 어둠 속에 누워있는 검은 산과 납빛 하늘을 배경으로 얼비치던 한 중년의 모습이 을씨년스럽기만 하다. 저 사람이 과연 20여 년 전 청운의 뜻을 품고, 혹은 악몽에 쫓기듯 고향을 떠난 그 소년이었을까.

아니다. 그것은 청운의 뜻도 악몽도 아닌…… 무위의 공간, 진공 속으로 빠져드는 막막함이었다. 왜 여기에 왔다가 이렇게 떠나야하는지 도무지 알 수 없으므로 포기해야 했던 의지, 그뿐이다. 진석은 병에 반쯤 남아있던 소주를 통째 들이키며 자꾸만 달라붙는 환영을 털어내려 애썼다. 그러나 기차는 거꾸로 앉은 좌석 그대로 시간마저 그때로 되돌리려는 양 고역스런 기억과 환영을 강요했다. 결국은 돌아오고 있질 않는가. 객지에 나가 더 많은 짐과 부채를 떠안은 채. 그나마 누가 자신의 정체를 알아볼까 두려워 자꾸 고개를 외로 꼬는 처신이라니.

태백선 기차는 함백, 예미, 자미원으로 해서 이제 막바지 고원을 향해 굽이굽이 오르며 마지막 카운트다운을 하는 듯했다. 아니라면, 낭떠러지에 당신을 부리겠다는 기적 소리일까.

삐익 - 삐익 - 덜커덩덜커덩 덜커덩덜커덩 -

돌아보면 참으로 급작스런 몰락이었고 가슴 아픈 전도였다. 그렇게 시끌벅적하고 활기에 넘치던 곳이 하루아침에 버려질 땅으로 낙인찍힐 수 있다니. 그 직접적인 원인은 정부가 1989년 발표한 석탄산업합리화 정책 때문이었다. 정부 정책이야 산업용 에너지는 물론 민간의 연료 소비형태가 석탄에서 기름으로 대체되면서 일어난 부득이한 조치였겠지만 구조조정 바람으로 졸지에 일자리를 잃고 길바닥에 나앉아야 하는 광부들에게는 청천벽력 같은 일이었다. 1960년대에서, 70년대에 이르기까지 없고 못 배웠지만 어쨌거나 한몫 잡아서 잘 살아보겠다고 광산촌의 신기루를 좇아 전국 방방곡곡에서 몰려든 사람들이 살을 부대끼던 사북, 고한, 황지, 장성. 한편으로는 그토록 저주스런 젊음의 땀과 눈물과 한이 서린 곳이련만 막상 어디 떠날 데도 없는 인종들이다. 탄광은 속속 문을 닫고 읍내 상가는 철시를 하고 그나마 탄광에 기대어 밥벌이를 하던 사람들도 떠나며 이 지역에 또다시 불안한 기운이 감돌기 시작했다. 막장이 닫히면 끝장이라고 하던가. 떠날 사람은 겨우 떠나고 떠나려야 떠날 수 없는 이들만 끝장을 기다리던 1995년. 어떻게든 쓰러져 가는 이곳을 살려보겠다고 '고한사북지역살리기공동추진위원회'가 설립돼 이 지역 폐광에 핵폐기물이라도 유치하자며 절규를 했건만 허공에 띄우는 메아리일 뿐이었다. 급기야 2월 27일 주민들은 걷잡을 수 없는 절박함으로 궐기에 나서 3월 3일까지 관공서를 점거하며 '석탄감산 중단' '무연탄 전량 수매' '탄광지역진흥 특별법 제정' '개발촉진지구지정' 등을 요구하였고 그 해 11월 정부는 '폐광지역개발지원에 관한 특별법'을 제정, 공포하기에 이른다. 여기에 폐광촌에서 가장 열악한 지역 한 곳에 내국인 카지노를 허용한다는 내용이 포함된 것이다. 이 얼마나 급작스런 영락이고 전도된 역사인가. 내 평생 흘린 피와 땀, 노동의 대가를 바로 도박판과 바꿔야 하는. 진석은 그런 상황에 이르기까지도 그곳을 무시해야 했다. 단지 산골짝에 폐가로 방치돼 있는 아버지 명의의 무허가 건물을 철거한다는 시의 통보만 없었다면 그 어수선한 때 내려갈 일도 아니었다.

그리고 또 한번 억지로 고개를 잡혀 돌아본 적이 있다. 온 세상이 새 천년 맞이로 들떠 있던 1999년 말, 텔레비전 화면에는 아주 낯익고도 낯선 풍경이 오버랩 됐다. 태백 주민이 주축이 된 '폐광지역생존권대책 수립 촉구 시민 총궐기 대회'라는 것이었다. 석탄합리화정책이란 걸 내세우고 탄광문을 닫게 한 지 10년이 넘도록 실직자 대책을 외면해온 정부에 대한 항의였다. 집집마다 거리마다 붉은 깃발이 나부끼고 택시와 승용차들이 대낮에 전조등을 켜고 달리며 시위용 연탄이 쌓여있는 모습이 섬뜩함을 자아냈다. '절망의 아픔보다 죽음을 달라'는 플래카드 아래 줄줄이 삭발을 하는 노동자의 비분강개한 표정은 차라리 종교의식처럼 보였다. 많은 시민이며 공무원이, 리포터가 말했다. '이러다가 제2의 사북사태가 일어난다'는 것이었다. 모두가 1980년 사북사태의 악몽을 떠올리는 듯했다. 사북사태! 사북사태가 또 일어날지 모른다는 불안과 또 한편에 일어나길 바라는 분노가 그들의 표정에는 역력했다. 진석은 사북사태가 그들에게 치욕이며 고통으로 자리 잡고 있음을 어렴풋이 느꼈다. 진석은 그때 군부 독재를 연장하는 도구와 다름없던 군대의 세포 조직일 뿐이었다. 유신독재의 말기에서부터 80년대를 건너며 이 나라의 역사가 소용돌이치던 시절. 그로서는 사회학이라는 어두운 지식의 책갈피 속에서 빠져나와 몸서리치던 때이기도 했다. 단지 뉴스가 그들의 얘기를 불러내지 않는다면 그 어수선한 도시를 돌아볼 하등의 이유가 없었다.

그런데 그곳에 다시 돌아오고 있는 것이다. 오로지 자신의 과거를 되묻기 위해. 꼬리를 물고 일어나는 불행의 수수께끼를 풀기 위해. 무엇도 온전할 리 없고 아무도 반길 리 없는 그곳으로 숨어들듯. 어쩌면 그런 귀향이야말로 아주 오래 전에 마련돼 있던 일일지 모른다. 잃고 나서야 찾게 되는 인생유전의 허당처럼. 하여 맨 정신으로는 감당할 수 없는 번쇄함을 어느덧 철길에 내맡기고 저절로 날까지 밝기를 바란 게 아닌가. 밤은 그렇게 철길이라는 빨래판 위에 올려져 있던 빨랫감처럼 서서히 탈색되고 있었다. 잠깐 몽롱한 의식이 바로 그 때문일까. 비벼지고 두드려지고 흘려지는 느낌이 간헐적으로 스쳐갔다. 그리고 구절양장을 돌던 기차가 어느 결엔가 터널을 빠져 나오며 기적을 울리는 순간, 가슴골로 냉기가 쏴아- 흘러내렸다.

바로 그곳, 사북!, 역 앞의 안경다리 위를 건너는 게 틀림없었다. 희부옇게 밝은 하늘 아래 밤이 게워낸 어둠처럼 폐석장이 산등성 등성에 그대로고 연립주택들이며 납작한 슬레이트 지붕의 집들이 흩어져 있는 풍경. 다리랄 것도 없는 그 역사의 지표를 대번에 지나치자 사북역 저쪽 저탄장이며 선탄장이 삐죽한 모습으로 서 있었다.

진석은 새삼 뭉클해진 감정을 가누지 못하고 눈을 돌렸다. 그러자 영석이 이쪽으로 고개를 돌려 쏘아보는 게 아닌가.

'형이나 나나 어쨌든 역사의 부랑아야. 열외자이거나 비겁한 도망자라구!'

영석은 그 모진 시절 주로 날품을 팔며 겨우 입에 풀칠을 하며 연명하고 있었다. 그럼으로써 살 수 있지 않았나. 진석은 오히려 그렇게 그때의 동생 처지를 두둔하던 터였다. 암울한 역사의 소용돌이 속에서 그것은 기껏해야 광부들의 폭동으로 치부된 일이었으니까. 그 훨씬 이전에 돌아가신 아버지와도 상관없는 일이었다. 그 자신도 어디까지나 그렇게 비켜서야 했다. 진석은 차창에 어린 동생의 얼굴을 끝내 밖으로 밀쳤다. 그러나 밀치면 밀칠수록 그의 충혈된 눈빛이 더욱 가슴을 파고들었다.

'그래, 너는 광부의 아들이야. 광부의 아들!'

진석은 그를 쏘아보면서 외쳤다.

'그렇지만 난…… 아니었어. 처음부터!'

그렇지 않냐고 되묻는 사내의 표정이 사뭇 처연해 보였다. 그런 실랑이는 오래지 않았다. 실내를 얼비치던 차창으로 전당포 간판들이 쏟아져 들어왔다.

- 999전당포 - 에이스전당사 - 카지노대출, 카드깡 - 드림보석 전당포 -

고한역의 스몰카지노 언저리를 지나자마자 기차는 굴속으로 빨려들었다. 10리가 넘어 전국에서 가장 길다는 정암터널이다.

- 트다닥 - 트다닥 - 트다닥 - 트다닥 -

지층 깊숙한 곳으로 끝없이 끌려드는 진동과 굉음으로 진석은 밭은 숨을 내뿜었다. 도대체 어디까지 끌어들이려는 것일까. 나를 정말 저주받은 과거에다 내팽개치면 어쩌나. 아니다! 그보다 더 큰 두려움은 거기서 다시 돌아 나오는 일이다. 깜깜한 그곳으로부터…… 진석은 납작하게 오그라든 몸을 힘겹게 가누며 짐을 챙기기 위해 일어섰다. 바로 앞자리에 연인사이로 보이는 남녀가 차창으로 함께 얼굴을 기울였다. 굴이 얼마나 긴지를 가늠하는 듯, 혹은 그곳을 빠져나가며 보게 될 싸리밭골의 새벽을 기대하는 듯 다정하게 포개진 모습이다. 철도역으로서는 국내 최고의, 해발 855미터에 위치한 추전역이다. 9월이면 벌써 오슬오슬 추워 그때부터 이듬해 5월까지 난로를 피워야 하고 어느 곳보다 많은 눈을 이고 사는 겨울의 고장. 한창 때는 몇 십만 톤의 무연탄을 전국 각지로 수송하는 태백의 관문이기도 했던 역이다.

"자기, 환상선 눈꽃열차라고 알아?"

진석은 귓등으로 들리는 여자의 고운 목소리에 움찔했다.

"환상선이라고?"

"응. 청량리역에서 아침 8시쯤 출발해서 여기를 돌아서 밤 9시에 다시 청량리에 떨어지는 여행길이야. 태백산맥 허리를 빙빙 돌면서 겨울 속으로 빠져드는 건데…… 산비탈에 오두막집이고 까치밥이 달린 감나무고 굴뚝에서 피어오르는 연기, 그리고 또 까마귀들이 나르는 하얀 겨울 하늘하고, 눈사람, 눈꽃…… 너무 멋지잖아?"

"정말 환상적이겠는데! 올 겨울엔 한번 타보자고."

천공기·착암기[3]

홍 노인은 태백산 초입의 물레방아 터에서 서울에서 온다는 손님을 기다리고 있었다. 그는 지난 한 달 동안 수소문 끝에 굳이 자신을 만나려 한다는 뜻을 지역발전연구소 쪽을 통해 전해온 터였다. 지난해 그 연구소는

---

3 이 장에서 '4월의 광장'까지 저자의 소설집 『강남개그』(실천문학사, 2005)에 수록된 작품

1980년 4월에 일어났던 사북사태 20주년을 맞아 몇몇 기념이 될 만한 행사를 개최하며 관련자들의 육성을 모아 자료집을 펴내기도 했었다. 아무도 말하기 싫었던 과거의 악몽을…… 세월의 나이테가 일깨운 격이었다. 그것도 21세기 벽두라고 요란하던 때였다. 그때를 즈음해 때늦은 다큐멘터리도 선보였고 세미나며 사진전시회는 물론 이런 일이라면 빠지지 않는 정치적 푸닥거리와 폐광지역의 경제 회생을 염원하는 행사도 치러졌었다. 홍 노인 역시 이런저런 일에 불려졌으나 고집스레 문밖 출입을 거부한 쪽이었다. 도무지 그런 축제 같은 판에 낄 처신도 아니다 싶었지만, 실은 갈빗대를 뒤트는 굴속 지압 같은 압박감 때문이었다.

그들은 모른다. 배고픈 것이 정말 무언지. 아픈 것이, 고통스러운 것이, 눈물나는 것이 무언지. 개, 돼지 취급받으며 짓밟히고 수탈당하는 것이, 단 한번이라도 사람답게 살고자 갈구하는 것이 무언지. 한 방울의 물과 한 모금의 공기에 걸신들린 영혼의 몸부림을, 머리털이 성게 가시처럼 뾰족하게 선 죽음의 공포를, 죽은 동료를 메고 추깃물을 뒤집어쓰고 산기슭을 찾아가며 울고 웃고 고래고래 소리치는 미치광이 짓을…… 모른다. 그런데 그 날의 비극을 되돌아보자고 한다. 땅 속 깊은 곳은 뒤져볼 염도 못하고 그 날 땅 위에서 벌어진 일이 전부인 양 얘기하고 있질 않은가. 해서 다시는 이 땅에서 그런 비극이 일어나지 않기를, 고사지내듯 기원하는 꼴이라니. 홍 노인은 그런 검불 날리 듯한 북새통이 싫었던 것이다. 대신 홍 노인은 그 번잡한 한 철 내내 혼자 조용히 함백산이며 백운산, 지장산 기슭 기슭을 누비며 보고 싶은 얼굴들을 만나는데 소일했다. 정말 오랜만이었다. 더러는 10년 만에, 더러는 20수 년 만에, 더 오래는 기억도 없는 오랜 세월만에 반가운 해후였다. 너무 많은 동료들이 그렇게 그를 기다렸다. 살아 생전에는 하루아침 주검으로 그를 기다렸듯 이제 영생을 찾아가고 싶어하는 무주고혼으로 그를 기다려 온 것이다. 봉분이 없으니 흔적을 찾기도 어려운 지경이었다. 그제야 홍 노인은 지난 시절 자신이 저지른 죄가 얼마나 컸던가 돌아볼 수 있었다. 그들을 개, 돼지처럼 아무 데나 묻을 수 없었는데 그렇게 묻고 말았던 것이다. 아무도 돌볼 이가 없어서, 당장 입에 풀칠 할 돈도 없는 판에, 같이 장사 지낼 손이 없어서 따위 이런저런 이유란 광부 서너 명이나 열댓 명쯤이야 그저 죽든 말든 제 잇속에만 혈안이 돼 있던 광산 사업주들의 마음과 무엇이 다를까. 그런데…… 그럴 수밖에 없었다고 그 앞에서 신음을 흘리고 땅 속 깊은 곳에 손목을 들이미는 것이다. 너무 많은 이들을 제 손으로 보내야 했고 저 자신은 아무렇지 않게 여태 살아 있지 않는가. 지난날을 돌아보면 그것이 끔찍하고 무서운 것이다.

노조 대의원을 하던 어느 한 해 동안은 한달 거리로 열세 명이나 장사를 치러야 했던 때도 있었다. 그것도 비탈진 사택 한 동에서 식구들과 더불어 매일 얼굴을 마주하던 동료니 그게 어찌 사람이 할 짓이었던가. 도저히 더는 못한다고 널브러져 있던 그를 흔들던 귀신. 그는 마지막이라며 다짐하며 검게 타버린 시신에 염을 하기 시작했다. 그런데 관짝 하나 살 돈이 없는 집이었다. 급한 대로 지물포에서 사온 창호지로 시신을 둘둘 말았다. 그리고 뻣뻣한 상태의 시신을 동료와 앞뒤로 들고 어두운 산비탈로 오르길 시오리. 어둠 저쪽부터 부슬부슬 기어오던 빗줄기가 들이치며 시체를 둘러싼 창호지가 너덜거린다. 그는 입고 있던 옷을 덮어씌우고 숨을 헐떡거리며 계곡 아래로 방향을 바꾼다. 삽질이 급해진다. 같이 구덩이를 파던 동료가 얼굴이 사색이 돼 펄썩 주저앉는다. 까만 얼굴이 빗물에 씻긴 채 배추 잎사귀처럼 뿌옇게 살아서 눈을 번뜩이고 있는 것이다. 그는 망자의 눈을 쓸어내린다. '이 자식아, 가라! 가라고! 금방 나도 따라 갈 테니 어서, 어서!' 홍 노인은 소리를 내지르다 화들짝 놀라 깨어났다. 화절령 넘어 백운산 어깨쯤에 묻었던 문경 출신의 그 친구였다. 요즘 들어 더욱 자주 그 친구가 떠오르는 건 얼마 전 만났던 그 친구의 부인 때문이리라. 술집의 한쪽 구석에서 감자탕에 쓰려는 것인지 도마 위에 올려놓은 돼지 갈비뼈를 툭툭 잘라내던 늙은 여자. 아직 이곳을 떠나지 않고 몸을 움직이는 몇 안 되는 이 중 하나이려니. 홍 노인은 새삼 아는 체를 하려다 그만두었다.

그렇다! 그들은 절대 알 수 없을 것이다. 주인공은 간 데 없고 그저 우르르 모여든 구경꾼에 의한 굿판이 아닌가. 이제 모든 과거는 땅 속으로 영원히 묻히고 말뿐이다. 원래 그 모양 그대로. 거기 무슨 덧칠을 할 것이며 뭐라 꼬리표를 붙이려 할까. 혹시 그런 성가신 일과 관련한 게 아닐까 하는 걱정 때문에 홍 노인은 어젯밤 잠도 설친 상태였다. 서울 손님의 그 정중하고 곡진한 뜻과 예의바른 말투가 아니라면 진작에 거절했을 청이었으리라. 홍 노인은 아무려나 일을 하던 숲 속에서 빠져 나와 무거워진 어깨의 통증도 풀 겸 일손을 놓고 물레방아 도는 모양을 잔잔히 응시하는 것이다.

투투투투 - 투투투투 - 투투투투 -

물 내려가는 소리를 덮으며 숲 속에서 다시 소나무 줄기를 천공하는 소리가 들여왔다. 잠깐 휴식이 끝나고 다시 작업이 시작된 모양이었다. 홍 노인은 반사적으로 어깨에 멜빵을 둘러매고 천공기를 움켜쥐었다. 오늘이면 끝나는 막바지 공격에 조금도 열외가 되기 싫은 까닭이다. 전쟁과 다름없는 그 일이란 태백시에서 공공근로 사업의 일환으로 태백산 전면 5백 헥타르에서 벌인 숲 가꾸기였다. 특히 7월 한달내는 소나무의 솔잎혹파리 구제를 위한 대대적인 공격이 펼쳐지는 시기다. 5월 초순에서 7월 초순 사이 땅속에서 날아오른 성충이 솔잎 사이에 산란을 하는 때문이다. 기부에서 혹을 만드는 유충은 그 속에서 수액을 흡수해 잎을 떨어뜨리고 나무를 통째로 고사시킨다. 따라서 피해가 우려되는 곳의 소나무마다 수간주사를 놓아 약제를 주입하는 게 작전의 개요다. 적의 퇴각 전선은 단군성전에서 석탄박물관으로 해서 당골 아래쪽으로 펼쳐져 있었다. 세상에 이만큼 즐겁고 보람있는 전투가 어디 있는가. 버려졌거나 망가진 자연을 되살리는 전쟁. 더구나 내가 파먹고 버려놓은 이 땅이 아닌가. 홍 노인이 공공근로사업이 있을 때마다 달라붙는 이유는 그랬다.

사실 이 지역만큼 빼어난 산세와 속 깊은 숲을 가진 곳이 어디에 또 있을까만 찬찬히 들여다보면 그만큼 황폐화되고 저주받은 데도 없을 것이다. 산꼭대기에서부터 허리며 등성이 이곳저곳에 마구 부려진 경석더미들은 몇 백년 수령의 주목이며 천연의 고산 나무군락을 말려 죽이고 그 속에 깃든 무수한 생명을 앗아갔다. 그래서일까. 달빛을 받아 검붉은 빛을 흘려내는 경석과 폐석물은 도깨비 혓바닥 같은 모습으로 흘끔 뒤돌아보는 이의 모근을 쭈뼛하게 했다. 탄광 개발이 극성에 이를 때는 거기까지 눈길이 갈 바도 아니었지만 그나마 몸을 내 맡겼던 땅굴에서 쫓겨나 땅 위에서 이리 기웃 저리 기웃 하면서는 천지 사방 제가 들쑤시고 어지럽혀 놓은 자취가 무슨 범죄의 증거라도 되는 양 자꾸 눈에 밟히는 것이다. 산기슭에 아무렇게나 내버려진 폐광 잔해물은 말할 나위 없고 골골이 버려진 폐가의 오염덩이들, 뚜껑만 살짝 덮어놓은 폐관정이며 폐광의 썩어가는 구조물을 훑고 나오는 벌건 녹물, 흉물스럽게 꼬이고 뒤엉켜 발목을 잡는 온갖 파이프 따위…… 어느 년 치마 속만 까뒤집어 겁탈하고 튄 생 강도라도 그렇지는 않았을 일이 얼룩진 판이다. 구태여 관련 법조문을 들먹이지 않더라도 당장 사지가 헤진 흉물스런 외관이나마 마땅히 메우고 원래대로 복구해 놓고 떠났어야 할 도리를 다 하지 않은 악덕 기업주의 모지락스런 자취다.

관청의 감사에 맞춰 더러 눈가림식으로 꼽아놓았던 묘목들은 쓰레기가 된 지 오래였다. 그 인간의 일을 대신한다면야 정말 이 무더운 날, 깎아지른 벼랑을 타고 가시 넝쿨에 찔리고 풀벌레에 쏘이면서 하는 일당 4만 원의 근로가 그렇게 썩 유쾌할 게 못됐다. 스무 명도 채 안 되는 인원으로 한 달만에 정복해야 할 적진도 만만치 않지만, 시에서 하청을 받아 사업을 펼치고 있는 환경업체의 거드름도 속을 뒤틀리게 할 만 했다. 카지노에 가서 흘린 돈을 주워도 이보다는 낫겠다고, 시간 시간 돈타령을 하는 인부도 있었다. 다른 공공근로 사업장에서는 일당 5만 원을 주는데 약빠른 업자가 하청을 핑계로 만 원을 빼돌린 때문이다. 하긴 그런 코흘리개 장난이라도 돈이 보이면 달라붙어야 하는 게 이즈음 태백의 경제 사정이기도 했다.

그러나 홍 노인은 아이들 장난 같기까지 한 이 일이 정녕 기쁘고 재미있는 것이다. 무엇보다 한 겹 하늘 아래 일이다. 굴속에서는 누구나 두 겹 하늘을 이고 일한다고 했다. 땅 속 수백 미터 두께의 검은 하늘과 땅 위의 푸른 하늘. 하여 땅 위에서 근무한다는 일을 꿈같이 여기며 그 맨 하늘 아래서 돈을 벌어보고 싶다고 하지 않았던가. 언젠가 죽은 이의 손바닥에 씌어 있던 유서에는 그렇게 써있었다. 나를 제발 햇빛 잘 드는 산꼭대기에 묻어 달라고. 정선에서 걸어 내려왔다가 죽어가던 삼대독자라던 이는 아들에게 일렀다. 너는 절대 세상 밖으로 나오지 말고 고향 구절리에서 고기만 잡으며 살라고. 언제든 맑은 하늘을 볼 수 있는 그곳 강물에 발목을 담근 채. 홍 노인은 죽어가던 이들이 그토록 목말라 하던 한 모금 하늘 아래서 앞길을 헤쳐 나가고 있는 것이다.

천공기를 둘러맨 앞줄의 대오는 바야흐로 단군성전 아래 당골연못 쪽으로 산개했다. 그 뒤로는 수간주사를 들고 또 한 무리가 뒤따랐다. 천공한 자리에 바로 수간주사로 포스팜이라는 약제를 주입하는 것이다. 말하자면 앞서 나가는 이들이 선산부이고 마스크를 쓰고 뒤를 따르는 이들이 후산부인 셈이다.

선산부 홍 노인은 거머쥔 동력천공기의 드릴 끝을 굵직한 소나무 중동에 꼽았다.

우우우웅 트르르르- 트르르르-

기관총을 쏘는 듯한 진동이 몸체로 전달되며 기계음이 점점 커지기 시작했다. 웬만한 목질이 아니다. 홍 노인은 천공기 손잡이에 잔뜩 체중을 실어 압박을 가했다.

투투투투투- 퍽퍽- 투투투투-

뽀얀 연기가 피어오르며 숯 냄새 같기도 하고 보리 탄내 같기도 한 냄새가 풍겼다. 그런 한 순간 검은 돌가루가 튀었다. 푹푹 찌는 지열과 텁텁한 공기로 어느새 이마에 송골송골 맺혔던 땀 방울이 흘러내리기 시작했다. 그는 목에 둘러맨 수건으로 땀을 닦아 내렸다. 여느 때 같지 않게 차가운, 기분 나쁜 느낌이 쓸렸다. 그는 착암기를 든 채 왼손으로 다시 목덜미를 훑었다. 미끈한 느낌이 피가 틀림없었다. 돌덩이가 튀었던 모양이었다. 소름이 쫙 끼쳐 가까스로 고개를 돌렸다. 어둠침침한 저쪽에서 연기에 휩싸인 듯한 그림자가 이쪽으로 튀어오고 있었다.

0M 레벨

"이것 봐, 뭔가 이상한 냄새가 나지 않아?"

이웃한 막장에서 굴진 작업을 하던 곽인중이었다. 노조지부장인 그는 가끔 결근자를 대신해 험한 일을 자청해 사람 좋다는 평판과, 한편으로는 회사 쪽의 계략에 말려든 게 아닌가 하는 의구심을 받는 편이었다. 아무렇거나 그는 쓴웃음과 침묵으로 입안의 독기를 풍겼다.

"아까 들어올 때 보니 저 위쪽 바닥에 희뿌옇게 뭔가 깔린 게……."

홍영기는 한참 성이 난 착암기를 치우고 고개를 갸웃했다. 케이지를 타고 1백 50M 레벨까지 내려온 후 다시 걸어서 0레벨의 막장까지 오는 동안 발길에 채이는 듯 하던 기분 나쁜 느낌과 역한 냄새. 그것을 좀더 살펴보지 않은 게 큰 실수처럼 되짚였다. 홍은 오후 4시까지의 을반 근무를 마치고 갱 밖으로 나갔다가 병반 근무자가 오지 않아 중근을 하게 된 경우였다.

"그렇다면 혹시……,"

곽인중의 번득이는 눈빛에 홍과 그 뒤 후산부의 눈빛이 뒤엉켰다.

"그 변압기가 또 문제를 일으킨 게 아닌지 모르겠구먼."

"변압기라니요?"

"지난 번 내가 나섰던 보안 검열 때 갱내 변압기가 다 썩어 바꿔주도록 위에 얘기했는데 이걸 들은 척 만 척 하더라고. 누군가 퓨즈 대신 동선을 연결해놓고…… 죽일 놈들 같으니!"

일에서만큼은 조금도 빈틈이 없는 곽이었다. 그는 양손으로 땅바닥을 짚고 쪼그려 앉은 자세로 걸음을 옮기며 코를 킁킁거렸다.

"이건, 보통 냄새가 아닌데! 지금 당장 작업 중지하고 나를 따라와 봐!"

긴장감이 실린 단호한 지시였다. 검게 번질거리던 땀이 어느새 쑥 들어간 얼굴이다. 캡램프의 불빛이 푸르르 떨렸다. 일행은 곽을 따라 일단 수갱 쪽으로 잰걸음을 했다. 무슨 일이든 그쪽으로 가면 상황을 파악하기 용이했기 때문이다. 이곳 갱도는 여느 탄광에서 흔히 볼 수 있는 사갱이나 수평갱과 전혀 차원이 달랐다. 탄층이 지표에서 지하 깊은 곳까지 대규모로 묻혀 있는 까닭에 수직으로 골간이 되는 갱을 만들고 그 중간 마디마디에서 탄맥을 따라 채탄을 하는 방식이다. 맨 위 해발 6백 미터의 지표로부터 지하 해수면 높이까지 75미터마다 가지를 친 이 수갱을 만약 옆에서 잘라본다면 거대한 개미굴 모양일 것이다. 사람을 태워 나르는 케이지와 탄차인 스킵은 수갱의 124미터 지점까지만 오르내렸다. 그 아래쪽은 지그재그의 사갱으로 막장의 탄이나 경석은 광차에 실려 나가 수갱의 스킵에 다시 올려졌다. 이런 구조로 어느 막장에서나 수갱 쪽에 가면 뻥 뚫린 위를 올려볼 수 있다. 곽인중과 홍영기 조가 굴진을 하던 곳은 수갱의 맨 아래인 0레벨 막장이었다. 일행은 그러니까 보통 다니던 사갱 통로 뒤편으로 빠져 수갱을 올려보려던 참이다. 수갱의 맨 밑에는 쉴 새 없이 흘러내리는 갱내수를 퍼 올리는 양수기가 있어 갱도를 따라가다 보면 이곳이 어디쯤인가 가늠할 수 있었다. 막장에서 뒤돌아 이백 미터를 걸어서 한 오십 미터쯤 남은 위치일까. 지압으로 잔뜩 우그러진 6자 갱도의 어두컴컴한 저편에서 위잉- 하는 금속성 소리가 들리기 시작했고 발밑은 점점 질퍽거렸다. 정체불명의 냄새는 대번에 속을 뒤집어 놓는 고무 탄내였다. 점점 더 숨이 막혔다.

"어, 저, 저거 뭐야!"

갑자기 앞서 가던 곽인중의 비명이 들렸다. 순간, 확- 이쪽으로 쏟아져 들어오는 검은 괴물 같은 희미한 형체. 캡램프 빛이 그 괴물의 뱃속을 갈랐다. 한 뭉텅이 연기가 풀어지며 금방 이쪽을 삼킬 기세다.

"화재다! 화재! 뒤로 후퇴!"

곽의 외침에 따라 누가 먼저랄 것 없이 오던 길로 다시 튀기 시작했다. 연기는 금세 엄청난 위력으로 따라붙고 있다. 젖은 소나무 잎을 태운 굴뚝에서 뭉게뭉게 쏟아지는 연기처럼 뭉텅이가 커졌다. 수갱 자체가 공기를 흡인하는 까닭에 이런 경우, 연기가 금방 지하로 퍼진다는 것은 상식이다. 물탕 튀는 소리가 났고 누군가 엎어졌다 허우적대는 모습이 보였다. 공포에 질려 벌써 허둥거리는 꼴이다. 뒤에서 다시 외침이 들렸다. 아까와는 또 다른 높은 어조에 차가운 목소리였다.

"서두르지 말고 천천히! 천천히 뛰라고! 수건에 물 적셔서 코에 대고……."

불이 난 건 틀림없는데 어디서 났는지 알 수 없는 상황이다. 우선 급한 마음에 사갱으로 기어오르는 수밖에 없지만 그건 되레 죽음을 앞당기는 위험한 꼴이기도 했다. 탄광 구조상 갱내 공기는 주로 사갱을 통해 빠져나가는 까닭이다. 연기와 유해가스에 금방 따라잡히는 건 물론, 복잡한 미로 속에서 길을 잃기 십상이다. 자칫하면 막다른 곳에 갇혀 숨도 고르지 못하고 끝장난다.

일행이 원래 일하던 막장에서 20도 경사의 4편에 이르러 가까스로 숨을 몰아쉴 때 곽인중이 어느 틈에 두 명의 후산부를 데리고 나타났다. 뒤늦게 사태를 알아챈 그들은 잔뜩 겁을 집어먹은 채 캑캑거리고 있었다. 그러나 곽은 연기를 가득 뒤집어쓰고도 개의치 않는 모습이다. 홍영기는 그때 어둠과 연기를 뚫고 반짝이는 그의 눈빛을 읽었다. 저 사람 하고라면 살 수 있을 것이다! 아니, 그런 확고한 믿음이다. 선산부로는 거의 같은 경력에 연배니 얼마든 가까울 사이련만 둘은 자주 엇갈려 데면데면한 편이었다. 세상 고민은 다 짊어진 듯한, 혹은 세상일이라면 다 초탈한 듯한 그의 차가운 표정이란 은근한 위압감을 주면서 한편으로 사측과의 그렇고 그런 사이를 감추기 위한 노련함의 일단이라는 일부 조합원의 말을 떠올리게 했다. 그런 말이야 노조를 자기 일신의 영달과 패거리 노름으로 전락시킨 전 지도부 쪽에서 나왔지만 어쨌거나 새로운 기대를 모았던 곽이 지부장으로 할 일도 찾아보면 만만치 않을 텐데 굳이 입갱을 하는 모양이나 아이를 무슨 돈으로 서울에 보냈는지 석연치 않은 것도 사실이었다. 자신처럼 말뚝 대의원으로 그저 주변의 궂은일이며 시체 처리를 전문으로 하는 위신과는 또 다른 복잡한 인간이 바로 곽인중이었다. 그런데 바로 이 순간, 뒤처져 있던 헌걸찬 그의 모습이 전혀 딴판으로 보이는 게 아닌가. 곽은 그런 이쪽의 눈치에 아랑곳하지 않고 응급조치로 능숙하게 압축공기관의 밸브를 열었다. 금방 시원한 공기가 뿜어지며 주변의 연기를 몰아냈다. 후산부 한 사람이 가벼운 탄성을 내지르며 공기밸브에 코를 처박았다.

"모두 내 말 잘 들어. 목수건을 배수로 물에 적셔서 우선 응급 마스크를 만들어 코와 입을 막는다. 그리고 절대 다른 곳으로 빠지지 말고 레일을 따라서만 올라가는 거야. 요 위 75레벨에 전화가 있으니 거기까지 가서 구조요청을 하면 되니까. 홍씨가 먼저 거기까지 가고…… 나는 뒤에서 남은 사람들을 챙길 테니…… 자, 빨리 움직여!"

아주 민첩하고 분명한 판단이었다. 홍은 두말없이 그의 지시를 따라 급커브의 3편 쪽으로 몸을 움직였다. 곽인중은 물을 적신 수건의 방진 마스크를 끼고 꾸역꾸역 밀려오는 연기 속으로 사라졌다. 스스로 죽음을 자초하는 게 아니라면 저런 위험 속으로 다시 들어갈 수 있을까. 그러나 누구 하나 감히 그걸 막을 도리도 없었다.

75레벨로 올라가는 동안 곳곳의 막장에서 튀어나온 광부들이 근 스무 명에 이르렀다. 이제 연기와 가스 냄새가 좁은 굴속을 가득 메우고 기도를 압박했다. 기름이며 케이블, 파이프, PVC 장비, 탄가루, 고무 탄내가 뒤섞인 유독 가스일 것이다. 신음 소리와 가벼운 탄식이 흘러나왔다. 동발에 몸을 의지하며 거의 기다시피 위로 올라가는 것이다. 그렇게 죽음을 피할 수 있는 건지 오히려 죽음의 아가리로 기어드는 건지 알 수 없이. 어차피 죽을 바에야 한 치라도 더 위로 올라가 죽으리라는 본능일까. 조금이라도 더, 더…… 두 겹 하늘 가까운 곳으로…… 홍영기는 이를 악물고 가까스로 전화기를 당겼다. 수갱 225M 레벨의 변압기가 터져 일어난 사고라고 했다. 곽인중이 말한 바로 그 변압기 문제 아닌가. 지상 쪽의 다급한 목소리와 부산한 움직임이 아련하게 잡혔다.

"거기 꼼짝 말고들 구조를 기다려!"

주위를 둘러보니 반은 따라왔고 반은 아직 따라오고 있는지 다른 길로 샜는지 알 수 없는 상황이었다. 이렇게 숨도 쉴 수 없는 판에 꼼짝 하지 말라고? 구조대가 편성돼 이쪽으로 올 모양이었다. 홍영기는 잔뜩 겁을 먹고 소매를 잡아끄는 후산부들을 안심시키느라 진땀을 뺐다. 연기가 잠시 잦아지는 듯했다. 기다려야 한다. 가만히. 별 일 아니다. 별 일 아니길 바라는 것이다. 그때, 우르르 한 무리가 또 숨을 헉헉거리며 올라왔다. 곽인중이 위로 대피시킨 이들이었다. 그들은 코와 입을 틀어막고 수 백 미터를 걸어 올라오는 통에 기진맥진해 서로 겹겹 몸을 포갠 상태로 널브러졌다. 그곳 75레벨의 작업자까지 합류하니 무리는 스물 대여섯 명으로 늘었다. 전지를 아끼려 대부분이 캡램프를 끈 탓에 굴속은 완전한 어둠으로 바뀌었다. 정적. 완전한 정적 속에 시시각각 죽음의 그림자가 다가오는 것이다. 불안과 초조, 공포. 어디선가 한숨과 탄식 소리가 났다. 그리고 음울한 흐느낌 소리가 차츰 차츰 번졌다. 젊은이의 흐느낌은 숫돌에 칼을 가는 소리 같았고 중년의 울음은 그냥 짐승의 울부짖음과 다름없었다. 사신이 바로 가까이 있음을 그들은 너무 잘 알고 있었다. 그렇게 두 시간 가량 지났을까.

"물이 넘친다! 물이 넘쳐!"

긴박한 외침과 함께 불빛이 굴속을 난도질했다. 그와 동시에 초주검이 돼 뒹굴던 이들이 앞다퉈 위쪽으로 튀기 시작했다. 갱내수가 넘쳐 오른다는 것이다. 갱내에 연기가 차면 모든 작업이 중단되게 마련이다. 갱내수를 퍼내던 펌프도 숨이 끊어졌을 게 뻔하다. 잔 경석과 물이 뒤섞인 물살이 사갱 바닥을 핥는 소리가 거칠게 들려왔다. 빨리 이곳을 빠져나가지 못하면 물귀신이 되고 만다.

"사람이 죽었다! 사람이 죽어!"

어디선가 또 다른 비명이 들리고 서로 밀치고 앞서 빠져나가려는 죽음의 그림자가 굴을 메웠다. 작업복이 찢기고 안전모와 램프가 나뒹굴며 그 와중에 서로 멱살을 잡기까지 하는 일대 아비규환이 벌어졌다.

"야! 이 새끼들, 똑바로 못해! 천천히, 차례차례!"

누군가를 부축하던 구부정한 사내의 목소리가 쩌렁쩌렁 울렸다. 홀연 그림자처럼 나타난 곽인중이었다. 옷은 물기에 흠씬 젖은 채 탄가루로 번들거렸다. 3편에서 2편으로 올라가는 40도 급경사 모퉁이에서 그는 부축하던 친구를 홍영기에게 넘겼다. 그 몰골이란 갱내를 두더지처럼 돌아다닌 꼴이다. 다시 밑으로 내려가는 그를 도저히 말릴 계제가 아니었다. 얼결에 어깨에 떠받친 친구가 신음소리를 내질렀다.

"저 새끼 죽는다, 죽어! 빨리 잡으라……."

아니! 노광렬이었다. 그토록 원수 같던 노광렬을 살려온 게 아닌가! 눈시울이 뜨거워졌다.

그래도 오로지 살아야한다는 의식만이 목을 잡아당겼다. 살아야한다, 살아서만 나간다면 이제 영영 이곳과 끝이고…… 살 수만 있다면 무슨 일이든…… 다시 하겠다는 실오라기 같은 의지가 너덜너덜한 팔다리를 움직여줬다. 얼마나 더 올라왔을까. 제법 넓어진 갱도 옆으로 권양기에 연결된 광차가 검은 관짝처럼 어른거렸다.

와르르- 와르르 -

벼락처럼 탄가루와 돌무더기들이 쏟아지며 마지막 숨을 앗아가는가 싶은 순간,

코앞에 빨간 등이 깜박 깜박거렸다. 케이지가 오르락내리락 하는 125M 레벨.

한 더미 방독면들과 산소호흡기가 부려지고 중무장한 구호대원들이 다 죽어 흐물흐물한 육신을 케이지에 실어 올렸다. 홍영기는 케이지에 실리는 순간, 발버둥치며 밖으로 튀어나왔다. 그리고 구명기를 둘러매고 산소통의 숨을 깊이 빨아들였다.

마지막 문

"뭐랄까…… 난 그때 그 사람을 구하려 한 게 아니라 무작정 찾아내고 싶어서 들어간 턱이었지. 찾아서 어쩌자는 건 염두에도 없고…… 정말 온몸이 움켜쥔 것 같은 충동 때문에."

홍 노인은 다시 그 날의 악몽으로 빠져든 듯 지그시 눈을 감았다. 물레방아를 돌리며 촬촬 흘러내리는 낙수가 시간의 주름처럼 잡혔다. 이따금씩 매미 소리보다 더 크게 웽 하는 기계음이 작렬하며 소나무 숲을 뒤흔들었다. 태백산 등산로 입구의 광장 맞은편으로는 석탄박물관의 수갱탑이 해시계의 바늘처럼 우뚝 서 오늘 이 시각을 가리키는 듯했다.

"……그 사람, 어차피 죽으려고 작정한 사람이었어."

"정말 그럴 만한 이유라도 있었습니까?"

진석은 다급하게 물었다. 입을 다물면 영원히 침묵할 것 같은 홍 노인의 무거운 표정이 두려웠다. 홍 노인은 아니라고, 고개를 저었다. 처음 그를 만났을 때 '주인에게 돌려주지 않으면 내 맘이 편치 않다'는 바로 그 이야기였다.

"사람이 죽으면서 하는 말은 진짜라고, 그러잖든가. 세상 사람들이 말했지. 그 사람은 그 마누라 때문에 사지에 기어들었다고. 아니었어. 속아서 온 거야. 뭐냐면…… 그 부인이 내심 먼저 남자를 찾으려고 이곳에 오고 싶어했던 모양이야. 그 남자는 그전에 탄광에 숨어 있던 경력이 있었는데 타지에서 만났던 그 여자를 아무렇지 않게 버렸던 모양이라. 여자가 한을 품으면 오뉴월에도 서리가 내린다더니…… 꼭 그 모양으로 찾아왔던 것이고, 장차 영석이 에비가 된 그 사람은 또 그런 여자와 같이 죽겠다고 흘러들었고. 아무튼 그렇게 들어오는 게 이곳 막장 인생인지라 별스러울 게 없네만, 그냥저냥 이곳에 정붙이고 살만할 때 딸을 잃고는 사람이 돌아버린 거였어. 그 딸이야말로 여자와 정말 하나가 돼 만든 결실이라 애지중지한 탓인지…… 우리 같은 무지렁이들이야 사랑이니 나발인지 모르지만 그 남잔 유독스러웠어. 꼭 그 계집애를 찾아내겠다고, 술만 마시면 눈에 불이 나던 까닭이 그랬던 거지. 그러다 마누라가 회사와 뒷거래를 해 큰아들을 유학 보냈다는 소문을 듣고는 아예 입을 다물고 말았고……."

끝내 그는 산소호흡기를 밀쳐버렸다. 숨결이 잦아들고 있었다. 아아, 이렇게 마지막 남은 또 한 사람을 보내는구나. 홍영기는 뻣뻣해지는 그의 몸뚱이를 마구 흔들며 울부짖었다. 꾸역꾸역 검은 연기가 다시 몰려들고 있었다. 어떻게든 그를 세상 밖으로 내놓아야 한다. 그렇게 살릴 수 있을 것이다. 그는 곽을 둘러메고 이리저리 나뒹구는 시체들 사이를 더듬어 나갔다. 우지지직- 우지직- 갱도가 뒤틀리는 소리가 들렸다. 악마의 손아귀가 그의 앞길을 막아섰다. 그는 사력을 다해 악마의 손을 비틀며 미끄러운 비탈을 짚어 나갔다.

어쩌면 이렇게 똑같은 사람, 똑같은 기억이 들러붙는 팔자란 말인가. 그는 다시 부슬부슬 빗줄기를 맞으며 시신을 끌고 오르던 어두컴컴한 화절령 고개를 넘고 있는 착각으로 가쁜 숨을 몰아쉬었다. 나이가 들면 지난 시절의 추억으로 산다는데 그건 고사하고 수시로 찾아드는 악몽이라니. 그뿐인가. 홍 노인은 뼈마디를 들쑤시는 신경통과 이따금씩 폐엽을 찢어놓는 듯한 진폐증으로 지옥을 불러들이며 근근부지하는 꼴을 손님 앞에서 무던히 감추려고 애썼다. 차라리 아무 것도 모르고 하루하루 전쟁을 치르던 젊은 그 시절이 나았을까.

"결국 신례를 따라 들어간 모양이군요."

"말이야 그렇지만 어디 그렇겠나. 나중에 보니 사망자가 열 명이 넘는 그 엄청난 사고에 그렇게 자신을 희생하며 사람을 구하려던 게 스스로 지독한 자책감 때문이었던 거라. 화재는 그 사람이 우려했던 대로 그 변압기에서 일어난 거였어. 스파크로 변압기 안의 기름이 타면서 순식간에 불길이 동발이며 전기선으로 옮아 붙은 사고라지. 그러니 회사에서 미리 그의 말만 들었으면 충분히 막을 수 있던 재난이었던 게야. 이건 또 다른 문제지만 나중에 회사에서는 그걸…… 감추느라 보안검열 일지를 없애고 관리들이며 조합원들을 구워삶고 북새를 떨었지. 그게 먹히던 시절이었으니까."

그러니 저들이 아버지를 죽였다는 영석이의 생각이 무리도 아니겠구나. 아니, 분명 그렇다고 동의하지 않을 수 없는 진실 아닌가. 스르르 풀려지는 의문이 이제는 진석 자신의 가슴을 옥죄었다. 그 저주의 한 복판에 자신의 문제 또한 똬리를 틀고 있었던 것이다.

아니나다를까, 홍 노인은 금방 그것을 들췄다.

"그 양반이 숨을 거두며 말했어. 아들놈한테 잘해줬어야 하는 건데…… 서울로 유학간 아들놈한테…… 그게 제일 한이라고……."

감겨진 노인의 눈에서는 실같은 물기가 배어 나왔다.

"읍!"

진석 역시 명치를 치받는 격정으로 고개를 떨궜다. 그 아버지가 나를 찾았던 게 아닌가.

"몹쓸 사람 같으니! 이제야 찾아오다니……,"

노인은 기어코 한줌 각혈을 내뱉듯 말했다.

"것도 동생하고 사이좋게 오면 어때서 혼자서만 달랑 와서는……."

진석은 뜨거워진 얼굴을 가눌 길 없었다. 그의 말마따나 이렇게 혼자 무슨 낯으로 아버지의 무덤을 찾는단 말인가. 아버지를 두 번이나 장사지냈다는 이 어른 앞에. 당장 물러서고 싶은 수치심으로 어깨가 움츠러들고 숨을 내 뿜기도 힘들었다.

계곡의 물을 흘리며 돌아가던 물레방아가 찌걱거리며 흔들거렸다. 골을 올라오던 한 줄기 바람이 수차의 나무 톱니에 걸린 모양이었다.

"자네…… 저기 저 보이는가? 저기……."

홍 노인은 엉거주춤 일어서며 부서지는 햇살로 눈부신 광장을 쏘아보았다.

15

4월의 광장[4]

실로 그 수를 헤아리기 어려운 엄청난 군중이었다. 땅 위에 걸어 다니는 사람이라야 출퇴근 광부들이 고작이고 무슨 명절이나 돼야 겨우 사람 모인 걸 볼 수 있던 광산촌에 일찍이 볼 수도, 상상할 수도 없던 사람과 사람의 울타리들. 이제 막 산 그림자를 광장에 내려놓기 시작한 찬란한 햇빛으로 사람들의 움직임은 겹겹 층을 이뤘다. 어용노조에 항의하는 정당한 요구에 대해 안하무인격으로 도지사와 경찰을 팔며 큰소리를 치던 패거리들은 어디론가 도망을 친 뒤였다. 갱내에서 굴진을 하거나 채탄을 하고 나와 거무죽죽한 몰골 그대로인 병반 근무자들이며 작업장에서 금방 튀어나온 선탄부들은 물론, 어제의 울분과 분노를 삭이지 못한 채 뜬눈으로 밤을 새운 노동자들, 탄광 주민들, 머리에 수건을 둘러맨 부녀자들…… 누구라 할 것 없이 속속 몰려들며 굽이지는 물결에 몸을 실었다.

"경찰이 사람을 죽였어! 내 남편을 죽였어!"

어디선가 여자의 앙칼진 울부짖음이 이어졌다. 또 다른 편 게시판에는

---

4 1980년 4월 21일 사북 동원탄좌에서 일어나 22일 극에 달한 상황을 정리한 이 장면은 당시 노동운동의 핵심권에 있던 이원갑(동원탄좌 고토일갱 710항 계원), 신경(사음갱 875항 후산부)의 증언(2001년 8월 중 인터뷰, 현장답사) 및 정선지역발전연구소에서 펴낸 「1980년 4월 사북」 자료집 중 '사북 노동자 총파업'(안재성) 내용 참고.

전선줄로 묶여 있는 어용노조 지부장을 대신한 인질의 흐느낌이 꼬리를 물었다. 경찰 지프가 노동자를 덮친 어제의 사건은 입에서 입으로 전해지며 참고 참았던 분노의 감정에 불을 붙였다. 지프에 깔리고 허리와 다리를 밟히며 절명하거나 피투성이가 된 노동자들로 격분한 노동자들은 밀물처럼 사북 읍내로 몰려 내려가기 시작했던 것이다. 밤새 경찰서며 광업소 사무실을 때려부수고 악덕 간부들을 잡아내려 들 뛴 광부들의 충혈된 눈이 다시 이글거렸다.

그런 맞은편 저쪽에서는 소총과 곤봉, 최루탄 다발로 완전 무장한 경찰과 전경 수백 명이 성난 시위대를 향해 밀려오고 있었다. 그들은 도경의 각지에서 차출돼 열차를 타고 금방 역에서 내린 진압군이었다. 저벅 저벅 저벅, 전투화 소리가 요란하게 지축을 울렸다. 점점 그들의 위세에 눌려 읍내에 있던 시위대는 탄좌 안으로 밀리기 시작했다. 그러다 철길을 경계로 뭉쳐진 노동자와 부녀자들이 대오를 정비했다. 철길 아래는 안경다리라 불리는, 타원을 반으로 잘라 엎은 안경 모양의 굴이 있다. 광부들은 급히 저목장에서 8자, 12자 갱목을 가져와 굴 안쪽에 우물 井자의 바리케이드를 쌓았다. 탄좌 쪽은 사북읍보다 지대가 높아 일단은 광부들에게 유리한 지형이었다.

철길 위로 향한 마이크로도 경찰국장이 '대표를 뽑아 평화적으로 해결하자.'며 목청을 높였다. 우- 하는 야유가 그에 맞섰고 한쪽에서는 우물우물 경찰이 철길로 접근하기 시작했다.

탕- 탕-

아직 추운 고원의 4월 22일, 팽팽한 하늘을 찢는 총소리가 울렸다.

숨이 끊어질 듯한 긴장감과 조용한 술렁임. 그 뒤를 이어 수발의 최루탄이 안경다리 안쪽으로 쏘아졌다.

"와아- 와아-"

기다렸던 듯 함성과 함께 수천 개의 돌덩이들이 탄가루를 날리며 하늘 가득히 솟아올랐다.

어느새 부녀자와 노동자들이 철뚝방에 진을 치고 있었던 것이다. 이것은 죽느냐 사느냐의 전쟁이다.

펑펑- 펑펑- 펑펑 -

하늘 가득히 희뿌연 최루탄과 검은 탄가루가 뒤엉켰다. 뒤엉키며 떨어지는 돌덩이들에 아수라장의 비명과 신음이 퍼졌다. 다행히 바람이 탄좌 쪽에서 안경다리 밖의 경찰 쪽으로 불고 있었다. 빨랫줄 같던 일자 전선이 그 바람에 흔들거렸다. 기세가 오른 것은 광산 노동자 쪽이었다. 철뚝방 위로는 울렁울렁 먹장구름이 몰려가듯 했고 탄좌의 비탈을 따라 통나무들이며 바위덩어리들이 굴려졌다.

"와아- 와아-"

한순간 철뚝방을 넘고 안경다리를 밀고 터지는 노동자들의 거센 물결로 3백 명에 이르는 경찰의 대열은 여지없이 무너졌다. 흐트러진 경찰들은 하나하나 혼비백산하여 달아나기 시작했다. 도경국장도 줄행랑을 놓기 바빴다. 분노한 노동자의 손에는 망치와 각목, 그들에게서 빼앗은 곤봉이 들려 있었다. 노동자들은 민가로 점포로 산으로 도망치는 경찰을 무지한 기세로 내쫓았다. 그리고 잡히는 족족 곤봉과 각목, 발길로 초주검이 되도록 두들겨 팼다. 겁이난 경찰 중에는 더러 민가에 숨어 들어가 광부의 옷으로 갈아입고 읍을 빠져나갔다. 전투가 시작된 지 채 4시간도 되지 않은 오후 2시경 경찰은 읍에서 완전히 철수했다. 광부들은 경찰이 철수한 사북을 즉각 노동자만의 도시로 만들었다. 사북역은 물론 읍으로 통하는 유일한 국도인 고한과 증산의 출입도를 완전히 봉쇄했다. 억압과 착취에서 완전히 해방된 노동자의 광장이었다.

카지노 가는 길

“바깥사람들은 말하지. 무식한 광부들, 무서운 사람들…… 그 무섭다는 게 무얼까. 배운 것으로 무서움이 아니라 무식으로서 무서움이 아니겠나. 배운 놈들은 배운 것으로서 무서움이 있겠지만 무식은 무식으로 더 무서운 힘이 있다는 걸. 지식인이라는 작자들은 몽둥이를 들고도 때릴까 말까 하지만, 무식한 사람은 생각을 안 하는 법. 그냥 때리고 마는 것이야. 그러나 난 무식꾼으로 그때 평생 처음으로 희망을 보았네. 끓어오르는 분노를 터뜨리고 얻을 수 있는 해방과 자유를 깨달았고…… 그들과 함께 손아귀에 거머쥐었지. 그런데……”

홍 노인의 빛나던 눈이 다시 까무레하게 꺼져 있었다.

“모든 게 부질없이 끝난 거야. 도깨비들의 광란처럼…… 땅속에서 뛰쳐나온 귀신들의 곡처럼…….”

그리고 진석에게 약제 냄새가 풍기는 작업복을 들어올려 불뚝 튀어나온 갈빗대를 보여주었다. 그날의 사태가 수습되며 계엄사합수부에 끌려가 무자비한 매질과 고문으로 얻은 상흔이라고 했다. 도지사를 중심으로 한 수습대책위원회란 기구와 광부대표들과의 합의란 것이 그럴듯하게 이뤄지고 평온을 되찾는 듯한 뒤 불어닥친 검거 바람. 그로 하여 쥐도 새도 모르게 70명이 넘는 노동자, 부녀자들이 경찰과 군에 끌려가 무자비한 고문을 당했고 이중 40명이 넘는 이들이 소요죄, 폭행죄 등으로 구속돼 옥고를 치러야 했다. 그 모든 일련의 악몽은 그가 이명광업소에서 사북으로 옮겨간 이태 뒤에 일어난 것이었다. 홍 노인의 회한이 생생히 전해지는 이유가 또한 그러했다. 아니, 그것이 어찌 그 날, 그곳의 아픔과 분노로 되새겨질 일일까. 사북의 4월이 지나 채 3주가 되기 전인 5월 17일, 이른바 신군부의 집권 시나리오에 따른 계엄령이 전국으로 확대되며 영문도 모른 채 수천 명이 암흑 소굴로 내동댕이쳐지고 이내 광란의 학살극이 벌어졌으니.

"자네 카지노에 가 봤나? 도박하는 곳 말야. 저기 옹구 지역에 새로 개장한 카지노."

어디 먼 데서 돌아온 모양으로 홍 노인이 생뚱스럽게 물었다.

"아직요."

"그게 될 말인가?"

"……."

"그 수많은 광부들이 죽어간 땅 위에 도박장이라니…… 나도 알지. 오죽하면 핵폐기물장이니 청송 감호소 같은 거라도 끌어 들여 말라비틀어진 지역경제를 살리자고 했을까. 말이 그럴듯해 지역경제지 오랜 실직 상태로 배를 주린 주민들은 실상 앞뒤 가릴 게 없었어. 석탄산업합리화조치란 게 나와 탄광이 문을 닫기 시작한 지난 10년 간 걸핏하면 나온 얘기가 제2의 사북사태였지. 사북사태란 게 무엇이었길래? 제2의 사북사태라니…… 내가 제일 안타깝게 생각한 건 그거였어. 그 날 광장에서 울분과 한으로 피눈물을 흘리며 철뚝방 너머 돌을 던졌던 노동자라면 차마 그렇게 말을 못해. 떠날래야 떠날 수 없는 사람들이라면 그날을 다시 들먹일 수도 없지. …… 그러니까 카지노가 하필이면 거기 들어앉아야 하느냔 말야. 정말 이 땅의 주인이라면 그걸 받아들일 수 있겠는가? 수백, 수천 명의 생명이 스러져간 바로 그 막장 위에다 말일세."

홍 노인은 그 시절 몇 안 되는 양심적인 노동운동가였던 대로 조리 있고 분명한 어조로 말했다. 그만큼 근래 지역발전관련 회의에 코가 꿰어 나가 입바른 소리를 하려다 덧난 생각의 일단임도 숨기지 않았다.

어차피 그들의 노름이다. 카지노니, 스키장이니, 골프장이니, 무슨 무슨 경기장이니, 테마파크니, 리조트니, 돈 있는 그들이 만들고 그들이 즐기고 그들이 챙겨갈 굿판이다. 이제 이곳은 대규모 고원관광단지, 놀이공간으로 탈바꿈할 것이다. 신문이며 잡지에서는 주말여행지로 정선의 카지노를 꼽기 시작했다. 사북이니 고한이니 하는 딱딱한 지명보다 한결 끌리는 이정표다. 카지노에서 할 수 있는 슬롯머신, 블랙잭, 바카라, 룰렛 따위 게임이 소개되고 노름을 어떻게 적당히 소화할지 요령을 알려준다.

고한으로 가는 태백선 열차는 서울 청량리역에서 떠난다. 무궁화호는 오전 8시, 10시, 12시, 오후 2시, 10시에 출발해 4시간 정도 걸리고 새마을호는 오후 5시에 있다. 승용차를 이용한다면 영동고속도로에서 중앙고속도로를 갈아타고 제천 인터체인지를 통해 38번 국도로 빠진다. 구불구불 이어진 계곡을 따라 곡예를 하다보면 언제 적인지 모를 탄광촌의 낡은 사택이 흉물스럽게 방치된 쓸쓸한 풍경도 볼 것이다. 3시간 반쯤 걸린다. 카지노가 아니라 태백산으로 갈 양이면 바로 그 길로 싸릿재로 불리는 두문동고개를 넘으면 된다. 잠깐! 그곳에서 차를 내려 사방을 둘러보라. 연화산, 연백산과 함께 태백을 우러르는 함백산 줄기다. 돌아보면 사북, 고한이고 앞으로는 그 옛날 황지와 장성이 합쳐진 태백시가 산자락에 잠겨 있다. 거기서라면 태백의 등줄기를 오르는 구름을 쉽게 관찰할 수 있겠다.
빠뜨린 명소를 챙겨야 한다. 카지노가 있는 정선군의 화암 8경이라는 속세의 때묻지 않은 비경. 화암약수, 거북바위, 화표주, 용마소, 화암동굴,

소금강, 정암사, 억새풀의 민둥산…… 이 모두 그들이 알아야 하고 둘러볼 곳이다. 진석은 그들의 하나가 서울을 떠나오며 챙겼던 여행정보를 발치 아래로 슬며시 구겨 버렸다.

폐광

진석이 홍 노인과 함께 아버지의 흔적을 찾아 나선 것은 그 날 한낮이 훨씬 지난 때였다. 한 달 내 벌인 공공근로의 솔잎혹파리 방제 사업이 끝난 마당이라 술자리가 예정돼 있었지만 홍 노인은 이를 마다하고 반나절이라도 더 아끼려는 기꺼운 마음으로 손님 안내에 나섰다. 벌써 30년이 가까워지는 세월 탓에 진석으로서는 그 어릴 적 기억을 도저히 가늠하기가 어려웠다. 게다가 지우개로 박박 지우려 했던 일들이며, 얼굴들, 풍경들이 또 얼마였던가. 너무나 희미해져 거기가 거기로 어슷비슷해 보였다. 새까만 함석지붕의 길쭉한 저탄장, 머리띠를 두른 듯한 폐석더미, 광차가 다니는 레일, 수갱탑, 가공삭도, 그리고 산비탈의 사택들이며 군데군데 쌓여 있는 갱목 더미들…….

“자네가 원래 살던 곳은 이쪽이 아니라 읍내 저 맞은편이었어. 지금은 이런저런 건물들이 많이 들어섰지만 그때는 겨우 이슬만 피해도 그만일 판잣집이며 가마니때기를 들쳐놓은 변소들만 널려 있었지.”

“저 위쪽 사택은 그럼…….”

“주로 감독이며 직원들이 살던 을호 사택이라고 이곳 탄좌에서는 제일 나았던 곳인데 지금은 비어 있을 거구만.”

진석은 뇌리를 흔드는 기억으로 움찔했다. 웃말이라는 곳이 저기가 아니었던가. 서울아이가 방학 때면 내려와 지냈던 바로 그 귀족 사택. 날카로운 주머니칼을 갖고 손에 잡히는 다람쥐며 산새 따위쯤 가볍게 찔러대던 아이. 그 아이는 이제 세상에서 물거품처럼 꺼졌다. 또한 동생이며 또래 아이들이 보는 앞에서 일부러 아무렇지 않은 척 하려고 주머니에 손을 넣고 입을 앙다물었던 자신의 쓸쓸한 초상이 스쳐갔다. 그 하얀 겨울 하늘 아래 알 수 없는 수수께끼에 붙잡혀 있던 아이들 모두 이제는 뿔뿔이 흩어졌다.

부르르- 부우웅-

철제 구조물을 가득 실은 덤프트럭이 언덕을 오르며 먼지를 가득 날렸다. 진석은 좁은 비탈길 옆으로 비켜서다가 계곡 쪽의 움푹 패인 잡초 구렁에 발을 헛딛고 휘청했다. 아니, 저게…… 하고 눈을 크게 뜨고 보니 계곡 아래 누런 돌덩이들이 쓸려내려 뒤엉킨 모습이다. 국민학교 시절 미술 시간이면 파랑을 써야하나 까망을 써야 하나 혼란을 불러일으키고 내가 맞니 네가 맞니 혓바닥을 빼물고 서로를 놀리던 그 어떤 쪽의 물 색깔도 아니었다. 붉게 칠해야 맞다고 할 만한 폐갱의 녹물이다. 갱 속에 오래 방치된 레일이라든가 파이프, 금속제, 광차들이 그대로 썩어가는 증거. 돌들도 저와 같이 오염이 돼 죽을 수 있는 것일까. 마치 짐승의 내장이 흐트러진 듯한 처참한 풍경. 진석은 그 계곡을 건너 언덕바지를 가로질러 저 만치 앞서가는 노인을 따르기 시작했다. 여기저기 우뚝 선 낙엽송의 길쭉한 그늘이 사다리처럼 가파른 비탈에 이어졌다. 더러는 싸리나무며 칡넝쿨과 크고 작은 폐석들이 발길에 채였다. 그러나 한 걸음 한 걸음 내딛는 발아래 지층의 느낌이란 버석버석하기만 하다. 내리며 녹았다 얼었다 한 숫눈을 밟는 설핏한 느낌이다. 이곳 땅 속 깊은 곳은 속속들이 구멍이 난 탄광 아닌가. 수천 수만 가닥의 갱도가 층을 달리하며 벌집처럼 뚫려 가까스로 지압을 견뎌내는 곳. 헤아릴 수 없이 많은 광부들의 피땀과 눈물이 스며들고 이런저런 사고로 아직도 빠져나오지 못한 주검과 영혼이 떠돌고 있을 곳. 그러니 걸음은 내 의지로 땅에 연동되는 움직임이 아니다. 진석은 발목이 옥죄는 통증을 느꼈다. 그때 가시덤불에 덮인 팻말이 눈에 띄었다.

경 고 문

본 지역은 석탄산업법령에 의거 1997년 1월부터 폐광된 곳으로 갱내 출입 등과 관련한 사고 위험이 매우 높으니 인축의 접근을 절대 금함.

XX탄좌 보안사무장 백

그 경고문 저쪽으로 괴물이 검은 아가리를 벌리고 웅크리고 있는 듯했다. 폐광 입구에는 갱목이 쌓여 있었다. 어쩌면 저렇게 허술할까. 그 무시무시한 괴물의 아가리에 겨우 성냥개비 몇 개를 괴어놓았다니…… 하는 당장의 기우 끄트머리에 날벌레처럼 따라붙는 생각을 진석은 휘이- 털어냈다. 어떤 냄새라도 풍기면 괴물에게 통째로 잡혀먹힐 것 같은 두려움 때문이었다.

산비탈을 질러 세 갈래 길 모퉁이로 돌아서니 홍 노인이 우두망찰 서 있었다. 아예 진석을 기다리던 모양이 아니었다. 진석은 무슨 사태인가 직감했다. 올라오면서는 산자락에 가려 볼 수 없었던 엄청난 역사. 바로 얼마 전 박심지구의 스몰카지노를 폐장하고 개장을 시작했다는 20층이 넘는 카지노 건물이다. 호텔의 외관 공사가 끝나고 마무리 공정이 한창인 모습이다. 온통 검은 탄으로 뒤덮여 있는 탄광 한 복판에 우뚝 선 저 초현대식 빌딩이라니!

"바로 저걸세! 왜 저기에 하필이면 저렇게 큰 도박장이 들어섰는지 알 수 없는……."

홍 노인이 말한 대로 그곳은 해발 1천 미터가 넘는 지장산 탄광의 사댁 단지가 자리했던 곳이었다. 그 아래 땅속에도 역시 수많은 굴들이 지나가고 아직 지워지지 않은 광부의 흔적과 떠나지 못한 원혼이 맴돌고 있을 것이다.

"먹고는 살아야지…… 그런데 내가 억울하게 생각하고 걱정하는 건…… 저기 저 사람들이 그때 노동자들을 착취하고 광부들 목숨을 파리만치도 생각 안 했던 그 사람들은 아닌가 해서야. 사고가 났다면 그저 덮기에 급급하고 그 사람 주변에 뭐 빽 있는 사람은 없나 살펴서 몸값을 흥정하고 사장이니 회장이니 하는 작자들은 사람이 죽어도 코빼기 한번 비치지 않고 서울에서 광부들 등골 빼낸 돈이나 세고 있질 않았나. 지금 저 공룡 같은 놈도 이름만 공기업이지 그 사람들 것 같은 게야. 벌써 나도는 풍문이 그래. 다 버려진 땅이 노다지로 바뀌어 그 사람들만 또 배불려줬다고. 여기 이권이란 이권은 다 돈 있고 힘있는 서울 사람들이 싹 쓸어버리고 실직 광부들이며 토박이들은 그저 찌스레기나 주워먹는 신세라고…… 이 땅이 어떤 땅인데…… 여기 주인이 누구였는데……."

홍 노인은 새삼 치밀어오르는 흥분을 가누지 못하고 밭은 숨을 내뿜었다.

그러나 이 계곡에서 그의 증언도 마지막일 것이다. 카지노의 위력은 그 어떤 힘보다 더 거세게 어두웠던 과거를 덮어버릴 테니까. 외지인들이 쏟아져 들어오며 침묵의 뿌리도 더 깊어질 것이다. 잊혀져갈 기억의 한가닥을 붙들고 있는 노인의 모습이 안쓰러운 지경이었다.

진석은 아무 말도 할 수 없었다.

그저 홍 노인과 같이 우두커니 카지노를 올려보는 것이다. 그때 리조트 건물 꼭대기에 있던 철제빔이 이쪽으로 빙 돌아 움직였다. 건물의 날개를 단 듯한 타워크레인이었다. 크레인 끝에서 빈 갈고리가 흔들거렸다. 진석은 흠칫 놀랐다. 동생 영석의 얼굴이 스쳤다. 오로지 그 일만이 세상이 자신을 위해 남겨준 마지막 몫인 양 흔쾌해 하고 그 높은 곳에서 날아보겠다고 흰소리를 하던 녀석. 혹 그 꿈이란 두꺼운 바위 껍질을 뚫고 지상에 올라와 단 한번이라도 마음껏 맑은 공기를 들이켜 봤으면, 단 하루라도 그런 데서 일해봤으면 하던 이들의 가없는 바람과 절규가 녹아든 피의 부름이 아니었을까. 아니라면 해발 0M 레벨이라는 한계 지층에서 시시각각 다가오는 죽음을 피해 조금이라도 더 높이 오르려했던 아버지의 본능, 바로 그 의지가 아니었을까. 진석의 코끝이 새삼 찡해졌다. 그때 레미콘 트럭이 올라오며 빵빵거렸다. 길 한복판에 있던 홍 노인과 진석은 화들짝 놀라 길을 비켜섰다. 레미콘 뒤로 도로 포장용 롤러를 실은 트럭은 곧장 화절령 쪽을 향했다.

"나도 처음엔 그 사람들 무심하다 생각했지……."

홍 노인은 먼지가 폴폴 이는 차 꽁무니를 바라보며 무겁게 입을 뗐다. 이제나저제나 기다렸던 아버지의 흔적에 대한 이야기였다.

"아무렇게나 묻어 분간이 안 되는 무덤들을 내가 무슨 수로 다 챙기겠나. 그저 장마통에 떠내려갈까 돌아보는 게 고작이었으니…… 그래도 먹고살 만하면 한 번쯤 돌아보겠지, 하며 기다린 게 벌써 이십 년 삼십 년이었네. 아무렴! 잊고 싶겠지. 돌아보기도 싫었을 테니까. 그래도 자네들만큼은 꼭 같이 올 줄 알았는데……."

"……정말 죄송합니다. 그렇게 저희를 찾으실 줄 몰랐습니다."

진석은 떨리는 목소리로 겨우 말했다.

"아버지가 잠들어 있던 곳은 저 위 화절령 마루 지금은 폐쇄된 스몰카지노로 가는 길이었어. 관에서 도로를 낸다고 어찌어찌 나를 찾아서 무연고 묘니 개장한다고 했을 때, 처음엔 다른 곳에 옮길까 했어. 그런데…… 아버지 뿐 아니라 다른 사람까지 세 기나 되는 걸 다 그럴 수도 없고, 이제 나도 여길 뜰 때가 멀지 않았는가. 어쩔 수 없었지."

"잘 하셨습니다. 저희들이야 어쨌든 도리를 못한 것이고……."

"그래…… 화장한 재를 백운산이며 화절령, 지장산 허리에 뿌리고 돌아오는 데 눈이 내리지 않던가. 4월인데 말야…… 저 하늘이 이제야 뭔가 알아주나 싶은 게, 그렇게 좋을 수도 없었지. 아주 잘 가라고, 잘 가라고 활활 재를 뿌리는 데 정말 눈물이 줄줄 흘러내리더군."

홍 노인의 목울대가 연이어 꿈틀거렸다. 진석은 노인의 바짝 마른 한 손을 그러쥐고 아무 말 없이, 저녁 골바람에 서걱거리는 숲으로 눈을 돌렸다. 한순간 숲은 빛이 사라진 영사막처럼 바뀌었고, 무엇인가! 하늘을 향해 푸드덕거리며 떼지어 비상하는 하얀 날갯짓들.

까악- 까악- 까악- 까악-

∧ 모양의 행렬을 이룬 까마귀 떼가 하늘 한 모퉁이를 흔들기 시작했다.

16

시내수의 땅으로

이제 모든 준비는 끝났다. 러시아 대사관에 신청한 특수비자도 문제없었다. 캄차카의 주도 페트로파블로프스키로 가는 비행기는 일본 동경의 나리타공항을 금요일에 떠난다고 했다. 마침 그쪽으로 가는 자연 탐사대 일정이 있어서 여행사를 통한 수속은 의외로 신속하게 이뤄졌다.

일찌감치 진석의 피폐한 심신과 무너져가는 모습을 보아온 아내는 반체념한 상태가 돼 있었다. 그러잖아도 연구를 핑계로 너무 오랫동안 별거 아닌 별거 생활을 해 온 터였다. 아니, 어쩌면 이번에야말로 어디론가 그를 멀리 떠나보내기로 작정한 듯 담담한 표정이었다. 이미 머리가 클 만큼 큰 아이들은 아예 호기심으로 응원을 하는 정도였다. 진석은 그런 가족들에 대해 새삼 가슴이 북받치는 고마움을 느꼈다. 가정이란 울타리를 변변히 간수한 적이 없어도 그 속에서 저만큼 구김 없이 자라고 자기의 길을 가는 아이들이 어찌 대견하지 않을까. 그것은 전적으로 아내의 덕이었다. 어느 때부터인가 자신의 역할을 대신하며 세상으로부터 수도관 같은 생존의 젖줄을 대고 집안을 꾸려온 아내를, 진석은 차마 똑바로 볼 수 없을 지경이었다.

"하필이면 왜 캄차카를 들리려는지 모르지만……."

아내는 그렇게 캄차카를 미국으로 가는 경유지쯤으로 알고 있었다. 어쩌면 다행이기도 하고 미안한 일이기도 했지만 진석은 구구한 설명을 덧붙일 수 없었다.

"……빨리 기운 차리고 당신 원하는 공부 계속 해요."

"물론…… 그럴 수 있을 거야. 내가 풀고 싶었던 수수께끼가 바로……."

양자물리학이 보여주고자 하는 세상과 우주의 실체!, 바로 그거였으니까. 그것은 거짓 없는 약속이었다. 유학을 마치고 고국으로 돌아오기 전 스스로에게 했던 다짐이기도 했다. 더 거슬러 올라가면, 처음 양자물리학을 공부하면서 꿈꾸었던 꿈이기도 했다. 아내는 스무고개의 수수께끼를 낸 장본인처럼 이쪽으로부터 더욱 그럴싸한 말을 듣고 싶어 하는 기색으로 거들었다. 아이들 역시 참을 수 없다는 듯 진석을 채근하는 눈치였다.

아직도 세상에는 해결되지 못한 채 방치돼 있는 문제들이 산더미 같이 쌓여 있어. 어쩌면 그게 두려웠기 때문에 사이버공간으로 방향을 바꿨는지 몰라. 그만한 충분한 가치가 있고 매력도 있었지. 그게 내 인생의 잘못된 첫 번째 고개였어. 우선 절박한 삶의 문제를 해결하기 위해서 가장 중요했던 의문을 접어야 했지. 뭐냐면, 인간의 의식과 의지, 그리고 신의 의지에 대한 문제. 과연 신은 있을까, 있다면 그의 의지는 무엇일까, 내 의지는 어떻게 작용하는 것일까. 결국 인간은 자신의 운명을 스스로 결정할 수 있는가, 라는 수수께끼지. 몇 번째 고개지? 자 잘 생각해보라고 양자역학적 파동 함수란 거. 내가 사회학에서 물리학으로 전공을 바꾸고 가장 어렵게 배우고 흥미 있게 생각한 문제 중 하나였어. 어떤 사건이 일어날 확률을 가장 적절하게 서술할 수 있는 모형, '퀴프(qwiff)'란 것. 퀴프는 완전한 질서 속에 움직여 나가지. 그런데 누군가 그것을 관측하면 그와 동시에 질서정연한 유동이 붕괴되면서 터지는 거야. 확률이 엄연한 현실로 바뀐다.

우리 인간은 각자 주체적으로 자기 삶을 주관하는 것 같지만 동시에 다른 무엇인가 의해 대번에 압도당할 수밖에 없는 희생양이란 얘기야. 내가 더 공부하고 싶었던 건…….

"…… 당신, 자학할 거 없어요. 마음 아프지만, 그건 당신 설명대로 영석 씨 운명이고 치러야 할 대가니까."

아내는 바로 스무고개에 앞서 정답을 맞춘 학생을 어르듯 했다. 그러나 진석은 아이들의 호기심 어린 눈길에 마저 답해주었다.

도대체 이 우주의 바깥에 정말 '바깥'이란 것이 있는 것일까!

자신 역시 늘 궁금하게 여겼던 문제가 아니었던가. 만약 우리가 어디론가 곧바로 날아간다고 할 때, 아무리 끝없이 날라 가도 공간 밖으로는 나갈 수가 없대. 자기는 직선으로 간다고 가지만 조금씩 굽어 있어서 결국은 처음에 있던 자리로 돌아온다는 것이지. 우주란 그렇게 굽어져 있다고 하는데 공의 안쪽 같은 게 아냐. 모형으로 만들 수도 없고 그림으로 그릴 수도 없고 아주 복잡한 수식으로 겨우 표현할 수 있는데……

우주가 바로 그런가 부딪쳐보기 위해 시원의 땅으로 떠나는 것이다.

끝없이 펼쳐진 눈과 빙하, 용암과 화산의 땅. 불기둥과 분연이 하늘을 뒤덮고 가스와 뜨거운 증기가 뭉게뭉게 피어오르는 칼데라, 그곳…… 시내수의 고향…… 용암의 대지 위를 융단처럼 깔아놓은 자주색 우르프초며 바늘꽃이 아롱이고 저 멀리 무리져 가는 순록이며 홍송어를 물고 달려오는 큰곰과 노란 큰 부리의 장난이 한갓 꿈같기만 한. 다시 돌아서면 침식과 지열로 들쭉날쭉해진 잿빛 얼음탑 군상과 빙벽이 유혹의 손짓을 한다. 그 뒤로 베지미아니, 카멘, 이윽고 해발 4,750미터로 반도의 최고봉인 활화산, 클류체프스카야가 있다. 진석은 그곳 2천 미터쯤 되는 곳에 텐트를 칠 계획이었다. 벌겋게 뿜어지는 불기둥에 눈을 적시고 포효하는 용암끓는 소리에 숨결을 맞추며, 후드득 우박처럼 쏟아지는 화산력과 화산재를 밤새 맞아가며 우주의 바깥을 헤집어보리라.

*

시들어 떨어지는 꽃잎들일망정 잿빛의 하늘을 가르고 흩날리는 눈송이처럼 난분분하다. 진석은 자신의 어두운 심사가 저와 같이 훌훌 풀어졌으면……, 하는 바람으로 버스에서 내렸다. 가만히 있어도 주변의 움직임으로 어지럽다. 이제 막 시원한 반소매의 윗도리를 걸친 모양의 가까운 산과 키 낮은 도시가 만들어 내는 초여름 풍경. 연두와 녹색이 장막을 친 안쪽 철교 위로 시커먼 화차가 지나간다. 오로지 시간이란 동력으로 움직이는 양 열차는 아스라하고 덧없어 보인다.

훅-. 그때 밤꽃 냄새가 물씬 풍기며 그를 감쌌다. 향기롭기보다 비릿한, 그것은 생명의 냄새였다. 잉잉거리는 꿀벌 소리가 귓가를 스치고 지나갔다. 금방이라도 쏘일 듯한 현실감이다. 그는 모처럼 콧구멍이 열리고 귓속의 고막이 떨림을 느꼈다. 아니, 이제야 정녕 현실의 움직임 속에 있음을 느끼는 것이다. 자신을 옥죄고 기만했던 사이버 공간에서 몇 걸음 빠져 나온 세상. 설핏 밟히는 땅의 느낌이 낯설고 눈물겹다. 진석은 살갗에 이는 소름과 감상으로 진저리쳤다.

납작 엎드린 목조건물의 교도소는 짐작한 것보다는 훨씬 더 길 가까운 곳에 위치해 있었다. 진석은 면회를 신청하며 교도관에게 가져온 물건에 대해 미리 얘기했다.

"아니, 이곳에 물건을 반입할 수 없다는 걸 모르셨단 말입니까?"

감청색 제복의 교도관이 인상을 찌푸리며 다시 물었다. 처음 진석이 면회소에 들어서면서부터 그의 움직임을 심상찮게 짚어보던 눈길이며, 이제는 자신의 의심이 정확히 맞아떨어졌다는 식의 거드름이다.

"그래도 무슨 방법이……."

"여기엔 옷가지라든가 먹을거리가 아니면 아무 것도 반입시킬 수 없어요."

"부탁 좀 합시다."

"이 양반이, 대체 될 일을 부탁해야지. 쯧쯧!"

진석은 마른침을 삼켰다. 될 일이라니. 나는 물건을 전해주고 금방 떠날 것이다. 마치 우편배달부처럼. 그런데 무작정 무시당하고 있질 않는가. 아무래도 이쪽에 대한 의심이며 경멸의 뜻이 역력했다. 이런 부당한 일이 어디 있는가. 그는 뭔가 울컥 치받는 분노를 느꼈다. 멀미에서 깨어난 자각이기도 했다. 자신의 삶을 정리하기 위해서가 아니라, 실은 누군가를 찾아왔고 철저히 거부당하고 있다는…… 그것은 이미 예정돼 있던 무모하고 어리석은 계획이 아니었던가. 충분히 예견할 수 있던 부정의 영역이었다.

"도대체 무슨 물건이길래?"

가까이 다가선 다른 제복이 물었다.

"난들 아나, 들여 준대도 아무짝에도 쓸 데 없을 걸 같고."

"오호, 이거 웬 컴팩? 보통 많이 들어있을 것 같지 않은데."

눈이 휘둥그레진 제복이 아는 체했다. 그리고 한껏 느끼한 장난기를 담고 진석에게 바짝 붙어 귀띔했다.

"꼭 원하면 따로 보고를 해서 처리할 수 있는데…… 뭐 특별한 그림이라도 있소?"

"그저, 가족 앨범이라고 생각하시면 될 겁니다."

진석은 둘러댔다. 재우쳐 묻는 제복의 시비에 진석은 아예 동생과 약혼한 여자라고 말해줬다.

"꼭 지금 전해야 할 만한 이유라도?"

진석은 더 이상 책잡히지 않게 대꾸했다.

"다음 달에 아주 먼 데로 떠납니다. 다시 돌아올지 어떨지 모를……."

제복의 사내들은 여전히 뜨악한 표정이다. 다시 돌아오지 못할 길이란 게 요즘 같은 세상에 어디 있냐는 투다. 까탈을 부리던 제복이 비켜서자 잠자코 있던 쪽에서 눈을 찡긋하며 목소리를 낮췄다.

"뭐…… 정히 그렇다면……."

세상의 문은 그렇게 안쪽과 바깥쪽이 따로 없는 고리를 달고 있는 게 아닌가.

영석이 면회소에 나타날 때까지도 진석은 한참 망설여야 했다. 투명한 아크릴 벽이 그렇게 두껍게 느껴질 수 없었다. 말을 주고받게 뚫어놓은 작은 구멍들도 이쪽에 그 의미를 되묻는 추상적인 미술 조각처럼 보였다. 과연, 이 지경에 이르러 동생에게 그녀를 소개하는 것이 무슨 의미가 있을까. 교도관의 말대로 쓸데없는 망상만 전해주는 꼴이 아닐까.

아무리 모범수로 중간에 감형을 받더라도 족히 10년은 넘게 썩어야 할 신세가 아닌가. 그런 그에게 이 세상의 무엇을 주려는 일이 얼마나 가당찮은가. 그러나 시내수는 그를 위한 여자였다. 시내수! 어둠 저편에 웅크리고 있던 동생에게 보내고 싶던 여자가 아니었던가. 언제 추방당할지 모르는 짓눌리는 압박감 속에서 밤을 새워 만든 이미지…… 어머니며 여동생이며, 한때 그의 들꽃이었던 여자. 마지막 상상을 쥐어짜고 혼을 불어넣어 빚었던, 숨쉬는 들꽃 같은 소녀며 누구든 한 번쯤 저 아득한 기억의 회랑에서 만났다 헤어졌을 사랑의 정령…… 시내수는 그렇게 다가왔고 원하는 대로 가야했다.

만약 사고가 아니었다면, 시내수의 운명은 달라졌을까?

진석은 부질없는 물음을 하고 이내 고개를 흔들었다. 오로지 실패만이 기다리던 자신의 운명처럼, 그녀의 앞날도 장담하기 어려웠을 것이다. 사이버스페이스는 아직 이른 새벽이다. 아무 쪽으로도 길이 없다. 푸른 안개만이 앞을 가로막는다. 진석은 자신이 어느 길을 헤치고 여기에 와 있을까 잠깐 멀미를 느꼈다. 현실이란, 엄청난 부피의 공간과 시간의 이음매 속에는 얼마나 많은 허상이 끼워져 있는 것일까. 그는 잠시 허상 속에 있는 기분이었다. 어쩌면 숱하게 오가던 길이 아니었던가. 영석은 늘 이곳에 갇혀 있었고, 오래 전부터 아버지며 어머니, 신례…… 그리고 자신을 차례차례 불러 내린 듯 여겨졌다.

영석은 생각보다 훨씬 늦게 나타났다.

"작업장에 있다가 늦었어."

그리고 지레 겁먹고 상상했던 그가 아니었다.

"그래, 여기까지 또 올 줄 알았다니까."

그는 그 암울했던 겨울, 헌병대 유치장을 떠올려 말하는 듯했다. 공교롭게도 유치장 역시 강변을 낀 이곳에서 멀지 않은 곳에 자리 잡고 있다. 아직도 그곳엔 얼어붙은 겨울 그대로인 채 눈이 내리고 있지 않을까. 진석은 아직 버스에서의 멀미를 털어내지 못한 상태였다. 영석의 웃는 모습도 한껏 일그러져 보였다.

"그래, 무슨 일을 하는데?"

"나무 조각을 시작했지. 아주 재밌어."

거대한 철탑 크레인을 몰던 그가 잔 나무 조각을 만진다는 말이 또한 어리둥절하게 들렸다.

"선물 가져왔다며?"

"응, 내 나름 작품이라 생각하고…… 개발실에서 틈틈이 만든 거야. 아마 네가 틀림없이 어디선가 봤다고 기억할 만한 아이, 그리고 사랑하게 될 짝꿍!"

"여전해. 그 감상주의며…… 엉뚱한 상상에다……."

그러다 형의 예사롭지 않은 눈빛에 잡혀 몸을 움찔했다. 그렇다면…… 혹시 내가 잃어버렸던 신례? 바로 그런 강한 암시가 아닌가. 어두컴컴한 굴 깊은 곳에 빠져들어 간 그 아이를 찾아주려고 그 애를 썼다니! 틀림없이 그럴 법한 일이다. 그렇지만 말을 아끼는 형의 표정이 또한 무얼 말하는지 뭉클한 감정의 고삐를 그러쥐지 않을 수 없었다.

"딱 한 벌 원본만 남겨둔 거야. 영치시켜 놓을 테니 혹시 여기서 기회를 준다면……."

진석은 아연 긴장된 분위기를 바꾸며 피식 웃었다. 그가 교도소 문밖을 나올 때면 세상은 또 얼마나 변해 있을까.

"너, 아직도 형을 원망하고 있겠지?"

"아니, 고마워할 일 아냐. 후후."

"진짜 이러고 싶었어?"

"……."

영석은 고개를 돌렸다.

"나, 다시 미국으로 공부하러 갈까 한다. 마침 부르는 데도 있어서……."

"형수는……? 서윤이 태림이는?"

"당분간, 헤어져 있기로 했어. 힘들겠지만."

영석은 그를 빤히 쳐다보았다.

공부하러 간다니? 영석은 그가 거짓말을 하고 있음을 알았다. 실패의 그림자를, 아니 죽음의 그림자를 감추고자 하는 모습이 분명했다. 그 어떤 가공할 힘이 그들을 갈라놓으려 하고 있음을 직감했다. 그 인상이, 어쩌면 그렇게 낯익고 바로 어제 일인 듯 생생할까. 미루나무에 누런 모래가루가 날리던 남한산성…… 그때도 그는 쓸쓸한 뒷모습으로 사라졌다. 어쩌면 그렇게 똑같은 형일까. 영석은 흉곽에서 뿌드득 소리가 나도록 양어깨를 뒤틀며 심호흡을 했다. 그리고 태연한 척 이죽거렸다.

"형, 마음대로 해. 어디 가서 무슨 연구를 하든 내가 알 바 아니니까. 그나저나 형한테 물을 먹인 이명그룹에선 노자 좀 안 보태준대? 이럴 때 빚 좀 받지."

진석은 아연 긴장했다. 이곳으로 오는 길 내내 미라의 말이 생생하게 뇌리를 치고 있었던 때문이다. 자신은 어떻게든 영석을 기다리겠다고. 과연 그 말을 그대로 전해야 할지 어떨지 망설이다가 오지 않았던가. 사실은 그것이야말로 이명이 보일 수 있는 마지막 양심이 아닐까. 그러나 그녀가 그런 자신의 결정을 어떻게 밀고 나갈 수 있단 말인가. 진석이 눈을 내리깔고 있자 영석은 단호히 말했다.

"이젠 날 찾지 마."

"……."

"왜? 또 게임을 하자고 할까봐?"

"아니, 여기 갇혀 있는 동안 도 좀 닦아야겠어. 기회가 되면 고향에 내려가 태백산 위로 날아갔다는 태우 아저씨도 찾아보고. 크흐흐흐."

진석은 마음속에 북받치는 혈육의 정을 감추느라 얼굴을 붉히고 그 말이 끝까지 진심이기를 바랐다.

"내 없는 동안…… 아마 형수가 더러 찾아올지 모르겠다."

형은, 저렇게 내게 다른 짐을 지우려 한다. 옴쭉 못하게 하고 자기 혼자

만의 길을 가려고…… 영석은 푸르르 떨리는 눈꺼풀을 닫았다. 몇 걸음 뒤에서 접견장에 입회했던 제복이 다가왔고, 형제는 아무 말 없이 일어났다. 저녁 햇살은 교도소 안과 밖을, 지상의 이쪽과 저쪽을 짙게 가르며 부서지고 있다.

작가의 말

20세기를 넘어설 때 얼마나 많은 사람들이 새로운 기대로 설레며, 또 한편 긴장되고 불안한 하루하루를 보냈던가. 정부는 물론 금융권을 비롯 각종 기관과 직장에서는 이른바, Y2K 대책으로 전전긍긍하기도 했다. 컴퓨터가 뉴밀레니엄(New Millinium)을 맞이하며 인식 오류를 일으켜 큰 재난을 일으킬지 모른다는 우려가 그것이다. 나 역시 그런 천 년을 보냈고 지금도 살아 다행히 이런저런 생각을 한다.

다시 한 번 되뇌지만, 세상에 안 일어날 일은 없는 것이려니. 이 세상에 산다는 건 그런 현상과 맞부딪침이란 사실을 반추해본다. 1980년대 질곡된 독재의 어두운 터널을 지나 이른바 문민정권의 탄생과 함께 세기 말에서 뉴밀레니엄으로 들어서던 시기. 개인적으로는 한창 사회생활의 단 맛과 쓴 맛을 경험하던 때 충격적인 사건이나 사고들이 연이어 일어났다.

그러니까 1993년 연중 일어난 부산 열차탈선사고(사망: 78명) 목포 아시아나항공 추락(사망: 66명) 서해 페리호 침몰(사망: 292명)과 1994년 10월 21일 아침, 멀쩡하던 한강의 성수대교의 중간이 무너져 일거에 32명의 사망자를 낸 참사까지. 특히 생중계 되던 그 현장이 아직도 섬뜩하게 기억

된다. 그 사고 이후 아현동 가스폭발사고(사망: 12명)까지 눈뜨기 무서운 시절이었다. 그것조차 더 큰 재앙의 전조인 듯 이듬해 4월 28일 101명의 사망자와 200명이 넘는 부상자를 낸 대구 도시가스폭발과 6월 29일 물경 450여 명의 사망자를 낸 삼풍백화점 붕괴란……. 더 할 말을 잃게 하는 것이다. 누구도 이 세상에 온전히 살아 있다고 장담할 수 없고 현실을 바로 볼 수 없는 지경이었다. 세기 말 어느 땐가는 부유층 여자를 유기해 살해한 뒤 인육을 먹었다는 엽기적인 지존파 사건도 있다.

이러한 시절에 나는 성수대교 참사의 악몽을 소설로 재현해보려 했고, 삼풍백화점 붕괴의 참혹한 현장을 오갔으며, 혹은 생살 같은 시대의 아픔을 그대로 겪고 있는 태백의 탄광지대를 돌아다녔다. 1980년 4월에 일어났던 이른바 '사북사태'에 대한 관심이었고 딴에는 신군부 권력에 의해 짓밟히거나 묻힌 진실을 밝혀보고자 한 노력이었다. 근대화 과정에서 수탈당한 노동자본과 인권 문제는 물론, 어쨌거나 고달픈 광부의 이야기를 생생히 드러내고 싶었다. 탄광을 드나들고 많은 관계자를 만나고 작품을 구상하는 데 몇 년이 걸렸다.

그사이 태백에는 산업구조의 고도화에 따라 탄광이 사라지며 카지노사업이 본격적으로 진출했고 우중충한 산골짝도 도회지 풍으로 바뀌어갔다. 세기 말에서 새로운 세기로 넘어가는 세상의 호흡은 가빴다. 서비스산업과 IT 정보산업의 핑크 빛 환영이 어른거렸고 빚에 빚을 얹어가며 신기루를 쌓던 한국 호는 결국 1997년 IMF 구제금융의 암울한 시대를 맞았다. 누구든 하루하루 버티며 살아남아야 할 뿐이었다. 나 역시 밥벌이를 하면서 골방에 틀어박혀 어떻게든 풀어헤쳐진 글을 마무리하겠다고 앙앙불락하던 시절이었다.

그 암울한 때를 돌아보니 콧등이 시큰해졌다. 나이 들며 많은 것을 내려놓고, 버리다가 집어든 원고 뭉치를 읽어본 소감이다. 출판을 벼르다 기회를 놓치고는 내팽개치다시피 했으니. 이 작품 역시 어느 문학판에서 일정한 수준으로 평가를 받았기에 아쉬움이 컸다. 워낙 사회 현실에 천착하다 보니 어느 대목은 논픽션처럼 비치기도 한다. 하여 태백의 이름을 타임캡슐에 넣어보았다. 철 지난 옛날이야기가 아니라 고압의 시간을 견뎌낸 현재의 관찰거리이기를 바라는 기원이랄까.

세기가 바뀌어도 구시대적인 인재와 재난의 악습은 끊어지질 않았다. 말할 것도 없이 2014년 4월 15일, 인천에서 제주로 향하던 여객선 세월호가 진도 인근 해상에서 침몰하면서 승객 304명이 사망하거나 실종된 대형 참사가 그렇다. 이 사고로 특히 제주도로 수학여행을 가던 안산 단원고 학생 325명 중 상당수가 희생됐다는 사실은 더할 나위 없는 비극으로 온 국민의 트라우마가 됐다. 그리고 꼭 작년 이맘때인 10월 29일, 서울 용산구 이태원의 해밀턴호텔 서편 골목에서 일어난 대규모 압사 사고는 또 무엇이었던가. 핼러윈 축제로 수많은 인파가 좁은 골목으로 쏟아져 들어가다 발생한 이 사고로 물경 159명이 희생되고 196명이 넘는 사람이 부상을 당했다. 책을 내기 위하여 원고를 정리하는 이 순간에도 광화문 쪽에서 추모 소리와 원귀의 음울한 곡성이 울려오는 듯하다.

이 모두가 과거를 잊었거나 잊으려하기 때문이 아닐까. 집단적인 망각과 최면으로 앞만 보려 하고, 좋은 것만 보려 한다. 어두컴컴했던 과거, 누더기 같은 삶이며, 부끄러웠던 흔적을 외면하려 한다. 이런 도착을 비춰주는 타임캡슐은 그래서 의미가 있지 않을까.

다행히 책을 내는 데 아내의 무조건적인 응원이 컸다. 고마운 마음으로 오롯이 이 책을 헌정하는 마음이다. 요즘 출판계의 어려움을 생각할 때 휴먼앤북스 하응백 대표님의 도움이 아니라면 또한 용기를 낼 수 없었다.

실은 언제나 '나만의 작가'여도 좋다고 꿈꿔왔다.

그와 같이 여기, 태백의 시내수가 행운을 만날 수 있기 바랄 뿐이다.

2023년 겨울, 서촌에서

신장현